国家古籍整理出版专项经费资助项目

○闲雅小品丛书○

主编 曹亚瑟

犹闻侠骨香
——江湖小品赏读

舒飞廉 注评

中州古籍出版社
·郑州·

图书在版编目(CIP)数据

犹闻侠骨香：江湖小品赏读 / 舒飞廉注评. —郑州：中州古籍出版社，2018.1（2023.10重印）
（闲雅小品丛书）
ISBN 978-7-5348-7439-0

Ⅰ.①犹… Ⅱ.①舒… Ⅲ.①小品文–作品集–中国–古代 Ⅳ.①I262

中国版本图书馆 CIP 数据核字（2017）第 269447 号

YOU WEN XIAGU XIANG : JIANGHU XIAOPIN SHANGDU

犹闻侠骨香：江湖小品赏读

丛书策划	梁瑞霞
责任编辑	张 雯
责任校对	邓正辉
装帧设计	知耕书房

出 版 社　中州古籍出版社（地址：郑州市郑东新区祥盛街 27 号 6 层　邮编：450016　电话：0371-65723280）
发行单位　河南省新华书店发行集团有限公司
承印单位　河南大美印刷有限公司
开　　本　890 mm × 1240 mm　A5
印　　张　9.5
字　　数　200 千字
版　　次　2018 年 1 月第 1 版
印　　次　2023 年 10 月第 3 次印刷
定　　价　29.00 元

本书如有印装质量问题，请联系出版社调换。

前言

谈到洪荒之力,其惟侠乎!石器时代,先民与禽兽居,与万物并,投石射箭,举火结阵,刚勇蛮武,终于在草泽绿野里,开辟出了文明世界。我们去看《山海经》《淮南子》,夸父追日,以大脚板丈量天地之宽;嫦娥奔月,以离魂倩女探求宇宙之远;精卫填海,以啄啄细石填塞大海之深;刑天舞干戚,以肉身抵抗死亡来临;廪君射盐女,以利箭绝儿女深情。这些神话,其实是由先民的灵力与身体中涌现出来的,直到今天,我们闭上眼睛,内省身体,依然可以由亿万的细胞里,体察到华夏先祖遗传的伟大的生命能量。华夏不仅是阴阳五行、大好河山,还是我们"道成肉身"的身体。

我不太同意梁羽生老先生"宁可无武,不可无侠"这句话。武就是强健的身体,就是超自然的生命能量。在现实的世界,"武"可以来自自我的练习、师父的指导,来自对动物求生的模仿,也可以来自刀枪剑戟,来自弓弩子弹,来自同伴的结阵,来自骏马与飞鹰。在文本的世界里,除了现实的常规,"武"还可以来自神话、巫术、咒语,来自星辰、神仙、妖魔,也可来自异时空的星舰与机甲。拥有"高能"的侠客活跃在现实世界与虚拟时空,代替我们做"千古文人侠客梦"。韩非子抱怨"侠以武犯禁",正好印证了侠客天生我材必有用,有张扬自由意志,以瓦解社会过分强制化的义务。太史公称赞游侠"其言必信,其行必果,已诺必诚,不爱其躯",说明拥有强大身体能量的侠客,也必拥有强大的心理能量,来调节世间的种种不平事。金庸先生说"侠之大者,为国为民",标举出了最高的侠客伦理,说明侠客也可以由市井、绿林、江湖中脱身出来,对民族、国家的宏大叙事做出回应。

我喜欢的还有陈眉公的话:"天上无雷霆,则人间无侠客。"天地周流,四季轮回,宇宙中的不平之气累积起来,总会达到"风雨如晦,鸡鸣不已"的一刻,等待着闪电如蛇、惊雷如龙,电闪雷鸣风雨大作之后,天地重返为和风习习的朗朗乾坤。人间正道,沧桑无已,失范的帝国、骄人的富贵、暴虐的异族、作恶的坏蛋,终会等来侠客剑气如虹的一击,侠客可能来自少林寺、武当山,也可能来自瓦岗寨、岳家军,也可能来自开封府、花果山。我还喜欢古龙先生的话:"侠是伟大的同情。"侠是牺牲,是义,是由我们的内心里青草一般长出来的慈悲与不忍,所以,侠又近乎儒、近乎道,参乎墨、参乎佛。我们由侠之古国来到现代化的中国,固然可以由小说、影视、网游中重温侠梦，其实也可由军人、警察、医生、律师、运动员等职业里，体会到侠的精神。我们自己，未必不能在日常生活的一言一行里唤醒侠的基因，蜘蛛侠也好，键盘侠也好，在公权力的网罗之下，其实还是有疾恶如仇、助人为乐的空间。

中国的文学里，因此也特别有江湖的历史、武侠的历史。就像消失的云梦古泽一样，中国神话据说在秦汉时期，就被史传作品、民间仙话、文人志怪吸取一尽，唯余碎片。但事实上，神话不会消失，除了转移之外，它还有可能通过变形重新呈现。唐传奇之后，出现的侠义、神魔、公案等小说就是中国神话的"变形"，《水浒传》《西游记》《三侠五义》等讲述的都是拥有超能力的侠客（英雄）让世界重新回到平衡状态的故事。

20世纪初，以科学与民主为诉求的五四运动的开展，现代意义的都市在远东的出现，以报刊、书籍、电影等为核心的现代传媒业的诞生，三者都在推动着侠义、神魔、公案等古典通俗文化向具有"现代性"的武侠文化转型。武侠文化的现代性追求，大概体现在两个方面，一是如何塑造出具有现代精神的侠客，二是侠客的超能力，如何面对科学观念的挑战，其实就是科学思维、巫术思维、宗教思维如何在武侠文本中互动共存的问题。大师们用宏伟的作品迎接了挑战，平江不肖生的《江湖奇侠传》《近代侠义英雄传》，还珠楼主的《蜀山剑侠传》，王度庐的"鹤铁五部曲"，营造出了令人叹为观止的江湖世界，直到今天，这些文本都还在通过电影与网游等样式，在当代都市文化中重生，成为"民国范儿"的一部分。新中国成立之后，民国武侠先后移师香港与台湾，金庸、古龙、黄易、温瑞安、司马翎等名家辈出，受发达的都市报刊、书籍、影视业的推动，作家作品都呈现出涌流的局面。

20世纪80年代，大陆才有复苏的迹象。金、古、黄、梁、温的武侠小说，风行在大街小巷的租书店，香港功夫电影电视剧风行在录像厅与客厅，重新对大陆的武侠文化进行发蒙。新中国的第一代武侠小说作家，如沧浪客、金庸新、陈天下、周郎等人，他们的创作都是在民营书商的指挥下，由给金庸、古龙作品创作同人志与续集开始的。这些在港台的神仙洞府里修炼成真的师父们，其功力深不可测、遥不可及，他们大陆的弟子与之相比较，大概就是让骑着汗血宝马，刚刚出道的郭靖，碰上黄药师、洪七公等天下五绝。

这种不对称的局面，大概一直到21世纪开始的时候，才有所改观（果然是经济基础决定上层建筑）。2006年，媒体热炒北大才女步非烟的一句话："武侠就是要革金庸的命。"虽然多半是出自记者的断章取义，但我还是同意这个观点。一方面，是因为由大陆新生长出来的武侠作家与作品，的确已经累积到了与港台武侠体量对等的地步；另一方面，武侠世界本来就是在后人予前人的挑战中得以更新的，金庸能超越还珠楼主们，步非烟未必就不能超越金庸们——"革命"是后辈予前辈真正的致敬。

虽然"大陆新武侠"这个概念是由《今古传奇·武侠版》等杂志提出来的，但大陆新武侠展开的主要阵地却是网络。事实上，当时武侠版新发现的作家作品大部分来自清韵、榕树下、天涯社区等网站，等到2006年，起点中文网、晋江文学城等网络文学的巨型网站兴起，建立起网站、读者、作者之间的新型互动关系、稿酬方式、编辑制度，杂志与出版物对新武侠的影响力也日渐式微。而新武侠在网络中进一步发育，分化出无数的子类型，诞生出无数的网络作家与作品，其繁盛程度，对读者与研究者的脑力与精力，已构成了挑战——可能会有将古典的武侠小说、民国的武侠小说、港台的武侠小说全部通读完成的武侠爱好者，但将大陆新武侠作品通读完成的读者，恐怕是没有的，何况，除武侠小说之外，还有众多的武侠网游、影视剧、动漫作品——事实上，经过二十余年的发展，武侠文化借助网络的平台，正在进入一个全新的发展阶段，作者数以万计，作品浩如烟海，不同的体裁、风格与流派交错更替，如大海中的浮沤一样生灭，这样的创作生态，也是自明清以来绝无仅有的。

以我目前管中窥豹的阅读量，我觉得由网络与平媒上涌现出来的大陆新武侠作品（我认为奇幻等，甚至包括一些科幻，其实也是大武侠的一个子类型），仅以达到百万字的"超级长篇"而言，就有沧月的镜双城系列，步非烟的华音流韶系列、玫瑰帝国系列，缺月梧桐的《缺月梧桐》，萧鼎的《诛仙》，燕垒生的天行健系列，时未寒的明将军系列，小椴的开唐、杯雪等系列，凤歌的山海经系列，拉拉与碎石的周天系列，江南的《龙族》，裟椤双树的《浮生物语》，陈怅的《量子江湖》，李亮的反骨仔系列、墓法墓天系列，方白羽的千门系列，金寻者的《大唐行镖》，王晴川的《雁飞残月天》，红猪侠的《庆熙纪事》，扶兰的巫山系列、三月初七的绿林七宗罪系列，夏生的《蜀山的少年》，今何在、潘海天等九州作家群的九州系列，唐家三少的《斗罗大陆》，猫腻的《庆余年》，烽火戏诸侯的《雪中悍刀行》，冰临神下的《死人经》，梦入神机的《龙蛇演义》等。这些"超级长篇"都展现出来庞大的规模，深入研读这些文本，会发现它们绝非是日写万言、粗制滥造的结果，而是作家们科学设定、精心构思，以了不起的雄心与恒心，创制出来的一批杰作。平心而论，由于年龄等原因，可能这些作家中还未出现金庸这样的百科全书式的伟大作家，但他们取得的整体成就，已经达到民国武侠与港台武侠的水准，而在类型的多样、江湖的多元、武功术法体系的创造、侠客个性的丰富、向其他文化的交融等文本技术方面，因为是踏在前贤的肩膀之上，更胜一筹，也是理所当然。超级长篇之外，还有鼠七里、杨叛、盛颜、赵晨光、沈璎璎、丽端、骑桶人、小非等以长篇或中短篇各擅胜场的作家。可惜金庸、古龙等人已不太可能领略到此番"后现代"多元交汇的江湖图景，温瑞安就对有"金古黄梁温下的椴"之誉的小椴有过由衷的赞赏。

所以随着中国都市文化的发育，中文网络进一步的扩展，已经成名的作家会进一步地职业化，步入创作的黄金年龄，还会有更多有创造力的年轻作家投身到虚拟的武侠世界的创造之中，一起回应着巨大的传统，创造华语的"都市神话"——拥有超能力的侠客（英雄）让我们这个日益错综复杂的都市社会在经历无数次劫难后又重新回到平衡。这样去看，大陆新武侠其实是刚刚开始，它的鼎盛也是可以预见的。

由这个错综交互的武侠世界回望的话，本文所选摘的小品，就是造成这一世界的源头。小品之于侠文本，就像匕首之于兵器谱，短小，精奇，强悍，一寸短一寸险，诸君如果在品鉴了匕首之后，还觉得不过瘾，也可移师上述《水浒传》《西游记》《三侠五义》，移师平江不肖生王度庐还珠楼主，移师金古黄梁温，移师小椴沧月步非烟，近年网络小说兴起，武侠是其大宗，新近开发的《剑侠情缘3》等网游，也是很好的武侠文本。人间江湖有限，媒介中的江湖，却是无限的。

我与曹亚瑟主编交游既久，深深地感到他是一个侠气满满的人，这大概也是《江湖小品》之所以入选"闲雅小品丛书"的原因吧。我们由历代的史传、笔记、小品文里，挑选出来七八十位侠客的事迹，他们亦实亦虚，或来自人间的绿野街间，或来自文人的笔底烟霞，其事奇，其道一，读者闲暇时批阅，于郁郁中见冰雪，于碌碌中见传奇，是琴棋书画、花月美人之外，又一件不亦乐乎的快事。袁中道《李温陵传》中讲得好："侠儿剑客，存亡雅谊，生死交情，读其遗事，为之咋指斫案，投袂而起，泣泪横流，痛苦滂沱，而若不自禁。"如此"同情"，足慰诸侠平生风尘，只是飞廉希望读者诸君，翻到我们这一册《犹闻侠骨香》的时候，小心手指，小心手机、电脑，也多备一点纸巾。

之所以是"我们"，而不是"我"，是因为这一册文选，并非由飞廉独立完成。华中师范大学写作课上的宋月、杨轩、刘翌三位同学，参与了文章的选编与注释；玄武纪写作小组中的偃蹇、减子、雨楼清歌等数十位同学，参与了文章的赏析，他们的青春侠情，翩翩剑气，都给我留下了很深的印象。少年们的江湖，也免不了唐突与草率；书中的错漏与失误，当然应由我这个所谓的"师父"负起全责。

舒飞廉

目录

卷一 唐宋以前

吕不韦　楚次非斩绕船两蛟 …………… 3
赵　晔　越女剑 …………………………… 5
司马迁　朱家、剧孟和郭解三则 ………… 9
班　固　微行柏谷 ………………………… 16
刘　向　荆轲刺秦王 ……………………… 18
干　宝　三王墓 …………………………… 24
　　　　李寄斩蛇 ………………………… 27
　　　　古冶子杀鼋 ……………………… 31
陶　潜　比丘尼 …………………………… 33
刘义庆　周处杀蛟 ………………………… 36

卷二 唐宋

欧阳询　老人化猿 ………………………… 41
房玄龄等　双剑化龙 ……………………… 44

戴 孚	笛师	48
刘禹锡	救沉志	50
韦 绚	李汤	54
段成式	京西店老人	57
	兰陵老人	60
	梵僧难陀	63
	僧一行天文异事	66
	宋青春运剑	70
	飞天夜叉术	73
	天翁张坚	75
	僧侠	78
	卢生	82
李 肇	故囚报李勉	85
袁 郊	红线传	88
皇甫枚	李龟寿	94
王定保	宣慈寺门子	97
裴 铏	昆仑奴	101
	聂隐娘传	107
康 骈	田膨郎	113
皇甫氏	义侠	117
	嘉兴绳技	120
无名氏	虬髯叟	123
	峡口道士	126
	朱悦	129

王　铚	韦洵美	131
吴　淑	张训妻	134
	李胜	137
	洪州书生	140
孙光宪	丁秀才	143
	荆十三娘	146
曾　巩	越州赵公救灾记	149
钱公辅	义田记	153
沈　括	乘隙三例	157
马　令	潘扆	160
洪　迈	郭伦观灯	164
	花月新闻	167
庄季裕	货环饼者不言何物	171
陆　游	汉子	174
罗大经	秀州刺客	178

卷三　元明清

方孝孺	越巫	183
李东阳	记女医	186
张　岱	柳敬亭说书	188
王猷定	义虎记	192
	汤琵琶传（节选）	196
吴伟业	张南垣传	200
侯方域	李姬传	204

张　惣	万夫雄打虎传	208
宗元鼎	卖花老人传	212
宋　曹	义猴传	215
徐士俊	汪十四传	218
严首升	一瓢子传	223
徐　芳	雷州盗记	227
	奇女子传	231
秦松龄	过百龄传	235
陈　鼎	王义士传	240
	爱铁道人传	243
	狗皮道士传	246
	八大山人传	249
	啸翁传	253
	薛衣道人传	256
方亨咸	记老神仙事	259
朱一是	鲁颠传	266
	花隐道人传	269
杨衡选	记盗	273
戴　榕	黄履庄小传	277
纪　昀	侠妓	281
姚伯祥	名捕传	284

卷一

唐宋以前

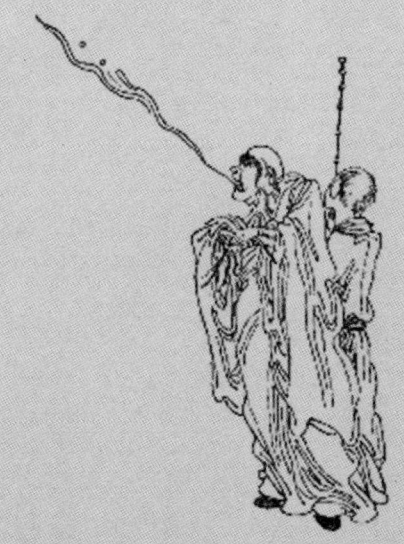

楚次非斩绕船两蛟　吕不韦①

　　荆②有次非者,得宝剑于干遂③,还反涉江,至于中流,有两蛟④夹绕其船。次非谓舟人曰:"子尝见两蛟绕船能两活者乎?"船人曰:"未之见也。"次非攘臂袪衣⑤,拔宝剑曰:"此江中之腐肉朽骨也。弃剑以全己,余奚爱⑥焉?"于是赴江刺蛟,杀之而复上船。舟中之人皆得活。

《吕氏春秋》

【注释】

①吕不韦(?~前235):姜姓,吕氏,名不韦,战国末卫国濮阳(今河南濮阳西南)人。战国末年著名商人、政治家、思想家,官至秦国丞相。主持编纂《吕氏春秋》(又名《吕览》),全书二十六卷,内分八览、六论、十二纪共一百六十篇,汇合了先秦各派学说,"兼儒墨,合名法",故史称"杂家"。

②荆(jīng):古代楚国的别称。

③干遂:地名,在今江苏省苏州市吴中区西北。

④蛟:传说蛟属于龙类,水中的一种凶猛动物。

⑤攘(rǎng)臂袪(qū)衣:即指挽起袖子,伸出臂膀,撩起衣服。

⑥爱:吝惜,爱惜。

【赏读】

  古代楚国有一个叫次非的人，有一次他从吴国那里寻得了宝剑。在返回途中，两条龙夹住了他的船。他问船工是否见过被两条蛟龙夹住还能活下来的人，船工表示从未见过。次非跳入江中杀死了蛟龙，而又上船，一船的人都活了下来。

  相较于其他侠士，次非并没有多大的特点。你不能因为他勇杀二蛟而断定他有通天的本领，何况他又不是那样仙风道骨的世外高人。但是他的故事却流传了下来，或许是因为他秉承着我们民族的一种良好道德情操，或许是人们被他这种勇敢又甘于奉献的精神打动。次非早已将生死置之度外，他没有必胜的把握，却有着想保护别人的勇气。他并不是认定自己会大获全胜，他只是认定了自己的决心。而在许多自然灾难面前，其实没有任何一个人是可以完全自信地告诉这个世界：我会赢。但冒会失败的风险却依旧勇往直前的次非仿佛我们民族的一个缩影，他很真实，很鲜活，不是其他故事里的神仙人物，只是个平凡的英雄。他存在于每个时代，存在于每个人的身边，而或许正是因为他们所拥有的这些美好品质才能带领我们的民族一路走到了今天，而今日在我们的文学殿堂里，我们还深深地铭记着这位叫作次非的英雄侠士。

（茶月 Selina）

越女剑 赵 晔①

越王又问相国范蠡曰："孤有报复之谋，水战则乘舟，陆行则乘舆。舆舟之利，顿②于兵弩。今子为寡人谋事，莫不谬者乎？"范蠡对曰："臣闻古之圣君，莫不习战用兵，然行阵、队伍、军鼓之事，吉凶决在其工③。今闻越有处女④，出于南林，国人称善。愿王请之，立可见。"越王乃使使聘之，问以剑戟之术。

处女将北见于王，道逢一翁，自称曰"袁公"。问于处女："吾闻子善剑，愿一见之。"女曰："妾不敢有所隐，惟公试之。"于是袁公即拔箖箊⑤竹，竹枝上枯槁，未折堕地，女即捷⑥末。袁公操其本而刺处女，处女应即入之，三入，因举杖击袁公。袁公则飞上树，变为白猿，遂别去。

见越王。越王问曰："夫剑之道如之何？"女曰："妾生深林之中，长于无人之野，无道⑦不习，不达诸侯，窃好击剑之道，诵之不休。妾非受于人也，而忽自有之。"越王曰："其道如何？"女曰："其道甚微而易，其意甚幽而深。道有门户⑧，亦有阴阳⑨。开门闭户，阴衰阳兴。凡手战之道，内实精神，外示安仪，见之似好妇，夺之似惧虎，布形候气⑩，与神俱往。杳之若日，偏如滕兔⑪，追形逐影，光若仿佛，呼吸往来，不及法禁，纵横逆顺，直复不闻。斯道者，一人当百，百人当万。王欲试之，其验即见。"越王即加女号，号曰"越女"。乃命五校⑫之队长、高才习之，以教军士，当此之时皆称越女之剑。

《吴越春秋》

【注释】

①赵晔：生卒年待考。东汉学者，字长君，会稽山阴（今浙江绍兴）人。早年为县吏，后拜经学大师杜抚为师，学习"韩诗"。杜抚去世，晔经营葬之，归乡。州官召补从事，不就。后举有道，闭门著述，直至老死，写就《诗细》《历神渊》《吴越春秋》等书。其中，《吴越春秋》是主要记述春秋末期吴、越二国（包括一部分楚国）之事的杂史。前五篇为吴事，起于吴太伯，迄于夫差；后五篇为越事，记越国自无馀以至勾践，注重吴越争霸的史实。

②顿：通"钝"，不锋利。此处指不便利。

③工：《仪礼·燕礼》"席工于西阶上"注："凡执技艺者称工。"此文指具有一技之长的人才。

④处女：未出嫁的女子。

⑤箖箊（lín yū）：竹名。

⑥捷：疾取也。

⑦无道：无从。道，由也。

⑧门户：门，指大道，即正确、重要的途径；户，指小道，即歪门邪道。

⑨阴阳：古代思想家认为万事万物构成，必有一对正反矛盾的基本因素，这就是所谓的阴阳。凡天地、日月、昼夜、男女等等皆分属阴阳。他们认为，阴阳双方是相待而变的，阴盛则阳衰，如此

盈虚消长而循环不已。

⑩候气：指看天气的情况而定。候，观测。

⑪偏：通"媥"，与"翩"同源。《说文》："媥，轻貌。"滕：通"腾"。

⑫五校：泛指各支军队。校，军营，又指军队之一部。

【赏读】

越女居于山林，因剑法浑然天成，深得国人称赞，越王"使使聘之，问以剑戟之术"，后遂称其"当世莫胜越女之剑"。纵观古之侠客，豪气冲天，持剑傲物者众，而以剑封神，当世莫胜者甚微，究竟是怎样的剑客才能当得起一国之君、一代霸主如此之高的评价？

吴越争霸，越王勾践苦于"舆舟之利，顿于兵弩"问策范蠡，范蠡指出："臣闻古之圣人，莫不习战用兵，然行阵、队伍、军鼓之事，吉凶决在其工。"而越女堪称良才。经范蠡引荐，越女便从深林之中正式走向越国的军事领域，尽管如此，此时越女剑还处在只闻其名阶段，直到越女比剑袁翁。"于是袁公即拔箖箊竹，竹枝上枯槁，未折堕地，女即捷末。……袁公则飞上树，变为白猿，遂别去。"竹梢折而跌落，越女接住末端，斗退白猿。这段文字在《艺文类聚》中有略微不同的记载："（袁）公即挽林内之竹似枯槁，末折堕地。女接取其末。袁公操其本而刺处女。处女应，即入之。三入，因举杖击袁公。袁公则飞上树，化为白猿。"袁公如摧枯拉朽般手折生竹，处女（越女）守三招还一招，袁公不敌败退。《东周列国志演义》记载："老翁即挽林内之竹，如摘腐草，欲以刺处女。竹折，末堕于地。处女即接取竹末，还刺老翁。老翁忽飞上树，化为白猿，长啸一声而去。使者异之。"不管记载怎样变化，都是殊途同归。猿猴活跃而处女爱静，白猿动而先发，处女稳而后至，两者动静相形，处女以静制动，前者见绌，此处比剑设想确实很有意味。

"道生一，一生二，二生三，三生万物。万物负阴而抱阳，冲气以为和。"老子的《道德经》指出，道是独一无二的，它分阴阳二气，万物皆背阴而向阳生长，"开门闭户，阴衰阳兴"，剑击之道亦如是。我想，越女剑法非受于人，也非忽自有之，反倒是师从万物了。而万物能教会我们的显然不止阴阳正反，还有如动与静、虚与实、快与慢……兵法《孙子·九地》里说："是故始如处女，敌人开户；后如脱兔，敌不及拒。"正是"见之似好妇，夺之似惧虎"中讲的那样，实则虚之，后发先至。越女所论剑术，沿用了上乘的兵法理论知识，而且注重与实战相结合，讲求"布形候气，与神俱往"，最终达成"一人当百，百人当万"，可谓是天生受用的练兵之道，由此可见越王勾践的确知人善用。

越女剑流传至今已沾染了不少传奇色彩，但其中所蕴含的"搏击原理"，即便流传到今日，也没有什么拳击剑法能够超脱出来。越女也曾以文学形象出现在金庸先生的武侠小说《越女剑》当中，难得的是，越女剑不似辟邪剑法受众少，也不像独孤九剑那样只成就一代名侠，在小说中，越女助越灭吴，能敌三军。但愿这个舞剑的侠女真的在历史上出现过，江湖不该只是男性的天下。

（訾珠）

朱家、剧孟和郭解三则　司马迁①

朱家

鲁②朱家者,与高祖同时。鲁人皆以儒教,而朱家用侠闻。所藏活③豪士以百数,其余庸人④不可胜言。然终不伐其能,歆其德⑤,诸所尝施⑥,唯恐见之。振人不赡,先从贫贱始。家无余财,衣不完采⑦,食不重味,乘不过軥牛⑧。专趋人之急,甚己之私。既阴脱⑨季布将军之厄,及布尊贵,终身不见也。自关以东,莫不延颈⑩愿交焉。

【注释】

①司马迁(约前145或前135~?):字子长,夏阳(今陕西韩城南)人,一说龙门(今山西河津)人,西汉伟大的史学家、文学家、思想家,司马谈之子。任太史令,因替李陵败降之事辩解而受宫刑,后任中书令,发愤成所著史籍,被后世尊称为史迁、太史公。《史记》(原名《太史公书》)是中国第一部纪传体通史。

②鲁:指汉代封国名。

③藏活:藏匿而使其活命。

④庸人:普通人。

⑤伐:自夸。歆:欣喜,自我欣赏。德:恩惠。

⑥尝施:曾经施舍。

⑦完采：完整的花纹。

⑧軥（qú）牛：挽軥的小牛。軥，车辕前端驾于马脖子上的弯曲横木。

⑨阴脱：暗中使其摆脱。季布原为项羽的将领，项羽失败后，逃到濮阳隐藏在周家。后来刘邦悬赏捉拿他，周氏无奈将季布转到朱家那里。朱家通过汝阴侯夏侯婴劝说刘邦，赦免了季布，并重用他为中郎将等职。此处"阴脱"即指上述事实。见卷一〇〇《季布栾布列传》。

⑩延颈：伸长脖子。此处指急于相见、相交。

剧孟

楚田仲以侠闻，喜剑，父事①朱家，自以为行弗及。田仲已死，而洛阳有剧孟。周人以商贾②为资，而剧孟以任侠③显诸侯。吴楚反④时，条侯⑤为太尉，乘传车将至河南⑥，得剧孟，喜曰："吴楚举大事而不求孟，吾知其无能为已矣。"天下骚动，宰相得之若得一敌国云⑦。剧孟行大类⑧朱家，而好博⑨，多少年之戏。然剧孟母死，自远方送丧盖千乘。及剧孟死，家无余十金之财。而符离人王孟亦以侠称江淮之间。

是时济南瞷氏、陈周庸亦以豪闻，景帝闻之，使使尽诛此属。其后代诸白⑩、梁韩无辟、阳翟薛况、陕韩孺纷纷复出焉。

【注释】

①父事：像对待父亲一样服侍他。

②周人：指洛阳人。商贾：做买卖。

③任侠：讲义气，打抱不平。

④吴楚反：指吴、楚七国之乱。汉景帝三年（前154），吴王刘濞联合楚国、赵国、济南、胶东、胶西、菑川六国诸侯王反叛中央，被太尉周亚夫率军平定。详见《史记》卷一〇六《吴王濞列传》。

⑤条侯：即周亚夫。

⑥传车：驿站所用的车驾。河南：汉朝郡名，此指洛阳。

⑦宰相：指周亚夫。亚夫为太尉，相当于副宰相。敌国：与一个国家相匹敌。此极言剧孟地位的重要。

⑧大类：很像。

⑨博：指六博棋，古代一种棋类游戏。

⑩诸白：诸位姓白的。

郭解（节选）

郭解，轵人也，字翁伯，善相人①者许负外孙也。解父以任侠，孝文时诛死。解为人短小精悍，不饮酒。少时阴贼，慨不快意②，身所杀甚众。以躯借交③报仇，藏命④作奸剽攻不休，及铸钱掘冢，固不可胜数。适有天幸，窘急常得脱，若⑤遇赦。及解年长，更折节⑥为俭，以德报怨，厚施而薄望⑦。然其自喜为侠益甚。既已振⑧人之命，不矜其功，其阴贼著于心，卒发于睚眦如故云⑨。而少年慕其行，亦辄为报仇，不使知也。解姊子负⑩解之势，与人饮，使之嚼⑪。非其任⑫，强必灌之。人怒，拔刀刺杀解姊子，亡去。解姊怒曰："以翁伯之义，人杀吾子，贼不得。"弃其尸于道，弗葬，欲以辱解。解使人微知⑬贼处。贼窘自归，具以实告解。解曰："公杀之固当，吾儿不直⑭。"遂去其贼，罪其姊子，乃收而葬之。诸公闻之，皆多⑮解之义，益附焉。

解出入，人皆避之。有一人独箕倨⑯视之，解遣人问其名姓。客欲杀之。解曰："居邑屋至不见敬，是吾德不修也，彼何罪！"乃阴属尉史曰："是人，吾所急也，至践更时脱之。"每至践更，数过，吏弗求。怪之，问其故，乃解使脱之。箕踞者乃肉袒谢罪。少年闻之，愈益慕解之行。

洛阳人有相仇者，邑中贤豪居间⑰者以十数，终不听。客乃见郭解。解夜见仇家，仇家曲听⑱解。解乃谓仇家曰："吾闻洛阳诸公在此间，多不听者。今子幸而听解，解奈何乃从他县夺人邑中贤大夫权乎！"乃夜去，不使人知，曰："且无用，待我去，令洛阳豪居其间，乃听之。"

解执恭敬，不敢乘车入其县廷。之旁郡国，为人请求事，事可出，出⑲之；不可者，各厌⑳其意，然后乃敢尝酒食。诸公以故严重之，争为用。邑中少年及旁近县贤豪，夜半过门常十余车，请得解客舍养之。

《史记·游侠列传》

【注释】

①相人：给人相面。

②阴贼：内心阴险狠毒。慨：愤慨。不快意：不满意。

③借：助。交：指朋友。

④命：本文中指亡命之徒。

⑤若：或。

⑥折节：改变操行。

⑦薄望：怨恨小。

⑧振：救。

⑨卒：通"猝"，突然。眦睚（zì）：怒目而视。

⑩负：依仗。

⑪嚼：通"釂"，干杯。

⑫非其任：不胜任。此指酒量不行。

⑬微知：暗中探知。

⑭不直：理曲，即理亏，不合道义。

⑮多：称赞。

⑯箕倨：叉开两腿坐着，像簸箕之状，是一种无礼不恭敬的表现。倨，通"踞"。

⑰居间：从中间调解。

⑱曲听：委屈心意而听从，以示对劝说人的尊重。

⑲出：得到解决。

⑳厌：通"餍"，满足。

【赏读】

当我们说及武侠之时，多能想到韩非子的一句话："儒以文乱法，侠以武犯禁。"可《游侠列传》所列人物，少有说到武艺如何，怕是不武者居多。侠客居然能不善武，这在我们后世之人听起来似乎是无法想象的，不用武何以立势，又何以对抗权威？东汉史学家荀悦在《前汉纪》中这样说："立气势，作威福，结私交以立强于世者，谓之游侠。"这就是活脱脱的黑社会嘛。然而，作为史官，司马迁却给了游侠高度的评价："其虽不轨于正义，然言必信，行必果，已诺必诚，不爱其躯，解危助困。"他们虽然违犯法律禁令，但却言而有信，讲道义，值得称赞。

什么样的人能称之为侠？《游侠列传》给出的答案是：近世有孟尝、春申、平原、信陵之徒；汉朝立国后，则有朱家、田仲、王公、剧孟、郭解之徒。他们分属贵族和平民两个阶层，贵族都为君王亲属,他们家财万贯,声名显赫,广纳天下贤才,那么平民朱家、剧孟、郭解呢？同样,他们助人为乐、不求回报、追随者众多。就拿鲁国的朱家来说,被他藏匿而救活的豪杰数以百计,被他所救的普通人不知凡几,他"振人不赡,先从贫贱始。家无余财,衣不完采,食不重味,乘不过軥牛。专趋人之急,甚己之私",就像是一个活雷锋。他曾"阴脱"季布将军,后来等到季布富贵了却终身未与季布相见,即便家徒四壁,然朱家懂退让知廉洁,故全侠名。

洛阳的剧孟又是何等人物？司马迁说,他大致类似于朱家,以打抱不平闻名遐迩。吴、楚七国叛乱时,条侯周亚夫有幸得到剧孟的支持,大喜。"天下骚动,宰相得之若得一敌国云。"剧孟一人抵得上一个诸侯国,其人可知,是因为他武艺高强吗？文中并没有提及,反倒是后来指出,剧孟母亲死的时候,有上千辆车子前来送葬,可见他的影响力主要还是来自追随者多。

最后一则郭解就与朱家、剧孟颇有不同了。他虽然也特立独行,不与朝廷、诸侯来往,但自己却豢养了一群游侠。郭解的父亲因任侠犯罪,被汉文帝所诛,他继承了其父"遗志",成了一代名侠。郭解年轻的时候为人阴险毒辣,睚眦必报,不仅如此,他还喜欢替人出气,也愿意为朋友两肋插刀,说好听点,也算得上快意江湖了。等他人到中年的时候,似乎改变了操行,反而谦让隐忍,"以德报怨,厚施而薄望"。他真的变了吗？也不尽然。有一次,郭解的外甥利用郭解的名声惹是生非,被人杀害,郭解的姐姐将儿子的尸体放到郭解家门口以羞辱郭解。"以翁伯之义,人杀吾子,贼不得。"你还号称大侠,外甥被杀,凶手还逍遥在外呢。于是郭解派人打探消息,凶手知道后立即上门谢罪,不想以郭解以牙还牙的性子,听闻经过后,竟然大赞此人做得对,错不在他。郭解其实并没有变,他有很多门人随从,遇到不敬者侠客们自然就替他出了手,这也是后来他一说要找凶手,凶手立马登门请罪的缘由了。后来又有人公然对他不敬,他反思己过,说是自己不够好又怎能怪得了别人,几件事下来,网罗了大片人心。可惜他不依附政治势力,又有着超越皇帝的影响力,断不能被朝廷所容,郭解家族后来被汉武帝所诛杀也是一种必然。

所谓"名不虚立,士不虚附",游侠们因特立独行而声名远播,故而招来大批追随者。历史学者李开元诠释这种情谊是:一种既非血缘的,又非政治的,也不是官方的人与人之间自由交往的人际关系。人生能有一个贴肝贴胆的朋友,做自己认为对的事情,任性而为,有仇必报,有恩必还,仗剑而行,该是怎样痛快?在当代,即便侠士的身份为法治社会所不容,但侠客的精神却永远不会消失。

(訾珠)

微行柏谷　班　固①

上②微行至于柏谷，夜投亭长宿，亭长不内，乃宿于逆旅。逆旅翁谓上曰："汝长大多力，当勤稼穑；何忽带剑群聚，夜行动众，此不欲为盗则淫耳。"上默然不应，因乞浆饮。翁答曰："吾止有溺，无浆也。"有顷，还内。上使人觇之，见翁方要少年十余人，皆持弓矢刀剑，令主人妪出安过客。

妪归，谓其翁曰："吾观此丈夫，乃非常人也；且亦有备，不可图也。不如因礼之。"其夫曰："此易与耳！鸣鼓会众，讨此群盗，何忧不克。"妪曰："且安之③，令其眠，乃可图也。"翁从之。

时，上从者十余人，既闻其谋，皆惧，劝上夜去。上曰："去必致祸，不如且止以安之。"有顷，妪出，谓上曰："诸公子不闻主人翁言乎？此翁好饮酒，狂悖不足计也。今日具令公子安眠无他。"妪自还内。

时天寒，妪酌酒，多与其夫及诸少年，皆醉。妪自缚其夫，诸少年皆走。妪出谢客，杀鸡作食。平明，上去。

是日还宫，乃召逆旅夫妻见之，赐妪金千斤，擢其夫为羽林郎④。自是惩戒，希复微行。

《汉武故事》

【注释】

①班固（32~92）：字孟坚，扶风安陵（今陕西咸阳市东北）人，东汉著名史学家、文学家。所著《汉书》是继《史记》之后中国古代又一部重要史书。《汉武故事》旧本题东汉班固撰，记述汉武帝一生的琐闻杂事。

②上：此处指汉武帝。

③安之：稳住他们。

④羽林郎：汉武帝皇宫卫队为"羽林骑"，羽林郎为其中长官。

【赏读】

汉武帝带着他的羽林郎们微服私访，来到长安郊外的柏谷中。深夜扰民，亭长不纳，只好投宿到一家山中客店。脱下龙袍的皇帝与他的护卫在一起，看起来，好像一群打家劫舍的好汉。没承想，客店的老板也不是一盏省油的灯，他的人生观是以暴制暴，很快邀来了一群持刀带箭的山中游侠。

虎落平阳，其情危殆。好在汉武帝镇定如常，不动如山，气定神闲中，审时度势。老板骂"不欲为盗则淫"，他守默；戏侮"吾止有溺"，他听了也不恼；一群人刀剑如麻围在屋外，他见了也不怕。他能够在稠人广众里，一眼看出老板娘明事理，知进退，能识人。天明回宫后赏老板娘，擢升其夫，见心胸，见气度，用人恰如其分。至于"希复微行"，又见到他谨慎自省的一面。英明神勇如此，汉武帝能创下千秋功业，岂虚言哉！

老板娘聪明，一杯酒，一根绳子，一只鸡，前后弥缝，有声有色，将一场灭族大祸消弭于无形之中，可惜生为女儿身，她其实比她急躁鲁莽的丈夫，更适合去做羽林郎。

（木剑客）

荆轲刺秦王　刘　向①

秦将王翦破赵，虏赵王②，尽收其地，进兵北略地③，至燕南界。

太子丹恐惧，乃请荆卿曰："秦兵旦暮渡易水④，则虽欲长侍足下，岂可得哉？"荆卿曰："微太子言，臣愿得谒之⑤。今行而无信，则秦未可亲也⑥。夫今樊将军⑦，秦王购之金千斤，邑万家。诚能得樊将军首，与燕督亢⑧之地图献秦王，秦王必说⑨见臣，臣乃得有以报太子。"太子曰："樊将军以穷困来归丹，丹不忍以己之私，而伤长者之意，愿足下更虑之⑩！"

荆轲知太子不忍，乃遂私见樊於期，曰："秦之遇⑪将军，可谓深⑫矣。父母宗族，皆为戮没⑬。今闻购将军之首，金千斤，邑万家，将奈何？"樊将军仰天太息流涕曰："吾每念，常痛于骨髓，顾计不知所出耳！"轲曰："今有一言，可以解燕国之患，而报将军之仇者，何如？"樊於期乃前曰："为之奈何？"荆轲曰："愿得将军之首以献秦，秦王必喜而善⑭见臣。臣左手把其袖，而右手揕⑮其胸，然则将军之仇报，而燕国见陵之耻⑯除矣。将军岂有意乎？"樊於期偏袒扼腕而进曰："此臣之日夜切齿拊心⑰也，乃今得闻教！"遂自刎。

太子闻之，驰往，伏尸而哭，极哀。既已，无可奈何，乃遂收盛樊於期之首，函封之。

于是，太子预求天下之利匕首，得赵人徐夫人之匕首，取之百金，使工以药淬之。以试人，血濡缕，人无不立死者。乃为装遣荆轲。

燕国有勇士秦武阳，年十二杀人，人不敢与忤视。乃令秦武阳为副。

荆轲有所待，欲与俱，其人居远未来，而为留待。顷之未发，太子迟之⑱。疑其有改悔，乃复请之曰："日以尽矣，荆卿岂无意哉？丹请先遣秦武阳！"荆轲怒，叱太子曰："今日往而不反者，竖子也！今提一匕首入不测之强秦，仆所以留者，待吾客与俱。今太子迟之，请辞决矣！"遂发。

太子及宾客知其事者，皆白衣冠以送之。至易水上，既祖，取道。高渐离击筑，荆轲和而歌，为变徵之声，士皆垂泪涕泣。又前而为歌曰："风萧萧兮易水寒，壮士一去兮不复还！"复为慷慨羽声，士皆瞋目，发尽上指冠。于是荆轲遂就车而去，终已不顾。

既至秦，持千金之资币物，厚遗秦王宠臣中庶子蒙嘉。

嘉为先言于秦王曰："燕王诚振怖大王之威，不敢兴兵以拒大王，愿举国为内臣。比⑲诸侯之列，给贡职如郡县，而得奉守先王之宗庙。恐惧不敢自陈，谨斩樊於期头，及献燕之督亢之地图，函封，燕王拜送于庭，使使以闻大王。唯大王命之。"

秦王闻之，大喜。乃朝服，设九宾，见燕使者咸阳宫。

荆轲奉樊於期头函，而秦武阳奉地图匣，以次进。至陛[20]下，秦武阳色变振恐，群臣怪之，荆轲顾笑武阳，前为谢曰："北蛮夷之鄙人，未尝见天子，故振慑，愿大王少假借之，使毕使于前。"秦王谓轲曰："起，取武阳所持图！"

轲既取图奉之，发图，图穷而匕首见。因左手把秦王之袖，而右手持匕首揕之。未至身，秦王惊，自引而起，绝袖。拔剑，剑长，操其室。时恐急，剑坚，故不可立拔。

荆轲逐秦王，秦王还柱而走。群臣惊愕，卒起不意，尽失其度。而秦法，群臣侍殿上者，不得持尺兵；诸郎中执兵，皆陈殿下，非有诏不得上。方急时，不及召下兵，以故荆轲逐秦王，而卒惶急无以击轲，而乃以手共搏之。

是时，侍医夏无且以其所奉药囊提轲。秦王方还柱走，卒惶急不知所为。左右乃曰："王负剑！王负剑！"遂拔以击荆轲，断其左股。荆轲废，乃引其匕首提秦王，不中，中柱。秦王复击轲，被八创。

轲自知事不就，倚柱而笑，箕踞以骂曰："事所以不成者，乃欲以生劫之，必得约契以报太子也。"

左右既前，斩荆轲。秦王目眩良久。

《战国策》

【注释】

①刘向（约前 77～前 6）：西汉经学家、目录学家、文学家。

原名更生,字子政,沛(今江苏沛县)人,汉朝宗室。曾奉命领校秘书,所撰《别录》,为中国目录学之祖,大多亡佚。今存《新序》《说苑》《列女传》《战国策》等书。其中,《战国策》是一部国别体史学著作,又称《国策》,分为12策、33卷,共497篇,记载了西周、东周及秦、齐、楚、赵、魏、韩、燕、宋、卫、中山各国之事,尤以游说之士的政治主张和言行策略为主,记事年代起于战国初年,止于秦灭六国,约有240年的历史。

②秦将王翦破赵,虏赵王:公元前228年,秦国派大将王翦攻破赵国。荆轲刺秦王是在第二年。

③收:占领。北:向北。略:通"掠",掠夺,夺取。

④旦暮渡易水:早晚就要渡过易水了。旦暮,早晚,极言时间短暂。易水,在河北省西部,发源于易县,入南拒马河。

⑤微太子言,臣愿得谒之:即使太子不说,我也要请求行动。微,假如没有。谒,拜访。

⑥今行而无信,则秦未可亲也:当下去却没有什么凭信之物,那么就无法接近秦王。信,凭信之物。亲,亲近,接近。

⑦樊将军:即下文的樊於期,秦国将领,因得罪秦王,逃到燕国。

⑧督亢:古地名。战国燕的膏腴之地。

⑨说:同"悦",喜欢,高兴。

⑩更虑之:再想想别的办法。更,再、另外。

⑪遇:对待。

⑫深:刻毒的意思。

⑬戮没:杀戮和没收。可译为重要的人杀掉,其他人等收为奴婢。

⑭善:好好地。

⑮揕:刺。

⑯见陵之耻：被欺侮的耻辱。见，被。陵，侵犯，欺侮。

⑰拊心：捶胸。形容非常心痛。

⑱迟之：嫌荆轲动身迟缓。

⑲比：并，列。

⑳陛：殿前的台阶。

【赏读】

  公元前227年，秦王嬴政已经灭了韩、赵两国，陈兵燕国边境，对于这个强大到燕国倾举国之力尚不能一战的王者，燕太子丹选择了孤注一掷的反抗——刺杀。于是让无数文人墨客争先吟哦，刺客荆轲在风萧萧兮的易水河畔登上了那驾没有归程的马车，白衣萧萧的卿客们敛裾肃容，属于荆轲的荣光与悲壮在这一刻缓缓开场。对此一无所知的嬴政用九宾礼欣然迎接燕国的臣服和版图，咸阳宫殿长长的阶梯一步一步碾压着进入者的脊梁，同来的燕国勇士、十二岁杀人的秦舞阳在这样的威严下，竟至"色变振恐"，荆轲却是从容顾笑，他递上地图，缓缓展开，图穷，匕现，秦庭一片混乱，尽失其度。威严的秦王被这突如其来的刺杀竟逼至狼狈不堪地绕着柱子躲闪，而成就英雄的最后一步通常都是一场死亡，荆轲理所当然地事不就而身丧，史书用八个字来写他，说他"倚柱而笑，箕踞以骂"，他竟将自己与秦王放在一样的位置上，毫无畏惧，毫不恭顺，仿佛那来自丹陛之上的不是荡尽六国的王者，而只不过是街上一个挑衅的屠夫。也于此，荆轲成为一个真正的英雄，真正的可以与王侯将相旗鼓相当的英雄；至于秦舞阳，历史这么长，又哪里来得及给一个"色变振恐"的所谓勇士留一个结局？

  太史公写《刺客列传》，至汉武帝时，竟只有五个刺客留名其上，最末一个就是荆轲，着墨竟至三千余字，司马迁说："自曹沫至荆轲五人，此其义或成或不成，然其立意较然，不欺其志，名垂后世，岂妄也哉！"这难道也是虚妄吗？易水拜别的悲壮，死前笑骂的从容，皆不是虚妄，以荆轲等五人为代表的刺客集团似乎一直在执拗地执行着这样一种士的坚持，"君以众人遇我，我以众人报之；君以国士遇我，故以国士报之"。士为知己者死，这样的死有时其实称不上忠或者德，回溯历史我们也会认为这是违背历史发展规律的不智之举，但他们却也代表着一种不能忽视的侠义，那大约是"报君黄金台上意，提携玉龙为君死"的执着。

张艺谋曾经拍了电影《英雄》，化用的就是荆轲刺秦的故事，只是故事里的刺客最终选择了放下剑而去成全秦王统一天下，我们不可否认这样的宏阔英雄观的理性，只是我想，如果再给荆轲一次选择的机会，他也仍然会选择竭尽全力去杀而不是成全，毕竟一开始这就不是一个天下的故事，而只是一个知己的故事。如今再看荆轲，却是吟到恩仇心事涌，江湖侠骨恐无多。

（茶月 Selina）

三王墓　干　宝①

楚干将莫邪为楚王作剑，三年乃成。王怒，欲杀之。剑有雌雄。其妻重身②当产。夫语妻曰："吾为王作剑，三年乃成。王怒，往必杀我。汝若生子是男，大，告之曰：出户，望南山，松生石上，剑在其背。"于是即将雌剑往见楚王。王大怒，使相之："剑有二，一雄一雌，雌来，雄不来。"王怒，即杀之。

莫邪子名赤，比后壮，乃问其母曰："吾父所在？"母曰："汝父为楚王作剑，三年乃成。王怒，杀之。去时嘱我：'语汝子，出户，望南山，松生石上，剑在其背。'"于是子出户南望，不见有山，但睹堂前松柱下石砥之上。即以斧破其背，得剑，日夜思欲报楚王。

王梦见一儿，眉间广尺，言欲报雠③。王即购之千金。儿闻之亡去，入山行歌。客有逢者，谓："子年少，何哭之甚悲耶？"曰："吾干将莫邪子也，楚王杀吾父，吾欲报之。"客曰："闻王购子头千金。将子头与剑来，为子报之。"儿曰："幸甚！"即自刎，两手捧头及剑奉之，立僵。客曰："不负子也。"于是尸乃仆。

客持头往见楚王，王大喜。客曰："此乃勇士头也，当于汤镬④煮之。"王如其言。煮头，三日三夕，不烂。头踔出汤中，踬目大怒。客曰："此儿头不烂，愿王自往临视之，是必烂也。"王即临之。客以剑拟王，王头随堕汤中，客亦自拟己头，头复堕汤中。三首俱烂，不可识别。乃分其汤肉葬之，故通名三王墓。今在汝南北宜春县界。

《搜神记》

【注释】

①干宝（？~336）：字令升，新蔡（今属河南）人，东晋文学家、史学家。著述颇丰，有《周易注》《五气变化论》《论妖怪》《司徒仪》《周官礼注》《晋纪》《干子》《百志诗》《搜神记》等。其中，《搜神记》在中国小说史上有着极其深远的影响，被称作中国志怪小说的鼻祖。

②重身：怀孕。

③雠（chóu）：同"仇"，仇怨。

④汤镬（huò）：煮着滚水的大锅。古代常做刑具，用来烹煮罪人。

【赏读】

干将莫邪，是古剑，亦为人名。以干将莫邪造剑写事，后世不胜枚举，辗转编著，由现实而趋入神异，渐渐脱胎。"干将莫邪"事起初现于西汉刘向的《烈士传》与《孝子传》，后虽几经丰富添加，历经百代千年，最为丰富生动的仍是干宝所载《三王墓》版本。

赤一腔热血，为报父仇，以性命相托；客一诺千金，以身犯险，以性命相付。两人都是壮士，壮且烈，读来悲从心起。一个孝子，一个侠客。赤以性命托付时，我们能相信客吗？不一定。如果客是王的人，或者客没能履行诺言呢？显然，这不是干宝想要的。

干宝将此篇放入志怪小说，通读全篇，除却"王如其言。煮头，三日三夕，不烂"一句，并无甚怪异之处。魏晋年代，家国祸乱此起彼伏，社会动荡，战乱频仍。百姓辛苦，却无能为力，反抗不得，只能寄希望于文辞情思。其时，宗教迷信思想最易传播，百姓既信仰宗教以求脱离苦海，又将对不平之事的反抗大胆幻想，借神鬼故事予以表现。于是出现"头踔出汤中，踬目大怒"，奇特，而奇妙。

干将莫邪"铸剑"与"复仇"本是两个故事，可自独立，并列而生情绪，"王暴政，弑民，民之子复仇"，即因即果。再遇"客"，侠者无私而正义。侠义者，借怪异而写侠义，托词"侠之大者，与神无异"。

先秦有游侠，有刺客；有《游侠列传》，有《刺客列传》。游侠如季布、朱家、郭解等人，刺客如荆轲、专诸、要离等人，有人会武功，有人不会，先秦刺客存忠义，而同为侠。会不会武功，不是那么重要，侠义精神却失不得，"路见不平，拔刀相助"。"不能武斗，然可智取"的说客、门客，忠义常在，与侠客、刺客，是同一侠义精神信仰里的两个圈子。

有记载的侠者有许多，籍籍无名的侠者也同样很多。客无名，不能名留青史，但不影响洪流中人前仆后继伸张正义，反抗暴虐。

若以今时审之，赤与客二人所为，以暴制暴，实在不高明，甚至难以理解，若以智取，尚不至以身搏。而再看王朝，千人万人尚不得安宁，反抗无功，岂一人能得？血气使然，希望所寄，唯以暴制暴，扶正义而上。后世佐以异说，种种都将异彩纷呈。

生死无由，侠义永存，精神不灭。

（夏木子）

李寄斩蛇 干 宝

东越①闽中有庸岭，高数十里，其西北隰②中有大蛇，长七八丈，大十余围。土俗③常病。东冶都尉及属城长吏，多有死者。祭以牛羊，故不得祸。或与人梦，或下谕巫祝，欲得啖童女年十二三者。都尉、令、长并共患之。然气厉不息④。共请求人家生婢子，兼有罪家女养之。至八月朝⑤祭，送蛇穴口，蛇出吞啮之。累年如此，已用九女。尔时预复募索，未得其女。将乐县李诞，家有六女，无男。其小女名寄，应募欲行，父母不听。寄曰："父母无相，惟生六女，无有一男，虽有如无。女无缇萦⑥济父母之功，既不能供养，徒费衣食，生无所益，不如早死。卖寄之身，可得少钱，以供父母，岂不善耶！"父母慈怜，终不听去。寄自潜行，不可禁止。

寄乃告请好剑及咋⑦蛇犬。至八月朝，便诣庙中坐，怀剑将犬。先将数石米糍⑧，用蜜麨灌之，以置穴口。蛇便出，头大如囷，目如二尺镜，闻糍香气，先啖食之。寄便放犬，犬就啮咋，寄从后斫得数创。疮痛急，蛇因踊出，至庭而死。寄入视穴，得九女髑髅，悉举出，咤言曰："汝曹怯弱，为蛇所食，甚可哀愍！"于是寄乃缓步而归。

越王闻之，聘寄女为后，拜其父为将乐令，母及姊皆有赏赐。自是东治无复妖邪之物。其歌谣⑨至今存焉。

《搜神记》

【注释】

①东越：汉初小国。在今浙江东南及福建一带。

②隰（xí）：低湿之地。

③土俗：当地风俗。此处指当地百姓。

④气厉不息：指大蛇气焰凶猛，为害不止。

⑤朝（zhāo）：初一日。

⑥缇萦（tí yíng）：汉初临淄淳于意幼女。其父因罪当受肉刑，缇萦随父入长安，上书请为官婢以赎父罪。汉文帝怜而赦其父罪，并除肉刑。事见刘向《列女传》。

⑦咋（zé）：咬住。

⑧米糍（cí）：用米蒸制的食品。

⑨歌谣：当指歌颂李寄斩蛇的歌谣。

【赏读】

作为一篇出现在志怪小说《搜神记》中的民间故事，对于主人公李寄的塑造不免增添了几分英雄主义的浪漫色彩。相比于封建官吏面对大蛇时妥协和懦弱的态度，少女李寄则显得有勇有谋。

在听闻此事时的"应募欲行"，展现了一个勇敢非凡的少女形象，她不同于封建官吏一味敷衍逃避，而是选择了迎着蛇口而上的积极态度。面对父母的反对，她一反同龄少女的娇弱，一番言论且不论其中重男轻女的思想，着实是迎合当时主流思潮的。行笔至此，一个极度成熟大胆的少女形象跃然纸上，只觉形象肃然高大，直让字句外的我们自愧不如。然而妙就妙在这样的一个少女，在面对家中人反对的时候，所展露的俏皮叛逆的一面：寄自潜行，不可禁止。字句内的少女悄悄溜走，字句外的读者也不禁会心一笑。这只是个十二三岁，身处叛逆期的少女！在那一瞬间仿佛内心深处某个柔软的角落被轻轻触碰，你不禁敬佩她的勇敢聪慧，又觉得她是如此亲切，甚至于随着文字的行走急于想知道这样一个亲切非常、好似邻家妹妹的少女究竟会遭遇怎样的命运。

古怪机灵的李寄展现着古代民间少女的智慧和勇敢，却又多了几分侠士的不羁和洒脱。不难想象，年仅十二三岁的李寄背着小小的行囊访求名剑的模样，她果敢却不莽撞，早早便把一切计划了然于心。待到决战时，却是一副悠悠闲闲的模样，"便诣庙中坐，怀剑将犬"。好一派大侠风范！"怀剑将犬"区区四字可谓神来之笔，多少官吏束手无策，焦头烂额，谁能想到一个小娃娃独坐庙里镇定非凡。她的心中早有筹谋，遂有其后的一系列行为："先将数石米糍，用蜜麨灌之，以置穴口"，"蛇便出，头大如囷，目如二尺镜，闻糍香气，先啖食之"，"寄便放犬，犬就啮咋，寄从后斫得数创。疮痛急，蛇因踊出，至庭而死"。

面对大蛇"至庭而死"的结局，大胆的李寄深入其穴，对其他九女的结局"哀其不幸，怒其不争"，在这些人的对比下，李寄超越年龄的果敢又一次被放大。这更是呼吁着同年龄的少女们，不要向命运低头，而要敢于与之斗争的英雄主义精神。结束了这一切的李寄"缓步而归"，寥寥四字展现了一个十二三岁的少女非凡耀眼的自信和沉着。这样的李寄怎能让人不爱？怎能让人不敬佩？连越王也不禁想要聘她为后。而文章并没有给予这一事确切的答案，至于最后李寄是否被聘为后，这自然要看每个读者个人的见解。从李寄对她父母陈说的一番话而言，她似乎是一个极其懂得纲常伦理的封建少女，那么为后将是无上的光荣，侍奉君主也是无可推卸的责任。但是从她那俏皮不羁的举止来看，她是属于广阔天地的，强行把她圈养成金丝雀似乎只有笼破鸟亡的结局了,那么为后将是她璀璨一生最大的不幸。

  但不论是重男轻女的对话抑或是最后聘为后的结局都不能损害李寄的形象,这个充满几分英雄主义色彩却又如侠士一般潇洒自如的小女子,在民间传说中闪闪发光。直到今天我们仍然对她斩蛇的行动拍案叫绝。在五千年的历史里,民间故事里歌颂的少女不胜枚举,而以孝女居多,这闪耀着我们文化的典雅庄重。而《搜神记》里的李寄,是众多典雅女子里的异类,她不乏大义,却又透着自己的小机灵小智慧,以至于今天,我们都觉得她是如此和蔼可亲。

(茶月 Selina)

古冶子杀鼋 干 宝

齐景公渡于江沅之河,鼋①衔左骖,没之。众皆惊惕,古冶子于是拔剑从之。邪②行五里,逆行三里,至于砥柱③之下。杀之,乃鼋也。左手持鼋头,右手拔左骖,燕跃鹄踊而出,仰天大呼,水为逆流三百步。观者皆以为河伯也。

《搜神记》

【注释】

①鼋(yuán):动物名,龟鳖科中的一属,体型大,又名沙鳖。
②邪:通"斜"。
③砥柱:山名,今已被炸毁。

【赏读】

春秋时期,作为齐景公帐下大将的古冶子,在一次齐景公渡黄河时,为他斩杀了咬住他马车的左骖的大鼋。干宝用简练的文字向我们展现了一个英勇非凡的古冶子。他拔剑斜追五里,逆水又追三里,仰天大吼,河水倒流三百步,众人皆以为河神。这不禁让人想起长坂坡上的张飞,怒吼三声退百万曹兵的壮举。皆逢乱世,二人都择主而侍,或许历史在某个角度上是有相似之处的,才造就了古冶子和张飞这两位性情相似的大将。他们都有着常人不敌之勇力,却又兼有着武人的缺点。古冶子终究因为功高盖主引起了齐景公的忌惮,这个让河水倒流三百步的大将,最终被两个桃子设套而死。历史上鼎鼎有名的"二桃杀三士"便诉说了这个英雄令人惋惜的结局,不懂得在政治中保全自己,使得多少名将青山白骨。晏子仅用了两个桃子,让古冶子、公孙接、田开疆三位大将军荐其中功大二者食之,便巧妙除去三人,不费一兵一卒。政治斗争里的兵不血刃,恐怕到死的那一刻,武者如古冶子都不知道在这个纷乱的世界里,仅凭着一腔武力,是完不成宏图霸业的。而与他神似的张飞,在《三国演义》里也不能幸免,死在了自己的莽撞里。历史虽不能假设,但若张飞活到了最后,刘备也完成了霸业,不知结局又是一番怎样的光景。不知登上权力顶峰的刘备是否还能记起彼时桃园里的那一杯酒。由此想来,又不禁感受到那一丝残酷的微笑,幸好关羽、张飞死在了自己的信仰里,才给我们留下那么动人的桃园三结义。

虽然古冶子在政治上的幼稚断送了他的性命,但是他斩杀大鼋的故事却永远留在我们心间。对于此事,《晏子春秋》里也留下了"古冶子,春秋人,以勇力事齐景公,公尝济于河,鼋衔左骖没,冶逆流百步,顺流九里,卒杀鼋,左操骖尾,右挈鼋头,鹤跃而出,津人皆以为河伯"的描写。以至于到了后世,《梁甫吟》里所写的,也是他的事迹:"步出齐城门,遥望荡阴里。里中有三墓,累累正相似。问是谁家墓,田疆古冶子。力能排南山,文能绝地纪。一朝被谗言,二桃杀三士。谁能为此谋?国相齐晏子。"大抵是在权力纷争中疲惫的众人,抒发感慨而作吧!

(茶月 Selina)

比丘尼 陶　潜①

晋大司马②桓温，字元子。末年③，忽有一比丘尼④，失其名，来自远方，投温为檀越⑤。尼才行不恒，温甚敬待，居之门内。尼每浴，必至移时。温疑而窥之。见尼裸身挥刀，破腹出脏，断截身首，支分脔⑥切。温怪骇而还。及至尼出浴室，身形如常。温以实问，尼答曰："若逐凌君上，形当如之。"时温方谋问鼎⑦，闻之怅然。故以戒惧，终守臣节。尼后辞去，不知所在。

《搜神后记》

【注释】

①陶潜（365 或 372~427）：字元亮，一名潜，私谥"靖节"，世称靖节先生，浔阳柴桑（今江西九江市西南）人。东晋末至南朝宋初期伟大的诗人、辞赋家，被称为"古今隐逸诗人之宗"。《搜神后记》又名《续搜神记》，是《搜神记》的续书。题为东晋陶潜撰，但书中所记有元嘉十四年（437）、元嘉十六年（439）事，皆陶潜死后事，故疑此书为伪托，或以为经后人增益。

②大司马：古代官名。魏晋时为上公之一，位在三公之上，第一品。

③末年：指桓温晚年之时。

④比丘尼：俗称尼姑。指年满20岁、受过具足戒的女性僧侣。

⑤檀越：佛教用语，指"施主"。即施与僧众衣食，或出资举行法会等之信众。

⑥脔（luán）：本义指小块肉，本文"分脔"即指将肢体切成碎块。

⑦问鼎：春秋时楚庄王陈兵于洛水，向周王朝示威。周派使者慰劳，"楚子（楚庄王）问鼎之大小轻重"，意思是说楚庄王有夺取周朝天下的意思（见《左传·宣公三年》）。后来用"问鼎"指图谋夺取政权之义。

【赏读】

人若将自己剖杀了，还能完整地活着吗？现实中当然不行。自古文人的想象力都如同无垠的宇宙，只要想，就可以怪诞荒谬到极致，却也能让人读来余韵悠长，若有所悟。

在古今许多文学作品中，比丘和比丘尼都是智者的缩影和代表，他们承担着点拨、传达和引领的作用，把人们从此岸的迷茫和困惑中，度到彼岸的超脱中去。这，便是因缘。因缘由缘生，桓温问鼎之心聚起了缘，召来了比丘尼。比丘尼故意让桓温看见自己洗澡时身首异处、肚破肠流的景象。"时温方谋问鼎，闻之怅然。"我读文时，在此处反复纠结斟酌了许久，"怅然"，在今有"怅然若失"的意思，我查翻译时，"怅然"被翻译作"害怕"，联系后文的"故以戒惧"，"害怕"的意思是合情合理的。但我心中却始终觉得似乎缺少了些什么。"害怕"与"怅然"是完全不同的两种情绪和心理状态，佛经中说的"度"，便是度己、度人，讲究的是清明、透彻、了悟，超越烦恼，达到菩提智慧，而非仅仅是以恐吓的方式来遏止。若是直译"怅然"，怅然若失、惆怅、若有所失，却有了对所执之事的释怀和对命运安排的无可奈何之感。放下我执，便是放下一叶障目,得见泰山,反复思量,才会有了桓温的"故以戒惧,终守臣节"。《般若波罗蜜多心经》开篇也说:"观自在菩萨,行深般若波罗蜜多时,照见五蕴皆空,度一切苦厄。"讲的就是在修行中历练心智,于烦恼中窥见清明。所以结尾的比丘尼功成身退,不知所踪。

　　头发剃了会再长,烦恼超越了还会有新的烦恼,从此岸到彼岸,是一刹那,而人生,却有无数个刹那。太阳底下无新事,事事都是更高程度的重复。人生在世,如同摸着石头过河,未来如何,其实谁都不知道。很多的决定选择,未必对,也未必错,只是因为我们选择了,所以当下的决定和选择,才是最好的。说是选择命运,倒不如说,是命运选择了我们。历史中的桓温是因为第三次北伐失败,声望受损,加之朝中势力的牵制,才未能谋反。陶渊明作此文,大约也是为了警醒世人,一言一行,当合乎法度,遵守君子之风,不做无妄之念想。

(镜上霜)

周处杀蛟 刘义庆①

周处年少时,凶强侠气②,为乡里所患,又义兴水中有蛟,山中有白额虎,并皆暴犯百姓。义兴人谓为三横,而处尤剧。或说处杀虎斩蛟,实冀三横唯余其一。处即刺杀虎,又入水击蛟,蛟或浮或没,行数十里,处与之俱,经三日三夜,乡里皆谓已死,更③相庆,竟杀蛟而出。闻里人相庆,始知为人情所患,有自改意。乃入吴,寻二陆④,平原⑤不在,正见清河,具以情告,并云:"欲自修改而年已蹉跎,终无所成。"清河曰:"古人贵朝闻夕死⑥,况君前途尚可,且人患志之不立,亦何忧令名不彰邪?"处遂改励,终为忠臣孝子。

《世说新语》

【注释】

①刘义庆(403~444):字季伯,原籍南朝宋彭城(今江苏徐州),世居京口(今江苏镇江),南朝宋文学家。刘宋宗室,自幼才华出众,著有《世说新语》《幽明录》等。《世说新语》又名《世语》,主要记载汉末至晋士大夫的言谈、逸事,是中国魏晋南北朝时期"笔记小说"的代表作,是我国最早的一部文言志人小说集。

②凶强侠气:凶强即凶暴强悍,侠气即任性使气,这里有好争斗的意思。

③更:轮番。

④二陆：指西晋著名文学家陆机、陆云兄弟，陆机被誉为"太康之英"。

⑤平原：因陆机曾任平原内史，陆云曾任清河内史，故世称"陆平原"和"陆清河"。

⑥朝闻夕死：早上听了圣贤之道，即使晚上死了也不算虚度此生。

【赏读】

"周处除三害"，其中一害是他自己，这实在是个值得反复玩味的故事。

周处（236~297）：字子隐，晋朝阳羡人，官二代，混世祖。他的祖父周鲂，做过吴国的鄱阳太守。所以周处迷失自我，自以为自己很威武，又力气过人，性情蛮横。因其父亲早死，无人管教，常与人斗殴闹事，成了乡里的大祸害。当时，长桥下有条独角蛟，南山有只白额虎，一起危害百姓，因此，人们连同周处在内把他们称作"三害"，而"三害"之中，最使百姓感到头痛的还是周处。后来有人劝周处去射虎斩蛟，实际上是一石三鸟之计，希望三害互相残杀。周处先入南山杀死了那只白额老虎，接着又下长河，搏蛟历时三天三夜，乡亲们都以为他已经死了，四处相告，拍手庆贺。第四天，周处竟安然无恙地回家来了。他本以为射虎斩蛟，会被簇拥崇拜为大英雄，哪知人们期盼的却是他死。

这个打击有点大，犹如五雷轰顶，令周处内伤呕血。原来他被人痛恨到如此程度！这一雷轰，一内伤，竟使他从混沌无知中清醒了过来。可是他很迷茫，于是找到名家陆机、陆云兄弟指点迷津，并说："我很想改正自己的错误，可年纪大了，恐怕最终不会有什么成就吧。"陆云回答说"古人贵朝闻夕死"，早上明白了真理，晚上死去也值得。用现在的话说就是：人生永远没有"为时已晚"，只有敢不敢开始。

"朝闻夕死"四个字令周处脱胎换骨,告别迷茫,立志改过,努力求学,果然最终成为晋朝一代名臣。

后来,他担任广汉(今四川广汉北)太守之时,当地原来的官吏腐败,积案成山,长达三十年没有处理。周处上任后,很快就把积案都认真处理完毕。——没有为时已晚,只有敢不敢开始!做御史中丞时,不管皇亲国戚,凡是违法的,他都大胆揭发。——没有为时已晚,只有敢不敢开始!

元康七年(297),周处受命西征齐万年反叛,由于他为人正直,受到一些大臣忌恨,作战时,杀敌上万,至弓断矢尽,而援兵不至。最后浴血战死疆场。那些朝廷小人以"吴之名将,忠烈果毅"的美誉,将周处送上了不归路。周处死后,朝廷追赠他为平西将军,谥号孝。晋惠帝下诏书曰:"周徇师令,身膏齐斧。人之云亡,贞节克举。"

虽然结果并不美好,然而周处一生,实在轰轰烈烈,掷地有声。年轻时心智未开,肆意妄为了,那又如何?人生没有结束,当明白了过错,就有勇气去改过!如此一个敢作敢为的硬汉永载史册,其人格魅力是响当当的。朝闻夕死,足矣!

(红景)

卷二

唐宋

老人化猿 欧阳询①

越王问范蠡②手剑之术,蠡曰:"臣闻③赵有处女,国人称之,愿王问之。"于是王乃请女。

女将见王,道逢老人,自称袁公。袁公问女曰:"闻女善为剑,愿得一观之。"女曰:"妾不敢有所隐也,惟④公所试。"公即挽林杪之竹,似桔槔,末折堕地,女接取其末。公操其本而刺女;女应节入之,三入。女因举杖击之,袁公即飞上树,化为白猿。

《艺文类聚》

【注释】

①欧阳询(557~641):字信本,汉族,唐朝潭州临湘(今湖南长沙)人。唐朝著名书法家,楷书四大家之一。高祖武德五年(622),欧阳询应诏与人主持编撰《艺文类聚》。七年书成,询撰序言。全书凡100卷,分48部。此书征引古籍达1400余种,这些古籍后来大多散佚。赖《艺文类聚》保存诸书许多重要内容。

②范蠡(前536~前448):字少伯,春秋时期楚国宛(今河南南阳市)人。春秋末著名的政治家、军事家、道家学者和经济学家。曾献策扶助越王勾践复国,后隐去。著《范蠡》二篇,今佚。范蠡为早期道家学者,楚学开拓者之一。被后人尊称为"商圣","南阳五圣"之一。虽出身贫贱,但是博学多才,与楚宛令文种相

识，相交甚深。因不满当时楚国政治黑暗，非贵族不得入仕而一起投奔越国，辅佐越国勾践。传说他帮助勾践兴越国，灭吴国，一雪会稽之耻。功成名就之后急流勇退，化名为"鸱夷子皮"，遨游于七十二峰之间。后定居于定陶（今山东菏泽市定陶区），其间三次经商成巨富，三散家财，自号陶朱公。世人誉之："忠以为国，智以保身，商以致富，成名天下。"后代许多生意人皆供奉他的塑像，称之为财神。其被视为顺阳范氏之先祖。

③闻：听说。

④惟：只要，只有。

【赏读】

在中国古代，白猿是内涵极丰富的意象。此处短短一篇老人化猿的故事里，白猿便有至少三种文化寓意。

白猿乃老人。董仲舒《春秋繁露》有谓"猿之所以寿者，好引其末，是故气四越"，猿被认为是善取天地之美而养其身的寿者，而白猿的通体毛发亦与人间长者相合，是以白猿常作高寿老人出现。

白猿乃剑客。自先秦便有源流，相传由东汉医学家华佗创制，仿动物形神而作引导术，其中便有猿戏。猿猴臂长，四肢并用，攀缘腾挪，诸般矫捷姿态活脱脱像个擅长轻功的侠客。而用剑以轻盈为妙，古人将白猿想作剑客便极妥帖了。剑是春秋战国时的重要兵器，尤其在吴越地区，有许多关于铸剑的美谈，此处从越王问剑到赵处女遇猿公，正是剑术文化在庙堂军阵与民间异士之间的联结，而后从此又生出"白猿公"及《卅三剑客图》中的"越女剑"等武侠形象，则是更进一步衍生和丰富了。学剑白猿也渐成一典故，见于李白、杜牧等人许多诗作里。

白猿乃隐者。窜居山野、行踪无定的白猿，既合于道家所谓养寿，又合于道家所谓隐逸。不只道家，在春秋战国时代的动荡和士阶层的嬗变分化里，产生了一大批隐士。故事里袁公飞身上树，化为白猿而去，来去倏忽，正是隐士的做派。

除此之外，白猿还有别的不少形象，譬如好色。古代许多民间传说里都有猿猴掳掠妇女之事。唐传奇里便有一篇《白猿传》，讲的是梁大同末别将欧阳纥出征至长乐，妻子被山中白猿劫走，于是率兵入山杀猿的故事。彼故事里的白猿，便是白衣曳杖的美髯公，隐匿山中，擅舞剑，集诸种形象于一体。

回到老人化猿来，与白猿公比试剑法而胜的赵处女，即越女，实则才是故事的真正主角。后来被金庸写进《越女剑》里，名唤阿青，是个牧羊的少女，用竹枝当剑，以一敌八惊退吴国剑士。因了学剑白猿这一既成典故，金庸也把越女路遇猿公比试变成了阿青先向山中白猿学剑后斗败白猿。越国剑士目睹阿青剑术，琢磨到些精髓，遂无敌天下，大败吴国。金庸笔下的少女阿青、越国大夫范蠡、西施三人之间还有一番情缘纠葛，虽知是过于演绎，读来仍叫人唏嘘。

（偎寒）

双剑化龙 房玄龄[①]等

初,吴[②]之未灭也,斗牛[③]之间常有紫气,道术者皆以吴方强盛,未可图也,惟华以为不然。及吴平之后,紫气愈明。华闻豫章人雷焕妙达纬象[④],乃要[⑤]焕宿,屏人曰:"可共寻天文,知将来吉凶。"因登楼仰观,焕曰:"仆察之久矣,惟斗牛之间颇有异气。"华曰:"是何祥也?"焕曰:"宝剑之精,上彻于天耳。"华曰:"君言得之。吾少时有相者言,吾年出六十,位登三事,当得宝剑佩之。斯言岂效与!"因问曰:"在何郡?"焕曰:"在豫章丰城。"华曰:"欲屈君为宰[⑥],密共寻之,可乎?"焕许之。华大喜,即补焕为丰城令。焕到县,掘狱屋基,入地四丈余,得一石函,光气非常,中有双剑,并刻题,一曰龙泉,一曰太阿。其夕,斗牛间气不复见焉。焕以南昌西山北岩下土以拭剑,光芒艳发。大盆盛水,置剑其上,视之者精芒炫目。遣使送一剑并土与华,留一自佩。或谓焕曰:"得两送一,张公岂可欺乎?"焕曰:"本朝将乱,张公当受其祸。此剑当系徐君墓树耳。灵异之物,终当化去,不永为人服也。"华得剑,宝爱之,常置坐侧。华以南昌土不如华阴赤土,报焕书曰:"详观剑文,乃干将也,莫邪何复不至?虽然,天生神物,终当合耳。"因以华阴土一斤致焕。焕更以拭剑，倍益精明。华诛，失剑所在。焕卒，子华为州从事，持剑行经延平津，剑忽于腰间跃出堕水，使人没水取之，不见剑，但见两龙各长数丈，蟠萦有文章，没者惧而反。须臾光彩照水，波浪惊沸，于是失剑。华叹曰："先君化去之言，张公终合之论，此其验乎！"

《晋书》

【注释】

①房玄龄（579~648）：名乔，字玄龄，唐初齐州临淄（今山东淄博市临淄区北）人。早年投奔秦王李世民，参与玄武门之变，并功第一。唐太宗李世民即位后，房玄龄历任中书令、尚书左仆射、司空等职。同时负责国史馆，先后监修成《高祖实录》《太宗实录》《晋书》。唐修《晋书》原有一百三十二卷，后来叙例、目录失传，剩余一百三十卷，分为帝纪十卷，志二十卷，列传七十卷，载记三十卷，记载的历史上起三国时期司马懿早年，下至东晋恭帝元熙二年（420）刘裕废晋帝自立，以宋代晋。其时包括房玄龄、褚遂良、许敬宗等监修在内，《晋书》作者共二十一人。

②吴：即东吴。张华为西晋时期著名政治家，在当时支持司马炎讨伐东吴，战时任度支尚书。

③斗牛：古代汉族天文学家为观测日、月、五星运行划分二十八个星宿用来说明日、月、五星运行所到的位置。斗牛属于北方玄武七星宿即北斗七星，斗宿即为南斗六星，勺状；牛宿即为摩羯座六星，星群组合如牛角。

④妙达纬象：精通星象之术。

⑤要：同"邀"，邀请。

⑥宰：古代官名。在不同历史时期官职职能有所演变，殷商始置，原掌管家务与奴隶，后为侍从君王左右之臣。西周沿置，掌王家内外事务，又在王左右参与政务。春秋时各国均设置，多称为"太宰"。太宰为朝廷大臣，总管内朝事务和财务。古代卿、大夫之家臣和地方县邑长官亦称"宰"，如子游为武城宰。此处指地方县邑长官。

【赏读】

"闽越波涛千里阔，那能有梦寄刀环。"浩浩闽江之上，巍巍矗立着一座名为"双剑化龙"的雕塑，宽厚基座之上耸出两座剑峰，上端峰尖相触，在古城夕阳的熠熠光辉下，娓娓诉说着一个神秘的传说……

相传西晋初建时期，斗牛之间常有紫气冲霄而起。道术者都认为东吴正处强盛时期，不可图谋歼灭此国。只有张华不如此认为，他通晓易理，心知其异，便邀请善观天象的雷焕共卜吉凶，最后知晓紫气源于豫章丰城，其实是宝剑之精。张华忆起自己年少时，有相者预言自己在"年出三十，位登三事"之时，会得到一把宝剑相配。张华得知预言即将实现，望得雷焕相助。当时张华是晋朝重臣，雷焕答应后，张华便帮其补得了丰城县令一职。雷焕到任以后，在监狱地基底下掘出一个石函。出土后霞光四射，打开之后果然发现有双剑并列，且剑身上刻有剑名，一把名为龙泉，一把名为太阿。当晚，斗牛间紫气便消失不见了。雷焕当即送其中一把剑给张华，而留一把自佩。张华收到剑后发现此二剑是越剑干将、莫邪，于是致书雷焕曰二剑终当复合。后来张华被杀，尔后干将剑下落不明。雷焕死后将他所佩剑传给了其子雷华。雷华任建安郡从事，持剑路经延平津。腰间佩剑忽然跃出剑鞘坠入水中。雷华请人入水取剑，入水者不见宝剑，却见两条身长数丈的巨龙盘绕于水底，便因害怕返回了。转眼间，江水碧波灿烂，浪涛汹涌，正可谓"来如雷霆收震怒，罢如江海凝清光"。雷华失剑后感叹："先父生前所说的话，张公'两剑终合'的言论，再次被验证为事实！"时人便以为这是双剑复合，在此化龙。

自古以来，南平就以山川险峻、地扼要冲而有天堑之称，加上延平津险滩林立，急流惊湍比比皆是，在古代科学落后、崇巫信神的福建，很自然就会被当作是蛟龙藏身之所。后来"双剑化龙"神话被附会为古延平府唐宋时期贤良辈出原因的风水解释。然而，主观臆造也好，真神庇护也罢，南平人早已摒弃那些过于迷信的思想，凭借自己勤劳的双手打造出了一个美丽富饶的城市。

"一匣深藏不露锋，知音落落世难逢。"闽江河畔，是否能忆起莫邪离去时释然的含泪微笑？是否会响起干将远处焦急的狂吼？"空山一夜惊风雨，跃跃沉吟欲化龙。"闽江河底，是否能感受到双剑化龙的震天动地？是否能听见二龙缠绵的愁语欢声？"除却干将与莫邪，世界伊谁开暗黑。"冲破苍穹，这是双剑化龙的威势；挣脱枷锁，这是永无畏葸的长久相伴……在这个经济迅速发展的时代，留得一传说绵延千年，为一座城市营造出神秘的色彩，则其意蕴，容有底止……

（减子）

笛师 戴孚①

唐天宝末，禄山作乱，潼关失守，京师之人于是鸟散。梨园弟子有笛师者，亦窜于终南山谷，中有兰若②，因而寓居。清宵朗月，哀乱多思，乃援笛而吹，嘹唳之声，散漫山谷。

俄而有物虎头人形，着白袷单衣，自外而入。笛师惊惧，下阶愕眙③。虎头人曰："美哉笛乎，可复吹之。"如是累奏五六曲，曲终久之，忽寐，乃呟嘻大鼾。师惧觉，乃抽身走出，得上高树，枝叶阴密，能蔽人形，其物觉后，不见笛师，因大懊叹云："不早食之，被其逸也。"乃立而长啸。须臾，有虎十余头悉至，状如朝谒，虎头云："适有吹笛小儿，乘我之寐，因而奔窜，可分路四远取之。"言讫，各散去，五更后复来，皆人语云："各行四五里，求之不获。"会月落斜照，忽见人影在高树上，虎顾视笑曰："谓汝云行电灭，而乃在兹。"遂率诸虎，使皆取攫，既不可及，虎头复自跳，身亦不至，遂各散去。

少间天曙，行人稍集，笛师乃得随还。

《广异记》

【注释】

①戴孚：唐谯郡（今安徽亳州）人，生平事略不见史传。据顾况所作《戴氏广异记序》，知戴孚于唐肃宗至德二年（757）与顾况同登进士第，任校书郎，终于饶州录事参军，卒年五十七岁。

②兰若：寺院。

③愕眙：惊视。

【赏读】

乱世，山间，明月夜，森林里，虎头人，吹笛客，故事摇曳，有风致。

这个老虎心中的盘算多好啊，趁着明月夜去吃年轻的笛师，由唐明皇、杨贵妃身边跑出来的江湖艺术家，先尽耳目之娱，再极口腹之欲。

不幸的是，他睡着了，在散漫山谷的笛声里，鼾声四起，让笛师得到了跳上树的机会。就像西欧的那个吹笛故事一样，"艺术"在这里，发挥了关键的作用，它延迟了死亡，修饰了暴力，消解了危机，让人活了下来。

这一段文字也好，令我感佩不已。讲故事的技法也高妙，到结尾的时候，老虎们四出寻找不到，散去就是了，这个时候，笔墨一转，写到明月西下，将吹笛人的影子照出，老虎们又跳起来，向树上试够，将故事重新推向顶峰（老虎哪怕是修到人形，也不会爬树，这个定理依旧在发挥作用）。也就是三四百字，但是虎头人的形神，刻画得栩栩如生。

（木剑客）

救沉志 刘禹锡①

贞元季年夏,大水。熊武五溪斗,泆②于沅,突旧防,毁民家。跻③高望之,渼溄④葩华。山腹为坻,林端如莎。湍道驶悍,不风而怒。崴嶷⑤前迈,浸淫旁掩。柔者靡之,固者脱之,规者旋环之,矩者倒颠之,轻而泛浮者磈磳⑥之,重而高大者前却之。生者力音,殪⑦者弛形,蔽流而东,若木栧然。

有僧愀⑧焉,誓于路曰:"浮图之慈悲,救生最大。能援被于溺,我当为魁。"里中儿愿从四三辈,皆狎川勇游者。相与乘坚船,挟善器,维以修纼,杙⑨于崇丘。水当洄洑⑩,人易置力。凝矑执用,俟可而拯。大凡室处之类,穴居之汇,在牧之群,在豢之驯,上罗黔首,下逮毛物,拔乎洪澜,致诸生地者数十百焉。

适有挚兽,如鸥夷而前,攫持流枿,首用不陷,隅目旁倪,其姿弭然,甚如六扰之附人者。其徒将取焉。僧趣诃之,曰:"第无济是为!"目之,可里所,而不能有所持矣。

舟中之人曰:"吾闻浮图之教贵空,空生普,普生慈。不求报施之谓空,不择善恶之谓普,不逆困穷之谓慈。向也,生必救;而今也,穷见废,无乃计善恶而忘普与慈乎?"

僧曰:"甚矣问之迷且妄也!吾之教恶乎无善恶哉?六尘

者,在身之不善也,佛以贼视之;末伽声闻者,在彼之未寤也,佛以邪目之,恶乎无善恶邪?吾向也所援而出死地者众矣。形干气还,各复本状。蹄者踯躅然,羽者翘萧然,而言者諓諓然⑪,随其所之,吾不尸其施也。不德吾则已,焉能害为?彼形之干,髭髯⑫之姿也;彼气之还,暴悖之用也,心足反噬而齿甘最灵,是必肉吾属矣!庸能踯躅、諓諓之比欤?夫虎之不可使知恩,犹人之不可使为虎也。非吾自贻患焉尔,且将贻患于众多,吾罪大矣。"

刘子曰:"余闻善人在患,不救不祥;恶人在位,不去亦不祥。僧之言远矣,故志之。"

《刘禹锡集》

【注释】

①刘禹锡(772~842):字梦得,洛阳(今属河南)人,其先为中山靖王刘胜。唐朝文学家、哲学家,有"诗豪"之称。诗文俱佳,涉猎题材广泛,与柳宗元并称"刘柳",与韦应物、白居易合称"三杰",并与白居易合称"刘白"。

②泆:通"溢",水漫出。

③跻:登,上升。

④溟涬(mǐng xìng):大水茫茫,水势无边际貌。

⑤崰嶷(zè nì):交错不齐貌;纵横貌。

⑥礚(kē):古同"磕",象声词。

⑦殪(yì):死亡。

⑧愀(qiǎo):神色严肃或不愉快。

⑨杙：（将船）系在木桩上。
⑩洄洑：湍急回旋的流水。
⑪谫（jiǎn）谫然：能言善辩，花言巧语。
⑫髬髵（pī ér）：亦作"髬髵"，猛兽怒而鬣毛奋张貌，这里指头发竖起。

【赏读】

每个人心中的对错标准都不一样，因为每个人的三观或多或少都有不同。比如在马路上遇到乞丐，有些人会认为那就是乞丐，我要施舍；有的人会认为，这乞丐是骗子，不能施舍；还有人会说，我知道这乞丐是骗子，但他也不易，我还是要施舍。

我们说不清谁对谁错，因为我们是人，我们有独立的思想。但也正是因为我们有思想，所以我们会感到迷茫。做一个好人或是正义的人并不简单，因为对错没有一定之规。比如小时候我们自认为做的正确的事，当我们长大后再回想起来，其实是错的。

文中说到，在贞元末年的时候沇地发了次水灾，很大的水灾，把防堤都冲破了，包括人在内，各种生灵都受到其害。有一个僧人发动村民救灾，佛家以慈悲为怀，不仅是救人类，只要是长毛的动物都救。就这样救了数以千计的生灵。但是有一只猛兽，在洪水中很是可怜，求生欲望非常强烈，当僧人的弟子准备救它上岸时，却被僧人制止了。

以同情心来看，即便是猛兽，那也是一条生命。更何况佛家讲众生平等，讲不杀生，那僧人见死不救，和间接杀它有何区别？

有一个著名的思想实验，叫电车难题：一个疯子把五个无辜的人绑在电车轨道上。一辆失控的电车朝他们驶来，并且片刻后就要碾压到他们。幸运的是，你可以拉一个拉杆，让电车开到另一条轨道上。但是还有一个问题，那个疯子在另一条轨道上也绑了一个人。

考虑以上状况，你应该拉拉杆吗？

救一个人或是救五个人，看起来是很简单的选择。但是，如果我们拉了拉杆，就真的道德吗？无辜死去的那个人该由谁负责呢？由疯子负责吗？

这是我们的迷茫。

在善的名义之下，我们失去了判断。生怕自己明明是在做善事，却掺杂了一点点的不善，抹杀了善名。僧人说，猛兽恢复了元气之后便会露出它贪婪的本性，留在世间只会作恶，所以不能救。文中的"舟中之人"，恐怕也包括"刘子"，也就是刘禹锡，全都在"善"字之下，失去了思考。

唐朝佛教盛行，从初唐开始，佛教发展到贞元年间已经有了不少流派。其中有我们熟悉的禅宗、密宗，还有相对陌生的律宗。

顾名思义，律宗的"律"指的就是戒律，相传是释迦在世时，为了约束僧众而制定的。如果把宗教的神学色彩剥开，其中的哲学思考往往更加深刻。在律宗，僧人严格执行戒律，通过外在的约束而体会内心。社会中也有法律，法律可以说是约束，也可以说是底线。在底线之上，我们的内心是否有原则呢？如果一味地行善，一味地坚持所谓道德，是否与我们行为本身的初衷背道而驰了呢？

就好比"以德报怨"这个词，不知道是什么历史原因让我们相信以德报怨是值得称赞的道德之举。但有多少人知道以德报怨后面的话是"何以报德？"以德报怨，何以报德？以直报怨，以德报德。

做一个有原则的好人吧。

(帆凡)

李汤 韦 绚[①]

唐贞元丁丑岁，陇西李公佐泛潇湘、苍梧，偶遇征南从事弘农杨衡泊舟古岸，淹留佛寺，江空月浮，征异话奇。

杨告公佐云："永泰中，李汤任楚州[②]刺史时，有渔人，夜钓于龟山之下。其钓因物所制，不复出。渔者健水，疾沉于下五十丈。见大铁锁，盘绕山足，寻不知极。遂告汤，汤命渔人及能水者数十，获其锁，力莫能制。加以牛五十余头，锁乃振动，稍稍就岸。时无风涛，惊浪翻涌，观者大骇。锁之末，见一兽，状有如猿，白首长鬐[③]，雪牙金爪，闯然上岸，高五丈许。蹲踞之状若猿猴，但两目不能开，兀若昏昧。目鼻水流如泉，涎沫腥秽，人不可近。久乃引颈伸欠，双目忽开，光彩若电。顾视人焉，欲发狂怒。观者奔走。兽亦徐徐引锁拽牛，入水去，竟不复出。时楚多知名士，与汤相顾愕悚，不知其由。尔时，乃渔者知锁所，其兽竟不复见。"

公佐至元和八年冬，自常州饯送给事中孟简至朱方，廉使薛公苹馆待礼备。时扶风马植、范阳卢简能、河东裴蘧皆同馆之，环炉会语终夕焉。公佐复说前事，如汤所言。至九年春，公佐访古东吴，从太守元公锡泛洞庭，登包山，宿道者周焦君庐。入灵洞，探仙书，石穴间得古《岳渎经》第八卷,文字古奇,编次蠹毁,不能解。公佐与焦君共详读之:"禹理水,三至桐柏山,惊风走雷,石号木鸣;五伯拥川,天老肃兵,不能兴。禹怒,召集百灵,搜命夔、龙。桐柏千君长稽首请命,禹因囚鸿蒙氏、章商氏、兜卢氏、犁娄氏。乃获淮、涡水神,名无支祁,善应对言语,辨江淮之浅深,原隰之远近。形若猿猴,缩鼻高额,青躯白首,金目雪牙,颈伸百尺,力逾九象,搏击腾踔疾奔,轻利倏忽,闻视不可久。禹授之章律,不能制;授之乌木由,不能制;授之庚辰,能制。鸱、脾桓、木魅、水灵、山妖、石怪,奔号聚绕,以数千载,庚辰以战逐去。颈锁大索,鼻穿金铃,徙淮阴之龟山之足下,俾淮水永安流注海也。庚辰之后,皆图此形者,免淮涛风雨之难。"

即李汤之见,与杨衡之说,与《岳渎经》符矣。

《戎幕闲谈》

【注释】

①韦绚:生卒年不详。长庆元年(821),从刘禹锡学于白帝城。太和中,为李德裕从事,其后任校书郎、吏部员外郎、司封员外郎等职。韦绚尝记刘禹锡所谈,为《刘宾客嘉话录》一卷;又记李德裕所谈,为《戎幕闲谈》一卷,并传于世。

②楚州:今江苏淮安。

③鬐(qí):马的鬃毛。

【赏读】

这就是鲁迅讲到的孙悟空的原型,水神无支祁,脾气不太好,双目如电,能说会道,识路认水,与孙悟空的确很像;又一说,他的原型是护教的神猴哈罗曼。孙悟空是一个由无数的元素混合出来的符号,是中国神话与印度佛教混搭的产物,《西游记》又何尝不是这样?

这个无支祁锁下的龟山,与负荷着黄鹤楼的蛇山相对,长江大桥就是由龟山接到蛇山的,龟山上有电视塔,庶几暗合镇压之义。玄武的图像,是龟蛇相斗,其实是龙蛇相斗,《西游记》前面的杨戬斗悟空,杨戬为水神,但他的来路,应是三头蛟之类。而孙悟空的来历,由龙、猴、马、虎等加入,将无支祁与哈罗曼,混合到一起,在这个故事里,虽然被拘禁,它仍然神威凛凛。

(木剑客)

京西店老人 段成式①

唐韦行规,自言少时游京西,暮止店中。更欲前进,店有老人方工作,谓曰:"客勿夜行,此中多盗。"韦曰:"某留心弧矢②,无所患也。"

因行数十里,天黑,有人起草中,尾之。韦叱③不应,连发矢,中之,复不退。矢尽,韦惧,奔马。有顷,风雷总至。韦下马,负一大树,见空中有电光相逐,如鞭杖④势,渐逼树杪。觉物纷纷坠其前,韦视之,乃木札也。须臾,积札埋至膝。韦惊惧,投弓矢仰空中乞命。拜数十,电光渐高而灭,风雷亦息。韦顾大树,枝干尽矣。

鞭驮已失,遂返前店。见老人方箍桶。韦意其异人也,拜而且谢。老人笑曰:"客勿恃弓矢,须知剑术。"引韦入后院,指鞍驮言:"却领取,聊相试耳。"又出桶板一片,昨夜之箭,悉中其上,韦请役力⑤承事,不许,微露击剑事,韦亦得一二焉。

《酉阳杂俎》

【注释】

①段成式(约803~863):字柯古,临淄(今山东淄博市临淄区北)人,祖籍邹平。唐代著名志怪小说家,其著《酉阳杂俎》所

记有仙佛鬼怪、人事以至动物、植物、酒食、寺庙等等，分类编录，一部分内容属志怪传奇类，另一些则记载各地与异域珍异之物。

②弧矢：弓和箭。

③叱：大声呵斥。

④鞠杖：又作鞫杖，古代打球的棍棒。《金史·礼志八》："已而击球，各乘所常习马，持鞠杖。杖长数尺，其端如偃月。"

⑤役力：犹效力。

【赏读】

据说唐朝有个叫韦行规的人，曾叙说过他年少时游历京西的一件奇事。一次游历至傍晚，路过一所客店，店中有一位老人劝他不要夜行，这里盗贼很多。年少轻狂的韦行规倒是没有放在心上："我会射箭，不用担心。"而在他行走数十里路后，不想真的遇上盗贼手，此时天色已黑，突遇从草堆中跃起的盗贼，韦行规连射数箭却不能退却来人，而弓箭很快用尽。在此情形之下，韦行规心中大惧，知来人不是等闲之辈，遂试图骑马而走。只是不一会儿，风雨交织。韦行规不得不下马，背靠一棵大树而立，却见空中电光相交映，树枝散落坠于前，不一会儿，便越积越多靠近膝盖。韦行规惊恐不已，抛下手里的弓箭对着空中祈求活命。拜了数十下，雷电渐渐停息，而再看那大树，却是枝干近尽。虽然行李全无，但是早已没有心思去寻找的韦行规返回了先前的店里，看见老人仍在箍桶，才知道遇到了异能之人，不禁拜服。老人倒是笑着回应："客人您不要一味凭借弓箭，也要知道剑术才行啊！"于是引领韦行规进入了后面的院子里，指着行李说道："拿去吧，我只是试试你。"又拿出了一片木板，只见昨晚的箭都在木板之上，韦行规大为佩服，老人人教给了他一点剑术，韦行规也悟得了其中一二。

原文出自《酉阳杂俎》的《京西店老人》，在《剑侠传》里也有收录。相较于《剑侠传》里性格各异的各类侠客，京西店老人是独特的存在。他不是那种仙风道骨不沾世俗的侠客，也不是来去无踪的潇洒剑客。他有一丝调皮又有一丝的淡然，他带有几分挑逗意味地试探了韦行规的箭术，用实际行动告诫年轻人不要自恃过高。他沾着几分恰到好处的世俗，恰到好处地展示了自己高超的技艺，却又有那么几分恰到好处的淡泊，他随意地指点了韦行规几招剑术，其实他最想告诉韦行规的还是要研习剑术一事。这老人就像我们每个人漫漫人生长路上的一个指路人，你相信他真的曾经来过又忽然不见，以至于若干年后我们可以坐在茶棚里和朋友闲聊，聊到曾经的青春岁月，聊到这样一位京西店老人。

　　这样的故事不禁让我想到了武松打虎。店小二提醒武松三碗不过冈，山上有猛虎，武松同样毫不放在心上，上山擒虎。相似的情节却是不同的故事走向，颇有几分玩味。又想到若是上帝把武松和京西店老人安排在同一维度里，会发生怎样的故事？

（茶月 Selina）

兰陵老人① 段成式

相传黎干为京兆尹②,时曲江淹龙祈雨,观者数千。黎至,独有老人植杖不避。干怒,杖背二十,如击鞴革③,掉臂④而去。黎疑其非常人,命老坊卒寻之。至兰陵里之内,入小门,大言曰:"我今日困辱甚,可具汤也。"坊卒遽返白⑤黎,黎大惧,因弊⑥衣怀公服,与坊卒至其处。时已昏黑,坊卒直入,通黎之官阀。黎唯趋而入,拜伏曰:"向迷丈人物色⑦,罪当十死。"老人惊起,曰:"谁引君来此?"即牵上阶。黎知可以理夺,徐曰:"某为京兆尹,威稍损则失官政。丈人埋形杂迹,非证慧眼不能知也。若以此罪人,是钓人以贼,非义士之心也。"老人笑曰:"老夫之过。"乃具酒设席于地,招坊卒令坐。夜深,语及养生之术,言约理辩。黎转敬惧,因曰:"老夫有一伎,请为尹设。"遂入。良久,紫衣朱鬓⑧,拥剑长短七口,舞于庭中,迭跃挥霍,换光电激,或横若裂盘,旋若规尺。有短剑二尺余,时时及黎之衽。黎叩头股栗。食顷,掷剑植地如北斗状,顾黎曰:"向试黎君胆气。"黎拜曰:"今日已后,性命丈人所赐,乞役左右。"老人曰:"君骨相无道气,非可遽教,别日更相顾也。"揖⑨黎而入。黎归,气色如病,临镜方觉须剃落寸余。翌日复往,室已空矣。

《酉阳杂俎》

【注释】

①此条又见《太平广记》卷一九五。
②京兆尹：京兆府（今陕西西安）最高长官。
③鞔（mán）革：把皮革蒙在鼓框上，钉成鼓面。
④掉臂：摆动胳膊，表现出不屑一顾的样子。
⑤白：对上说。
⑥弊：通"蔽"，遮盖，遮挡。
⑦丈人：老人的通称。物色：指形貌。
⑧帓（mà）：头巾。
⑨揖（yī）：古代的拱手礼，在文中做使动用法，指老人向黎干作了个揖。

【赏读】

　　一位是专横暴躁嚣张跋扈的京兆长官，一位是率性豪放怀绝世武功的奇幻老人，一次偶然摩擦，请罪之时却看到一场绝世剑术，待到"方外酒徒盟尚在，囊中剑术老当传"时，只道"君骨相无道气"便纵身离去，再无踪迹……

　　唐时黎干做京兆尹，碰到大旱，设祭求雨，观者数千人。他带了衙役卫士到达时，众人纷纷让路，独有一名老人站在街头不避。黎干大怒，叫人捉了他来，当街杖背二十下。杖击其背时，啪啪作响，好像打在牛皮鼓上一般。那老人也不呼痛，杖毕，扬长而去。黎干心下惊异，命一名年老坊卒悄悄跟踪。一直跟他到了兰陵里之内，见他走进一道小门，只听他大声道："今天可给人欺侮得够了，快烧汤罢！"坊卒急忙奔回禀报。

　　黎干越想越怕，于是取过一件旧衣，罩在公服之上，和坊卒同到那老人的住处。这时天已昏黑，坊卒先进去通报，黎干跟着进门，拜伏于地，说道："适才有眼不识泰山，得罪了丈人，该死至极。"老人惊起，问道："是谁引你来的？"黎干默察对方神色，知道能以理折服，缓缓道："在下做京兆尹的官，如果不得百姓尊重，不免坏了规矩。丈人隐身于众人之中，非有慧眼，难识高明。倘若丈人为了日间之事而怪罪，未免不大公道，非义士之心也。"老人笑道："这倒是老夫的不是了。"于是拿了酒菜出来，摆在地上，席地而坐，和黎干及坊卒同饮。

夜深，谈及养身之术，言辞深入堂奥。黎干又敬又惧。老人道："老夫有一小技，在大人面前献丑。"走进内堂，过了良久出来，已换了装束，身穿紫衣，发结红带，手持长剑、短剑七口，舞于庭中。七剑奔跃挥霍，有如电光，时而直进，时而圆转，黎干看得眼花缭乱。有一口二尺余的短剑，剑锋时时刺到黎干的衣襟。黎干不禁全身战栗。老人舞了一顿饭时分，举手一抛，七剑腾空而起，同时插入地下，成北斗之形，说道："适才试一试黎君的胆气。"

黎干拜倒在地，道："今后性命，皆丈人所赐，请准许随侍左右。"老人道："君骨相中无道气，不能传我之术，以后再说罢。"作了个揖，便即入内。

黎干归去，气色如病，照镜子时才发觉胡须已被割落寸余。明日再去兰陵里寻访时，室中已无人了。

"大将南征胆气豪，腰横秋水雁翎刀"，若为英雄豪杰，怎能失得几分铮铮傲骨？一番傲气凌人之后识得原委，讪讪一笑只得前倨后恭，却又能以何缘由被认可？尽管没有绝世清明，但以谦逊为引，不违道，不违心，琐碎间行侠仗义，偶尔也固执己见，亦能在江湖间另辟一番蹊径。

(减子)

梵僧难陀 段成式

张魏公①在蜀时,有梵僧难陀得如幻三昧。入水火,贯金石,变化无穷。初入蜀,与三少尼俱行,或大醉狂歌。戍将将断之。及僧至,且曰:"某寄迹桑门②,别有乐术。"因指三尼:"此妙于歌管。"戍将反敬之,遂留连为办酒肉,夜会客,与之剧饮。

僧假祸裆巾帼③,市铅黛,伎其三尼,及坐,含睇调笑,逸态绝世。饮将阑④,僧谓尼曰:"可为押衙踏某曲也。"因徐进对舞。曳绪回雪⑤,迅赴摩跌,技又绝伦也。良久,曲终而舞不已。后惊曰:"妇女风⑥邪!"忽起,取戍将佩刀,众谓酒狂,惊走。僧乃拔刀斫之,皆踣⑦于地,血及数尺。戍将大惧,呼左右缚僧。僧笑曰:"无草草。"徐举尼,三枝筇杖⑧也。血乃酒耳。

又尝在饮会,令人断其头,钉耳于柱,无血,身坐席上。酒至,泻入脰⑨疮中,面赤而歌,手复抵节⑩。会罢自起,提首安之,初无痕也。时时预言人凶衰,皆迷语,事过方晓。

成都有百姓,供养数日,僧不欲住,闭关留之,僧因走入壁间,百姓遽牵,渐入,惟余袈裟角,顷亦不见。来日壁上有画僧焉,其状形似白月。色渐薄,积七日,空有黑迹。

至八日，黑迹亦灭。僧已在彭州矣，后不知所之。

《酉阳杂俎》

【注释】

①张魏公：作"丞相张魏公延赏"。张延赏（？~787），蒲州猗氏人，历荆南、剑南西川节度使。贞元初迁中书侍郎、同平章事。

②桑门：梵语"沙门"异译，指僧徒。

③裲裆（liǎng dāng）：长度及腰，只蔽胸背的上衣。巾帼：妇女的头巾和发饰。

④阑：残尽。

⑤曳绪回雪：曳绪，抽丝，形容舞姿连贯。回雪，形容舞姿如雪回旋。

⑥风：通"疯"，疯狂。

⑦踣（bō）：倒毙。

⑧筇杖：竹杖。

⑨胵：脖子。

⑩抵节：击节，打拍子。

【赏读】

《酉阳杂俎》中关于僧道的记载大多与传统形象不同，更近似江湖方士之流，举止诡异怪诞，颇有异能。

做方士要会表演，越是惊世骇俗，滋味越好。这个穿着裲裆，带着三个年轻尼姑在巴蜀之地招摇过市的梵僧，想必是业界翘楚，由浅入深，手法一招高于一招，吊足了观者的兴趣，着实很有意思。

不妨以现代魔术与之比较，此僧先与三尼歌舞置酒，曳绪回雪，技绝伦也，想必场面旖旎又离经叛道。待众人沉浸于歌舞之时，他陡做变故，拔刀将人斩杀得踣在地上。观者吓出一身冷汗，仔细一看那三个尼姑却又是些竹杖纸片等物变的，堪堪放下心来。多像那些在装人的箱子中插满刀片，打开却又空空如也的魔术常规表演。

不过显然，这种将助手切成几块的功夫也只是开胃菜，接下来就要魔术师亲自上阵，把刀架在脖子上，弄出些"大变活人"的独家功夫。段成式记载到这位僧人喝酒时"令人断其头，钉耳于柱，身坐席上"，不知这张魏公是否也同在场上，看到这样往脖子里倒酒的惊悚场景，又有几人能不动容。

如此神乎其技，也难怪成都百姓在供养数日之后，还要闭门挽留梵僧。魔术在未被揭晓之时，确实有如神迹，而这僧人最后的表演乃是穿墙而出，日行千里，不仅飒然离去，还要留下个日渐消淡的黑影作为标识，让人在茶余饭后议论纷纷。其手法之玄妙，表演之吸引力，恐怕连科波菲尔也要自叹弗如。

段成式的这一种"怪术"的记录，其实并非后无来者，吴承恩后著《西游记》中，唐僧师徒一行在车迟国遇到的三位同样能够不惧水火、呼风唤雨、断头再生的道士，将孙大圣弄得几番上天搬讨救兵，不知是否也如这位梵僧难陀一样是会魔术的行家里手呢。

（迷津）

僧一行天文异事 段成式

僧一行①博览无不知，尤善于数，钩深②藏往，当时学者莫能测。幼时家贫，邻有王姥，前后济之数十万。及一行开元③中承上敬遇，言无不可，常思报之。寻王姥儿犯杀人罪，狱未具④，姥访一行求救，一行曰："姥要金帛，当十倍酬也。明君执法，难以情求，如何？"王姥戟手⑤大骂，曰："何用识此僧！"一行从而谢之，终不顾。一行心计浑天寺⑥中工役数百，乃命空其室内，徙大瓮于中，又密选常住奴二人，授以布囊，谓曰："某坊某角有废园，汝向中潜伺，从午至昏，当有物入来。其数七，可尽掩之。失一则杖汝。"奴如言而往，至酉后，果有群豕至，奴悉获而归。一行大喜，令置瓮中，覆以木盖，封于六一泥⑦，朱题梵字数十，其徒莫测。诘朝⑧，中使叩门急召。至便殿，玄宗迎问曰："太史奏昨夜北斗不见，是何祥也？师有以禳⑨之乎？"一行曰："后魏⑩时，失荧惑，至今，帝车不见，古所无者，天将大警于陛下也。夫匹妇匹夫不得其所，则陨霜赤旱。盛德所感，乃能退舍。感之切者，其在葬枯出系乎？嗔心坏一切善，慈心降一切魔。如臣曲见，莫若大赦天下。"玄宗从之。又其夕，太史奏北斗一星见，凡七日而复。成式以此事颇怪，然大传众口，不得不著之。

《酉阳杂俎》

【注释】

①僧一行：姓张，本名遂，魏州昌乐（今河南南乐）人。襄州都督、郯国公公谨之孙。父擅，武功令。少聪敏，博览经史，尤精历象、阴阳、五行之学。出家为僧，习梵律。考前代诸家历法，改撰新历。又创造黄道游仪，以考七曜行度，互相证明。撰《大衍论》三卷、《摄调伏藏》十卷、《天一太一经》一卷。卒赐谥大慧禅师。《旧唐书》有传。

②钩深：探索深奥的意义。

③开元：唐玄宗李隆基年号。

④具：定案；判决。《史记·李斯传》："二世二年七月，具斯五刑，论腰斩咸阳市。"

⑤戟手：伸出食指和中指指人，以其似戟，故云。常用来形容愤怒或勇武之状。

⑥浑天寺：天文台、天文局。浑天，我国古代关于天体的一种学说。认为天地的形状浑圆如鸟卵，天包其外，就像壳里裹卵黄一样。

⑦六一泥：道家炼丹用以封炉的一种泥。

⑧诘朝：同"诘旦"，即早晨，平明。

⑨禳：祭名。除邪消灾的祭祀。亦指除去邪恶或灾异。

⑩后魏：即北魏。又名拓跋魏、元魏。鲜卑族拓跋珪所建。为区别于以前的三国魏，故史称后魏。

【赏读】

"天回北斗挂西楼，金屋无人萤火流。"中国是世界上天文学发展最早的国家之一，对北斗七星的观察早有记录，有关北斗七星的神话也是众说纷纭。《道藏》中曾记录："紫光夫人感莲花化生九子，长为天皇大帝，次子为紫微大帝，其余七子为司命、司禄、禄存、延寿、益算、度厄、上生七星。"《史记·天官书》曾言："斗为帝车，运于中央，临制四乡。分阴阳，建四时，均五行，移节度，定诸纪，皆系于斗。"从中可以看出古代对北斗七星的重视。然而，你可曾想过，北斗七星曾为七位猪神，且唐玄宗为"救"这七位猪神大赦天下？

唐朝高僧一行少时家贫，被一位老婆婆救济，功成名就后，那老婆婆求于门前：其子因杀人入狱，求一行帮忙。这却为难了一行，老婆婆虽有恩于他，而自己又不能枉法，于是拒绝了。老婆婆大怒，道其负恩，一行很苦恼，只好作法。

一行命人在寺院空房里置放了一口大瓮，随后唤来两人，交给他们一个大布囊，说："某大街有一处废园，你们在中午时分潜伏其中，直到黄昏，定有东西进来。当捉到第七只时，就可以把袋子系上了。要是跑了一只，拿你们是问！"两个手下同声说谨记，后潜于园中，黄昏前果然有一群东西冲来，定神细观，原来是猪。两个手下张囊以待，正好捉了七只，献给一行。一行大喜，叫人把猪装进大瓮，加盖糊泥，在其上题梵字。

翌日清早，唐玄宗紧急召见一行，玄宗迎问道："太史奏报，昨夜北斗星不见了，此为何兆？"一行道："北魏时火星在夜空中消失，天下大乱；现在北斗星消失，自古以来还没有过，可能要出乱子了！"唐玄宗问："有什么办法弥补呢？"一行认为唯有大赦天下，释放一切犯人才能弥补，当然，这也是一种尝试。玄宗皇帝随之应允。当夜，北斗七星即出现一颗，随后每天多一颗，七日后全部出现，恢复正常。

此事细思极富有玄幻色彩，然而当时该传说风行一时，自然段成式言"成式以此事颇怪,然大传众口,不得不著之"也不足为奇。

故事中的一行身为一代高僧,为救恩人之子而捉北斗七星,也算不违一片感恩之心,但这也姑且算是——仅为报恩。将有罪之人赦免,不知一行是否想过,那些被害之人会因满腹冤屈无处讨得公道而时时义愤填膺,是否想过,那些被赦免的人会因存侥幸心理重返恶道祸害苍生,这样真的即为"道"吗?无论如何,身为佛教密宗的领袖,相信一行心中自有一杆秤,量度价值,权衡利弊,不违本心,造福百姓。

(减子)

宋青春运剑 段成式

开元中,河西①骑将宋青春,骁果暴戾,为众所忌。及西戎②岁犯边,青春每阵常运剑大呼,执馘③而旋,未尝中锋镝,西戎惮之,一军始赖焉。后吐蕃大北④,获生口⑤数千。军帅令译问衣大虫⑥皮者:"尔何不能害青春?"答曰:"常见龙突阵而来,兵刃所及,若叩铜铁,我为神助将军也。"青春乃知剑之有灵。青春死后,剑为瓜州⑦刺史李广琛所得,或风雨后,迸光出室,环烛方丈。哥舒⑧镇西知之,求易以他宝,广琛不与,因赠诗:"刻舟⑨寻化去,弹铗⑩未酬恩。"

《酉阳杂俎》

【注释】

①河西:唐方镇名。景云元年(710)置河西节度使,开元、天宝间为十节度使之一。治所在今甘肃武威。

②西戎:古代西北戎族的总称。

③执馘:杀敌献功。馘,古代战争中割取所杀敌人或俘虏的左耳以计数献功。

④吐蕃:公元7至9世纪,我国古代藏族所建政权。盛时辖有青藏高原诸部,势力达到西域、河陇地区。大北:大败。

⑤生口:指俘虏。

⑥大虫:老虎。

⑦瓜州：治所在晋昌（今甘肃安西东南）。

⑧哥舒：即哥舒翰（？~757），突厥族突骑施哥舒部人，安西副都护道元之子。天宝年间曾任河西节度使，官至尚书左仆射、同中书门下平章事。为安禄山所掳杀。两《唐书》有传。

⑨刻舟："刻舟求剑"之省。因指代"剑"。

⑩弹铗：弹击剑把。用冯谖客孟尝君倚柱弹其剑，歌"长铗归来兮，食无鱼"之典。

【赏读】

古人写武将，似总喜欢以"神助"状之，以书其英勇无畏，万夫不当。如《三国演义》内武圣关羽，青龙偃月，如天神下凡。

宋青春运剑阵前，策马军中，杀得西戎尸横遍野，执馘立功，场面宏大壮烈，于文中不过寥寥数笔，宛若不屑一谈、轻描淡写，却将其神勇塑造得栩栩如生。

后文谈及剑，戎狄俘虏口中所言，所惧或非宋青春，而是其匣中宝剑。宝剑有灵，勇将入阵若蛟龙出海，左冲右突无所顾忌，叩击甲胄如精铁击钟鸣，字里行间，龙吟回响，其俊美荡人心魄。

言及此，若有思。究竟是宋青春运剑，还是剑驭宋青春？宝剑配英雄，是英雄成就宝剑还是宝剑成就英雄？若无宝剑，英雄是否还是英雄？

宋青春死后剑为李广琛所得，供于家中，风雨后，剑光迸裂如环烛方丈，可见剑的确是好剑。哥舒翰以奇珍异宝求之与易，不得。是李广琛贪图宝剑珍奇？非也。广琛赠诗曰："刻舟寻化去，弹铗未酬恩。"

想来，在李广琛眼里，只有英雄才能配得上宝剑，他认为哥舒翰不是英雄，因为在哥舒翰眼里，宝剑只是宝剑，一件器物，供把玩尔。那究竟谁是英雄？宋青春。

宋青春未知宝剑有灵，未知自己如有神助，亦骁勇善战，大败西戎，为一军所依赖，将帅之风，无出其右，奇侠也。

返而思，是宝剑有灵成就了宋青春，还是宋青春一往无前的浩然之气，养出了这样一柄宝剑？

上文所言也许有些玄虚缥缈了，理却是实在的。

世人对于自己不能相信的事总是会去寻找"合理"的理由来安抚内心的不安，这也是最早神鬼妖怪的由来。犹如文中，有了宝剑的宋青春才是那个英勇如神的宋青春。却未曾想太多的解释不过是牵强附会罢了。看起来，只有李广琛是个明白人。

（忘我流离）

飞天夜叉术 段成式

或言刺客，飞天夜叉①术也。韩晋公②在浙西时，瓦官寺因商人无遮斋③，众中有一年少请弄阁，乃投盖而上，单练䙰④履膜皮，猿挂鸟跂⑤，捷若神鬼。复建罂水于结脊下⑥，先溜至檐，空一足，欹身承其溜焉⑦，睹者无不毛戴⑧。

《酉阳杂俎》

【注释】

①飞天夜叉：佛经中谓能在空中飞行的夜叉神。《楞严经》卷八："即为飞仙大力鬼王，飞天夜叉，地行罗刹，游于四天，所幸无碍。"

②韩晋公：即韩滉，唐代画家、宰相。京兆长安（今陕西西安）人。封晋国公。韩滉于大历末年任苏州刺史、浙江东西都团练观察使。

③瓦官寺：亦名瓦棺寺。在故金陵（今南京）凤凰台。晋哀帝兴宁二年（364），诏遣陶官于淮水北，遂以南岸窑地施僧造寺，名慧方寺，民间以掘地有瓦棺，因称瓦棺寺。寺有瓦官阁，高二十五丈。当年顾恺之曾在此寺绘壁画。无遮斋：即无遮大会。佛教举行的以布施为主要内容的法会，每五年举行一次。

④单练䙰：白绢短袖单衣。

⑤跂：飞，将飞貌。

⑥罂：小口大腹的容器，即瓮的别称。结脊：盖指楼阁攒尖顶

几条脊的结合部位。

⑦欹：通"倚"，斜倚，斜靠。溜：屋檐滴水处。

⑧毛戴：寒毛竖立。形容恐惧震惊。

【赏读】

夜叉，佛经中常提到的一种勇健捷疾的食人鬼。在古代各类作品中大多表现为独来独往，隐身、神秘，好像总是潜伏在黑暗中，也登不上大雅之堂。他们形容恐怖，无法管束，举止令人害怕，和世人的生活若即若离，也正因此令人好奇和向往，个中姿态与刺客侠盗之类可谓是异曲同工。

自《酉阳杂俎》以来，源于印度的夜叉即纳入我国神话体系，在人世的称呼一般是以"鬼"为主的。其是一切凶、卑、劣的象征，是激起人们惊悚和厌恶等恶感的道具。如故事中韩晋公所言，当他目睹少年如猿猴飞鸟一样爬上屋顶，栖息其中，捷若神鬼时，下意识就觉得毛骨悚然。把不合常规的本领喻作夜叉，自然也有一些在正统权威下对异类的反面暗示，对旁门左道功夫的无奈摒弃。

然而孑然一身的悲剧色彩，也同样赋予夜叉、刺客等少数族群独特的艺术魅力。段成式在这里认为刺客的本事是源于学习飞天夜叉，想必也是因为少年在庙堂屋檐之上所展现的庄严肃穆，甚至有些忧思沉重的宗教美感。

纪昀的《阅微草堂笔记》中也有对此类奇人的记载："族叔桼庵言，尝见旋风中有一女子，张袖而行，迅如飞鸟，转瞬已在数里外。均不知何物。"由此可见，在身上披上绢布，乘风而行，已算得上是一种刺客的流派。

游于四天，所行无碍，以骁勇之躯飞翔于天上，力与美的结合令人心向往之。

（迷津）

天翁张坚 段成式

天翁①姓张名坚,字刺渴,渔阳②人。少不羁,无所拘忌。尝张罗,得一白雀③,爱而养之。梦刘天翁责怒,每欲杀之。白雀辄以报坚,坚设诸方待之,终莫能害。天翁遂下观之,坚盛设宾主④,乃窃骑天翁车,乘白龙,振策登天,天翁乘余龙追之,不及。坚既到玄宫⑤,易百官,杜塞北门,封白雀为上卿⑥侯,改白雀之胤不产于下土⑦。刘翁失治⑧,徘徊五岳作灾⑨,坚患之,以刘翁为泰山太守,主生死之籍。

《酉阳杂俎》

【注释】

①天翁:笔记小说中的天神。

②渔阳:州郡名,治所在今天津市蓟州区。

③白雀:白色的雀,古时以为祥瑞。

④宾主:此偏指宾客。

⑤玄宫:仙人居住的宫殿。

⑥上卿:周制天子及诸侯皆有卿,分上中下三等,最尊贵者谓"上卿"。泛指朝廷大臣。

⑦胤:嗣,后代。下土:指人间。

⑧失治:丢失治所。指丢官。治,又指道家居住的祠庙。清黄生《义府·冥通记》:"道家以符法禁治鬼神,故名其所居为治。"

⑨徘徊：回旋飞翔之貌。五岳：东岳泰山，西岳华山，北岳恒山，南岳衡山，中岳嵩山。

【赏读】

魏晋南北朝的笔记小说在题材内容上可分为两大类，即志怪与志人。胡应麟在《少室山房笔丛·九流绪论下》记："魏、晋好长生，故多灵变之说；齐、梁弘释典，故多因果之谈。"魏晋南北朝时期，志怪小说与宗教结为不可分割的关系，在古代宗教信仰的基本土壤之下，既受到当时盛行的鬼神怪异之谈的影响，又受到道教、佛教宣传的影响。

鲁迅在他的《中国小说史略》里阐述了志怪小说产生的原因："中国本信巫，秦汉以来，神仙之说盛行，汉末又大畅巫风，而鬼道愈炽；会小乘佛教亦入中土，渐见流传。凡此，皆张皇鬼神，称道灵异，故自晋讫隋，特多鬼神志怪之书。"由此可见，志怪小说是古代巫风、道教、佛教合力的结果，是三教直接或间接的遗产。到了唐代，志怪类笔记小说在继承了魏晋南北朝志怪的传统、受到了传奇小说的影响的基础上，受宗教影响极大。

虽然《酉阳杂俎》以"杂俎"为名，带有博物叙事的风格，但由于唐代宗教开放政策和段成式个人宗教信仰的影响，其中有许多宗教色彩比较浓厚的故事。《酉阳杂俎》流露出的宗教思想，不但与创作的时代背景有关，与作者个人受到的宗教影响也有着密不可分的关系。唐代是宗教开放兴盛的时代，儒佛道思想并存，中外文化交流密切，唐王朝的统治者为了国家统一，巩固统治，提出以儒教为正宗、三教并存的文化政策，为《酉阳杂俎》中众多带有宗教色彩的故事提供了土壤。而《南楚新闻》中记载："唐段成式词学博闻，精通三教。"当中不乏环境背景、家庭因素和个人经历对他的影响。

《天翁张坚》这则故事则是反映了道教的宗教思想，道教在唐朝又有着特殊的地位。张坚在施恩于白雀之后，受其报恩，多次躲过刘天翁的毒害，最后取而代之。虽然故事篇幅短小，但情节完整，曲折有趣，人物性格鲜明，更有丰富的想象力。与魏晋南北朝时期不同的是，《天翁张坚》中强化世俗化程度，削弱神仙的神秘感、陌生感、敬畏感、距离感，神与人几乎没有太大差别。作为神仙的刘天翁脱去了神圣高洁的光环，如同世人一般，会恼怒、使计，甚至在失败后恼羞成怒制造灾祸，拥有如同常人一般的情感欲望和性格特征。而作为凡人的张坚，天性无拘忌，也就为下文埋下了伏笔。张坚喜爱白雀并喂养它，借白雀之力多次躲过刘天翁的陷阱，最后在宴会上窃其车，乘白龙而去，都是张坚性格不拘的种种表现。张坚的不拘，冲破了人与神之间的界限，人可以成神，神也会受制于人。白雀与张坚之间的相互报恩，张坚对刘天翁的妥善安置，从多角度刻画了张坚这一人物形象，天性不拘，善良勇敢，无畏于天神对命运的安排，勇于斗争和反抗。天翁张坚更像是一个满足世俗标准的早期的凡人英雄形象，这既与唐代道教的世俗化倾向有关，又与段成式的表现方法密切相连。

（鸟有殊音）

僧侠① 段成式

建中初，士人韦生，移家汝州。中路逢一僧，因与连镳②，言论颇洽。日将衔山，僧指路谓曰："此数里是贫道兰若，郎君岂不能左顾③乎？"士人许之，因令家口先行。僧即处分步者先排比。

行十余里，不至。韦生问之，即指一处林烟曰："此是矣。"又前进，日已没，韦生疑之，素善弹，乃密于靴中取弓卸弹，怀铜丸十余，方责僧曰："弟子有程期，适偶贪上人清论④，勉副相邀。今已行二十里不至，何也？"僧但言且行⑤。

至是，僧前行百余步，韦知其盗也，乃弹之。僧正中其脑，僧初不觉，凡五发中之，僧始扪中处，徐曰："郎君莫恶作剧。"韦知无奈何，亦不复弹。

见僧方至一庄，数十人列炬出迎。僧延韦坐一厅中，唤云："郎君勿忧。"因问左右："夫人下处如法无？"复曰："郎君且自慰安之，即就此也。"韦生见妻女别在一处，供帐⑥甚盛，相顾涕泣。即就僧，僧前执韦生手曰："贫道，盗也。本无好意，不知郎君艺若此，非贫道亦不支也。今日故无他，幸不疑也。适来贫道所中郎君弹悉在。"乃举手搦⑦脑后，五丸坠地焉。盖脑衔弹丸而无伤，虽《列》言"无痕挞"⑧、

《孟》称"不肤挠"⑨，不啻过也。有顷布筵，具蒸犊，犗剸刀子十余，以齑饼环之。揖韦生就坐，复曰："贫道有义弟数人，欲令伏谒。"言未已，朱衣巨带者五六辈，列于阶下。僧呼曰："拜郎君，汝等向遇郎君，则成齑粉矣。"食毕，僧曰："贫道久为此业，今向迟暮，欲改前非。不幸有一子，技过老僧，欲请郎君为老僧断之。"乃呼飞飞出参郎君。飞飞年才十六七，碧衣长袖，皮肉如脂。僧叱曰："向后堂侍郎君。"僧乃授韦一剑及五丸，且曰："乞郎君尽艺杀之，无为老僧累也。"引韦入一堂中，乃反锁之。堂中四隅，明灯而已。飞飞当堂执一短马鞭，韦引弹，意必中，丸已敲落。不觉跳在梁上，循壁虚摄，捷若猱獼，弹丸尽不复中。韦乃运剑逐之，飞飞倏忽逗闪，去韦身不尺。韦断其鞭节，竟不能伤。僧久乃开门，问韦："与老僧除得害乎？"韦具言之。僧怅然，顾飞飞曰："郎君证成汝为贼也，知复如何？"僧终夕与韦论剑及弧矢之事。天将晓，僧送韦路口，赠绢百疋，垂泣而别。

《酉阳杂俎》

【注释】

①此条又见《太平广记》卷一九四，题《僧侠》。

②连镳：骑马同行。

③左顾：谢人过访的谦辞。

④上人：对僧人的敬称。清论：清雅的言谈。

⑤且行：暂且走一程。

⑥供帐：提供宴会所需要的帐帷、用具、饮食等。

⑦搦（nuò）：按也。

⑧无痕挞：砍挞不留痕迹。语出《列子·黄帝篇》："入水不溺，入火不热，砍挞无伤痛。"

⑨不肤挠：肌肤为人所刺却不挠。语出《孟子·公孙丑》："北宫黝之养勇也，不肤挠，不目逃。"

【赏读】

《僧侠》是一篇典型的武侠小说，文中充满着古之"任"侠的气魄。因一言而从善，因一念而杀子。行事大起大落，颇多惊人之举，与常理相悖。

这老僧称僧却实非僧，但高手确是无疑的。虽老僧在言语中多有抬举韦生之语，但遭韦生暗施手段，连中五弹而无恙，甚至淡然道"郎君莫恶作剧"，可见其身手不凡。故事从头至尾并无迹象显示韦生有高于老僧的能力，但老僧却对其推崇至极，究其原因竟是希望韦生倾其能力杀其逆子。

老僧颇多豪迈之举，被韦生暗下杀手只一笑置之，言谈甚洽便以大事相托，厚礼相赠垂泪泣别不一而足。但若说他是鲁莽之辈却也未必，古人行文总把人的心理活动藏在暗处，从一些蛛丝马迹还是看得出端倪的。抛开末节不论，单说杀子一事，便知这豪迈背后却有几多玩味。

老僧不亲自杀子阻其继续为贼，或为能力不及或为于心不忍。但找来替他完成心愿的韦生，手段也未见得更为高明。想那韦生连发数弹，对其父无可奈何；提刀追杀了半天，对其子亦无可奈何。打斗之前老僧暗嘱韦生"尽艺杀之"便不难理解了，那隐藏的潜台词分明是：你不尽全力是应付不了的。

实际上，老僧令其子飞飞后堂伺候韦生，飞飞乖乖听话，而且在打斗时也多是躲闪，无反击迹象，韦生却对其无能为力，说明飞飞武艺确实高于韦生。

于是老僧与其子飞飞之前存在的赌约大致也可以推测出脉络来：老僧早有从善之念，也劝飞飞放弃强盗的营生，但年轻人却热血充斥着大脑，陶醉在这刀头舔血的冒险生活之中。规劝无效之下，老僧便与其赌定，若在外寻得可击败他的人便说明天下不乏能者，飞飞需弃盗从善；但如不能将其制服，那便遂其心愿，任他继续为贼。一时找不到这样有实力之人，这赌约也一直未实施。那一日见到韦生，难得竟身手不凡，那书生的打扮也蛮合心意。如一个书生都能击败飞飞，那飞飞还有什么可笑傲黑道的资本呢！

三人的外在特点分明，武艺的特点也分明。半生行走在刀刃间的老僧豪迈洒脱，武艺胜在皮粗肉厚；书生意气的韦生偏爱习武，武艺胜在出手犀利；翩翩少年飞飞立志为贼，武艺胜在闪躲敏捷，但三者中韦生的武艺最低却是无疑的。

韦生先被老僧当着义弟之面夸到天上，可在飞飞闪躲腾挪灵活如只猴子的身形前，他近身都不能。老僧先将后堂门紧锁，限定了飞飞的活动范围，让其优势不能尽情发挥。韦生也使尽浑身解数，远用飞弹，近用利刃，甚至将飞飞的长鞭斩为数段，却依然无法伤到飞飞。当打开房门见到这般情景，老僧也只得无奈地说道：好了，遂你心愿，继续当你的贼去吧。

许是这么利用了韦生一番，虽未达成心愿，但老僧也颇为过意不去，于是与韦生彻夜长谈，平生所学尽数指点，临行又厚礼相赠，相惜之情溢于言表。如此这般之下，这韦生的奇遇倒又有几分野岗乱坟遇"狐黄白柳灰"似的聊斋意味。

（夫子）

卢生 段成式

元和中,江淮有唐山人者涉猎史传,好道,常居名山。自言善缩锡,颇有师之者。

后于楚州逆旅①遇一卢生,意气相合,卢亦语及炉火。称唐族乃外氏,遂呼唐为舅。唐不能相舍,因邀同之南岳。卢亦言亲故在阳羡,将访之,今且贪舅山林之程也。中途,止一兰若。夜半,语笑方酣。卢曰:"知舅善缩锡,可以梗概论之。"唐笑曰:"某数十年重迹从师,只得此术,岂可轻道也?"卢复祈之不已。唐辞以师授有时日,可达岳中相传。卢因作色:"舅今夕须传,勿等闲也。"唐责之:"某与公风马牛耳。不意盱眙相遇,实慕君子,何至驺卒不落也。"卢攘臂瞋目,盼之良久曰:"某刺客也,如不得,舅将死于此。"因怀中探乌韦囊,出匕首,刃势如偃月②。执火前熨斗,削之如札③。唐恐惧具述。卢乃笑语唐曰:"几误杀舅。此术十得五六。"方谢曰:"某师仙也,令某等十人,索天下妄传黄白术者杀之。至添金缩锡,传者亦死。某久得乘蹻之道者。"因拱揖唐,忽失所在。

自后遇道流,辄陈此事以戒之。

《酉阳杂俎》

【注释】

①逆旅：客舍、旅店。

②偃月：横卧形的半弦月。

③札：小木片。

【赏读】

　　记得以前一场辩论赛，辩的便是金钱是否为万恶之源。所谓辩论，不过是提供一件事情的不同维度，所谓的对错真相，往往因人而异。而金钱无论是对于今人或是古人来说都是心头一事，无论多么清高之人，只要活着，都摆脱不了人世间最平常的开销，那么他们都是万万离不开金钱的。那么唐人自言会"缩锡"之术，自然名气不会太小，而所谓的缩锡，就是将锡纸变换成银子。可以将便宜的锡纸变成银子，对于凡人来说都是极有诱惑力的，所以他的追随者也很多。而对于卢生的动机一说，金庸先生曾猜测他是早闻唐人之名，想骗取发财的方法，才"舅舅"叫得亲热，见唐人执意不肯，谎称自己师父是神仙中人来吓唬唐人。对于金庸先生的假设，我颇感有趣，若是如此观之，那卢生这一道貌岸然的伪君子形象倒是活灵活现。若是真如卢生所言，他听命于某仙师来人间斩杀妄传黄白术者，那么可见黄金的魅力之大，连仙师都要派下得意门生去料理人间之事。

　　却不知为何，对此文中的卢生很难冠上侠士的名号，他似乎前后的性格是分裂的，不断地在癫狂和儒雅的状态里切换，以至于不仅唐人吓了一跳，连我也觉得这样的卢生不免太过于跳跃。即便出发点是好的，一声又一声的"舅舅"却让他少了几分仙师徒弟的姿态，倒有几分骗子的意味。但既然此文又被《剑侠传》收录，可见人们对于卢生形象的认同感却是极高的。或许是普通的劳动人民靠着劳动生活对于那种所谓"缩锡"之术的厌恶,才对文里打击此术的卢生抱有好感。毕竟在我们这样一个将"恭喜发财"放在嘴边的民族的骨子里,金钱是一个谁都绕不开的话题。

  金庸先生的另一个假设是唐人根本不会将锡纸变成银子,而这个故事只不过是他编出来推脱的法子罢了。我甚为认同这个假设,毕竟又有谁亲眼见证过那样的技艺,而所有的故事不过是你说我说他说罢了。

(茶月 Selina)

故囚报李勉 李 肇①

或说天下未有兵甲时②,常多刺客。李汧公勉③为开封尉,鞫狱。狱囚有意气④者,感⑤勉求生,勉纵而逸之⑥。后数岁,勉罢秩⑦,客游河北,偶见故囚。故囚喜,迎归,厚待之。告其妻曰:"此活我者,何以报德?"妻曰:"偿缣千匹可乎?"曰:"未也。"妻曰:"二千匹可乎?"亦曰:"未也。"妻曰:"若此,不如杀之。"故囚心动。其仆哀勉,密告之。勉袆衣⑧乘马而逸。比夜半,行百余里,至津店。店老父曰:"此多猛兽⑨,何敢夜行?"勉因话言。言未毕,梁上有人瞥下⑩,曰:"我几误杀长者。"乃去。未明,携故囚夫妻二首以示勉。

《唐国史补》

【注释】

①李肇:字里居,生卒年不详。唐朝人,唐宪宗时在世。累官尚书左司郎中,迁左补阙,入翰林为学士。元和中,坐荐柏耆,自中书舍人左迁将作监。著作有《翰林志》一卷,《国史补》三卷。

②天下未有兵甲时:指天宝十四载以前。兵甲,战事,战争。此指安史之乱。

③李汧公勉:李勉(717~788),字玄卿。郑王李元懿曾孙。授

开封尉,有摧奸决隐之名。累迁岭南节度使,不威而治。加汴宋、滑亳、河阳等道都统。固让都统,以检校司徒、同中书门下平章事召。卒赠太傅。两《唐书》有传。

④意气:意态,气概。

⑤感:以言辞打动。

⑥纵而逸之:释放了他。"纵"与"逸"同义,皆为"释放"之义。

⑦罢秩:罢官。唐张读《宣室志》卷二:"陈郡袁生者尝任参军于唐安,罢秩,游巴川。"

⑧衩衣:两侧开衩的长衣。男子便服,始于唐。

⑨猛兽:即猛虎,唐人避唐高祖李渊祖父讳,改"虎"为"兽"。按,本书也有不避讳者,如"裴旻遇真虎"条。

⑩梁上有人:指侠客。瞥:突然,忽然。

【赏读】

滴水之恩,涌泉以报。那么,涌泉之恩呢?

救命之恩,难以相报,无论财帛珠玉,锦衣玉食,比起救命之恩,都如同滴水比起涌泉。所谓斗米养恩,担米养仇,人性之复杂,展露于人前的,都不过是冰山一角。

若只是小恩小惠,你来我往,如同吹面不寒的杨柳风,维持着两人微妙的平衡,也不失为增进感情之举。然而恩惠一旦变成了恩情,天平一旦被打破,便成了人与人之间交往的敏感点。受恩者唯恐避之不及,施恩者往往不明所以。受恩者因为无法偿还恩情,便如巨石压身,呼吸行动皆不得自由,连带自身仿佛也低人一等,将把酒言欢变成小心翼翼,似乎对施恩者的一切要求都失去了拒绝的理由——因为欠他的,穷尽一生也无法偿还,只好渐行渐远。若只是这样,倒也还算好,压力总是逼出人心中的鬼,如文中故囚一样,在狱中尚有意气,倒还像个人,出狱之后,就被其妻子引出了心中的鬼,将道义良知统统抛去,以为掩盖了那段历史,就能卸下心中的巨石,斩断一切恩义。

文章的前半段,像极了《农夫与蛇》,李勉是那位可怜的农夫,他心地善良,不忍高义之士受苦。他有农夫的际遇,却比农夫幸运。《农夫与蛇》是篇寓意十足,结尾却十分悲哀的故事,此文的结局却是上扬的,作者用反衬的手法,将故囚与梁上侠客对比,故囚及其妻的自私、卑劣,反衬出梁上侠客的豪气干云和光明磊落。

梁上侠客是何许人,文中并没有明示,但从那句"我几误杀长者"不难看出,他是一名受雇于人的刺客,再联系上文,便知道定是故囚夫妻委托他来杀李勉。结尾的"未明,携故囚夫妻二首以示勉"印证了这一点,否则,他又如何知道囚犯夫妻二人的所在之地?梁上之人固守心中道义,杀卑劣之人干脆利落,平世间不平事,是真正的侠客。

《故囚报李勉》选自《唐国史补》,作者李肇为唐代人,《唐传奇》亦是出于那个时代,那个"十步杀一人,千里不留行"的侠客时代。

(镜上霜)

红线传 袁 郊①

红线,潞州节度使薛嵩青衣,善弹阮,又通经文,嵩遣掌笺表,号曰"内记室"。时军中大宴,红线谓嵩曰:"羯鼓②之音调颇悲,其击者必有事也。"嵩亦明晓音律,曰:"如汝所言。"乃召而问之,云:"某妻昨夜亡,不敢乞假。"嵩遽遣放归。时至德之后,两河未宁,初置昭义军,以釜阳为镇,命嵩固守,控压山东。杀伤之余,军府草创。朝廷复遣嵩女嫁魏博节度使田承嗣男,嵩男娶滑州节度使令狐章女。三镇互为姻娅③,人使日浃往来。而田承嗣常患热毒风,遇夏增剧。每曰:"我若移镇山东,纳其凉冷,可缓数年之命。"乃募军中武勇十倍者得三千人,号"外宅男",而厚恤养之。常令三百人夜直州宅,卜选良日,将迁潞州。

嵩闻之,日夜忧闷,咄咄自语,计无所出。时夜漏将传,辕门已闭,杖策庭除,唯红线从行。红线曰:"主自一月,不遑寝食。意有所属,岂非邻境乎?"嵩曰:"事系安危,非汝能料。"红线曰:"某虽贱品,亦有解主忧者。"嵩乃具告其事,曰:"我承祖父遗业,受国家重恩,一旦失其疆土,即数百年勋业尽矣。"红线曰:"易尔。不足劳主忧。乞放某一到魏郡,看其形势,觇其有无。今一更首途,三更可以复命。

请先定一走马兼具寒暄书,其他即俟某却回也。"嵩大惊曰:"不知汝是异人,我之暗也。然事若不济,反速其祸,奈何?"红线曰:"某之行,无不济者。"乃入闺房,饰其行具。梳乌蛮髻,攒金凤钗,衣紫绣短袍,系青丝轻履。胸前佩龙文匕首,额上书太乙神名。再拜而倏忽不见。

嵩乃返身闭户,背烛危坐。常时饮酒,不过数合,是夕举觞十余不醉。忽闻晓角吟风,一叶坠露,惊而试问,即红线回矣。嵩喜而慰问曰:"事谐否?"曰:"不敢辱命。"又问曰:"无伤杀否?"曰:"不至是。但取床头金合为信耳。"红线曰:"某子夜前三刻,即到魏郡,凡历数门,遂及寝所。闻外宅男止于房廊,睡声雷动。见中军卒步于庭庑,传呼风生。乃发其左扉,抵其寝帐。见田亲家翁止于帐内,鼓跌酣眠,头枕文犀,髻包黄縠,枕前露一七星剑。剑前仰开一金合,合内书生身甲子与北斗神名。复有名香美珍,散覆其上。扬威玉帐,但期心豁于生前,同梦兰堂,不觉命悬于手下。宁劳擒纵,只益伤嗟。时则蜡炬光凝,炉香烬煨,侍人四布,兵器森罗。或头触屏风,鼾而鞍者;或手持巾拂,寝而伸或。某拔其簪珥,縻其襦裳,如病如昏,皆不能寤;遂持金合以归。既出魏城西门,将行二百里,见铜台高揭,而漳水东注,晨飙④动野,斜月在林。忧往喜还,顿忘于行役;感知酬德,聊副于心期。所以夜漏三时,往返七百里;入危邦,经五六城;冀减主忧,敢言其苦。"

嵩乃发使遗承嗣书曰:"昨夜有客从魏中来,云:自元帅床头获一金合,不敢留驻,谨却封纳。"专使星驰,夜半方到。见搜捕金合,一军忧疑。

使者以马挝扣门,非时请见。承嗣遽出,以金合授之。捧承之时,惊怛⑤绝倒。遂驻使者止于宅中,狎以宴私,多其赐赉。明日遣使赍缯帛三万匹,名马二百匹,他物称是,以献于嵩曰:"某之首领,系在恩私。便宜知过自新,不复更贻伊戚。专膺⑥指使,敢议姻亲。役当奉毂后车,来则挥鞭前马。所置纪纲仆号为外宅男者,本防他盗,亦非异图。今并脱其甲裳,放归田亩矣。"

由是一两月内,河北河南,人使交至。而红线辞去。嵩曰:"汝生我家,而今欲安往?又方赖汝,岂可议行?"红线曰:"某前世本男子,历江湖间,读神农药书,救世人灾患。时里有孕妇,忽患蛊症,某以芫花酒下之。妇人与腹中二子俱毙。是某一举杀三人。阴司见诛,降为女子。使身居贱隶,而气禀贼星,所幸生于公家,今十九年矣。身厌罗绮,口穷甘鲜,宠待有加,荣亦至矣。况国家建极,庆且无疆。此辈背违天理,当尽弭患。昨往魏都,以示报恩。两地保其城池,万人全其性命,使乱臣知惧,烈士安谋。某一妇人,功亦不小。同可赎其前罪,还其本身。便当遁迹尘中,栖心物外,澄清一气,生死长存。"嵩曰:"不然,遗尔千金为居山之所给。"红线曰:"事关来世,安可预谋。"

嵩知不可驻，乃广为饯别：悉集宾客，夜宴中堂。嵩以歌送红线，请座客吟朝阳为词曰："采菱歌怨木兰舟，送别魂消百尺楼。还似洛妃乘雾去，碧天无际水长流。"歌毕，嵩不胜悲。红线拜且泣，因伪醉离席，遂亡其所在。

《甘泽谣》

【注释】

①袁郊：唐陈郡汝南（今属河南）人，一作蔡州朗山（今河南确山）人，字之乾，一作之仪。咸通中，官祠部郎中，又曾为虢州刺史。昭宗时为翰林学士。与温庭筠友善。作有传奇小说《甘泽谣》一卷，其中《红线》一篇最为著名。

②羯鼓：一种外夷的乐器，又称"两杖鼓"。据说来源于羯族，在唐朝时受众多人喜爱。

③姻娅：亲家和连襟，泛指姻亲。

④飙：暴风。形容声势大，速度快。

⑤惊怛：惊恐。

⑥膺：接受，承当。

【赏读】

"两地保其城池，万人全其性命，使乱臣知惧，烈士安谋。"

这是红线对其行止用意的剖白，带着自信的气度和济世的仁心。作为传奇小说，《红线传》给了主人公前世为医、今世为侠的设定。金庸先生的评点中写道："这一节是全文的败笔。转世投胎的观念特别为袁郊所喜，《甘泽谣》另一则故事'圆观'也写此事。那自然都是佛教的观念。"我倒觉得不妨这样想：医者侠者，治病救人，其道本一也。或许只是作者太期待祸事在和平中消弭、罪过在自省中改正,才有了整篇文章从情节到语言的种种强调。尽管有轻功、宝剑、护卫、城关,《红线传》依旧是一个少杀戮而极道义的故事,以尽美的画面试图为割据混战的那段历史寻觅一个理想结局。

红线的出场是"善弹阮,又通经文",是知书达理又善解人意的形象。史载,薛嵩、田承嗣均为安禄山部将,降唐后各霸一方。田承嗣"欲并潞州",薛嵩忧虑之际,是红线细心发现,主动请缨,说"某虽贱品,亦有解主忧者",并允诺"某之行,无不济者"。从言到行,她"梳乌蛮髻,攒金凤钗,衣紫绣短袍,系青丝轻履。胸前佩龙文匕首,额上书太乙神名。再拜而倏忽不见",其信心与决断可见一斑。

薛嵩"常时饮酒,不过数合,是夕举觞十余不醉"的侧面渲染,也正是读者紧张心情的共鸣。而在这份忧虑之中,"忽闻晓角吟风,一叶坠露,惊而试问,即红线回矣"。她以夜漏三时"道经五六城、往返七百里"的轻功,"幸不辱命",且无杀伤。这份潇洒与魄力,正应了司马迁在《游侠列传》中所言"其言必信,其行必果,已诺必诚"。

倒叙之后,再详述盗取金盒的过程,如在眼前。田承嗣"髻包黄縠",金盒"内书生身甲子与北斗神名",谋逆之心昭然。红线在侍者"如病如昏,皆不能寤"、田承嗣"不觉命悬于手下"的情况下,没有选择杀人,而是以金盒为信,逼田承嗣"知过自新",进而,"一两月内,河北河南,人使交至"。这一系列动作如行云流水,以一己之力四两拨千斤,改变了三地的局势,一如"不战而屈人之兵,善之善者也",诚然让人心向往之。

与其他的传奇篇目不同,《红线传》是我读着读着就忍不住读出声音和语气的篇目。它行文畅爽,骈散结合,张弛之间自有一种气度,其文其质、其事其人都有一种浑然一体的美感。以"晓角吟风,一叶坠露"来描述红线的高妙轻功,以"铜台高揭,漳水东注;晨飚动野,斜月在林"的眼中之景来烘托红线解主之忧、功成归来的朗然心境,荡气回肠,引人入胜。

红线的故事,后世有诸多改编。明人梁辰鱼据以撰成杂剧《红线女夜窃黄金盒》,胡汝嘉改编成传奇《红线记》,京剧《红线盗盒》亦取材于此。引用这个故事的笔记、诗词更多。

文末饯别,"嵩以歌送红线",主客皆是性情人。至于"伪醉离席,遂亡其所在",一如洛神乘雾,留给人无限遐想。清俞陛云《诗境浅说续编》说,"驾轻舟乘风竟去,剩有销魂者倚百尺高楼,望流水悠悠,碧天无际耳。诗为红线而作,不专写离别之情,而拟以洛妃之灵迹,情韵殊长"。功成身退而隐行迹归于江湖,又何尝不是深陷凡俗中人最向往的境界呢?

(瑾怀)

李龟寿　皇甫枚[①]

唐晋公王铎,僖宗朝再入相,不协[②]于权道,唯公心以宰天下。故四方有所请,碍于行者,必固争不允。由是[③]藩镇忌焉。而志尚坟典[④],虽门施行马,庭列凫钟[⑤],而寻绎未尝倦。于永宁里第别构书斋,每退朝,独处其中,欣如也。

一日,将入斋,唯所爱卑脚犬花鹊从。既启扉[⑥],而花鹊连吠,衔公衣却行。叱去复至。既入阁,花鹊仰视,吠转急。公亦疑之,乃于匣中拔千金剑,按于膝上。向空祝曰:"若有异类阴物,可出相见。吾乃丈夫,岂慑于鼠辈而相逼耶?"言讫[⑦],欻有一物自梁间坠地,乃人也。朱鬓鬣,衣短后衣,色貌黝瘦。顿首再拜,唯曰死罪。公止之,且询其来及姓名。对曰:"李龟寿,卢龙塞人也。或有厚赂龟寿,令不利于公。龟寿感公之德,复为花鹊所惊,形不能匿。公若舍龟寿罪,愿以余生事公。"公谓曰:"待汝以不死。"遂命元从都押衙傅存初录之。

明日诘旦,有妇人至门,服装单急,曳履而抱持襁婴,请于阍[⑧]曰:"幸为我呼李龟寿。"龟寿出,乃妻也。且曰:"讶君稍迟,昨夜半自蓟来相寻。"及公薨,龟寿尽室亡去。

《三水小牍》

【注释】

①皇甫枚：字遵美，唐邠州三水（今陕西旬邑北）人。约唐僖宗广明中前后在世（五代初的公元841年到911年在世），七十岁左右去世。是唐末著名文学家，擅长撰写传奇小说，代表作《三水小牍》三卷，记载晚唐的异闻逸事，一部分带有神怪色彩，文中偶尔穿插一些诗歌骈语，文辞华丽，在晚唐小说中较有特色。

②不协：不受权贵制衡左右。

③由是：于是，因此。

④志尚坟典：喜爱读书。坟典，指三坟、五典的并称，泛指古书。

⑤门施行马，庭列皂钟：通常指公事繁杂。

⑥扉：门。

⑦言讫：话刚说完。

⑧阍：守门人。

【赏读】

可曾想过，一位妇人，怀抱婴儿，一日工夫由蓟州奔波至长安？此般速度，却是比施耐庵笔下的神行太保戴宗略胜一筹，委实瞠目众人。然而在《三水小牍》中《李龟寿》一文里，此番令人难以置信的情景，已然被化为"真实"。

此文讲述了一名刺客的故事。唐宰相王铎外放当节度使，于僖宗即位后回朝又当宰相。他为官正直，凡遇各处藩镇不合理的请求，固不予批准，因而不免得罪诸多节度使。他癖好读书，虽然公事繁杂，每天也总要抽暇读书。在永宁里的府第中另设一书斋，每逢退朝便在此独处读书，引以为乐。

一日他正准备进入书房，却为他爱犬花鹊的狂吠所叨扰，见花鹊咬住他的袍角不放，正与其"周旋"之际，他料有不妥之处。走进书房，拔出剑来，放在膝上，向天说道："若有妖魔鬼怪，尽可出来相见。我乃堂堂大丈夫，难道怕了你鼠辈不成？"语落，一人从梁间坠地。只见那人头上结了红色带子，身着短衫，面容黝黑，身材瘦削。连连向王铎磕头，自称罪该万死。

待王铎命其起身，问其姓名由来之时，那人说道："小人名为李龟寿，卢龙人氏。有人给小人许多财物，要小人对相公不利。小人对相公的盛德很是敬佩，又为花鹊所惊，难以隐藏，相公若能赦小人之罪，有生之年，当为相公效犬马之劳。"于是王铎留下了李龟寿的性命，命亲信傅存初录用他。

翌日清晨，一位妇人衣衫不整，拖着鞋子，怀抱婴儿，来到相府门外，向守门人寻李龟寿出来。李龟寿出来相见，原来是妻子来寻他。妇人道："我等你不见回来，昨晚半夜从蓟州赶来相寻。"尔后，便和李龟寿同在相府居住。

王铎死后，李龟寿全家悄然离去，不知所终。

皇甫枚的《三水小牍》主要记载晚唐的异闻逸事，颇具神怪之风。对其中许多别具性格人物也描摹得淋漓尽致，如《鱼玄机》中凶悍狂暴的女道士，《王知古》中骄横残忍的张直方，《却要》中机智泼辣的女奴……而这篇《李龟寿》行文较为简洁，并未极力铺陈辞藻，从而烘托出结尾的玄妙幽远，予以留白。此书中不但描述了大量怪力乱神的故事，还记载了很多可歌可泣的壮士烈妇的故事，被誉为"晚唐传奇之花"。而皇甫枚闭门读书，潜心写作，留下《三水小牍》滋润后世，一代传奇，得以千古流传……

（减子）

宣慈寺门子　王定保①

宣慈寺门子不记姓氏，酌其人②，义侠徒也。

唐干符二年③，韦昭范登宏词科，昭范乃度支使杨严懿亲。及宴席，帟幕器皿之类，假④于计司，严复遣以使库供借。其年三月，宴于曲江亭子。供帐之盛，罕有伦拟⑤。时进士同日有宴。都人观者甚众。饮兴方酣，俄睹一少年跨驴而至，骄悖之状，傍若无人。于是俯逼⑥筵席，张目（明抄本"张目"作"长耳"）引颈及肩，复以巨棰柭筑佐酒。谑浪之词⑦，所不能听。诸子骇愕之际，忽有于众中批其颊者，随手而堕。于是连加殴击，又夺所执棰，棰之百余。众皆致怒，瓦砾乱下，殆将毙矣。当此之际，紫云楼门轧然⑧而开，有紫衣从人数辈驰告曰："莫打。"传呼之声相续。又一中贵⑨驱殿甚盛，驰马来救。复操棰迎击，中者无不面仆于地。敕使亦为所棰。既而奔马而反，左右从而俱入门，门亦随闭而已。

座内甚忻愧，然不测⑩其来，又虑事连宫禁，祸不旋踵，乃以缗钱束素，召行殴者讯之曰："尔何人？与诸郎君阿谁有素？而能相为如此。"对曰："某是宣慈寺门子，亦与诸郎君无素，第不平其下人无礼耳。"众皆嘉叹，悉以钱帛遗⑪之。复相谓曰："此人必须亡去，不然，当为擒矣。"

后旬朔,坐中宾客多有假途宣慈寺门者,门子皆能识之,靡不加敬。竟不闻有追问之者。

《唐摭言》

【注释】

①王定保(870~954):字翊圣,吴融之婿,南昌(今属江西)人。光化三年(900)举进士及第。唐末避中原之乱入岭南,附于刘氏无北归意,任南汉宁远军节度使、中书侍郎同平章事等职。著有《唐摭言》十五卷,记述大量唐代诗人文士的遗闻逸事,多记正史所不详述者。

②不记:不知道。酌:看。

③唐干符二年:唐乾符二年。

④假:借。

⑤罕有伦拟:世所少见。

⑥逼:直到。

⑦谑浪之词:口出污言秽语,粗俗不堪。

⑧轧然:忽然。

⑨中贵:品级甚高的太监。

⑩不测:不知道。

⑪遗:赠予,赠送。

【赏读】

"曾是管弦同醉伴,一声歌尽各东西。"繁荣大唐,每年新进士的喜庆宴几乎都在曲江举行,且按习俗讲,中进士后那一场喜庆宴会非常重要,必须尽力铺张,因为此后一生的前途和这次宴会有很大关系。正如诗句所言,此宴之后,新中进士即将上任的士人们,将各奔前程，以后再难有机会见面，所以被称为"离宴"。此外，喜庆宴还有"杏园宴""樱桃宴"的美称。待一日晴空万里，携亲人眷属、文人墨客，徜徉于楼台亭榭，饱览曲江粼粼碧波，赏嗅满园名树花卉，最后一同品尝珍馐美味，饮酒赋诗，于微醺之中酣享中第喜悦，真是一件极好不过的事情。人们聚在一起，有饮酒赋诗，畅叙友情者；有感叹身世，揭露时弊者；有写景抒情，点染现实者，留下了不少名篇佳作，自然也会留下一些纨绔子弟放荡不羁的奇闻。

唐乾符二年，韦昭范应鸿词科考试及第，中了进士。他是当时财政部部长杨严的至亲，必要大办一场喜庆宴。韦昭范为了使得宴会场面豪华，向度支使库借来了不少帐幕器皿。杨严还担心不够热闹，又派使库的下属送来许多用具。所以这年三月间在曲江亭子开宴时，排场之隆重阔绰，世所少见。这一天还有其他进士也在大摆筵席，除了宾客云集之外，长安城中还有不少闲人赶来看热闹。

宾主饮兴正酣，忽然有一位少年骑驴而至。郑綮曾言"诗思总在灞桥风雪中驴子背上"，古人也常以骑驴为荣。该少年虽无吟诗作赋，却也神态傲慢，旁若无人，骑着驴子直走到筵席之旁，俯视众人。宾主既惊且怒，都不知这恶客是何等样人。那少年提起马鞭，一鞭往侍酒之人头上打去，哈哈大笑，口出污言秽语，粗俗不堪。席上宾主都是文士，眼见这恶客举止粗暴，一时尽皆手足无措。尴尬间，旁观的闲人之中忽有一人奋身而出，啪的一声，打了那恶少一记耳光。这一记打得极重，那恶少便应声跌下驴子。那人拳打足踢，再夺过他手中的马鞭，鞭如雨下，打了他百余下。众人欢呼喝彩，都来打落水狗，瓦砾乱掷，眼见便要将那恶少打死。

正在这时，忽然轧轧声响，紫云楼门打开，几名身穿紫衣的从人奔了出来，大呼："别打，别打！"又有一名品级甚高的太监带了许多随从，骑马来救。那人挥动鞭子，来一个打一个，鞭上劲力非凡，中者无不立时摔倒。那宦官身上也中了一鞭，不堪吃痛，拨转马头便逃,随从左右也都跟着进门。紫云楼门随即关上,再无人敢出来相救。

众宾客大声喝彩,但不知这恶少是什么来头,那时候宦官的权势极盛,这人既是宦官一党,再打下去必有大祸,于是便放了那恶少。大家问那仗义助拳之人:"尊驾是谁?和座中哪一位郎君相识,竟肯如此出力相助?"那人道:"小人是宣慈寺的看门人,跟诸位郎君都不相识,只是见这家伙无礼,忍不住便出手了。"众人大为赞叹,纷纷送他钱帛。大家说:"那宦官日后定要报复,须得急速逃走才是。"

后来座中宾客有许多人经过宣慈寺门,那看门人都认得他们,见到了总是恭恭敬敬地行礼。奇怪的是,此后居然一直没听到有人去捉拿追问之事。

王定保在《唐摭言》中记录了这样一篇关于一位极平凡的侠客,路见不平,拔拳相助之后,依旧默默无闻做他的看门人的故事,尾声简洁朴素,却又意蕴悠长。

(减子)

昆仑奴① 裴铏②

大历中有崔生者,其父为显僚,与盖代之勋臣一品③者熟。生是时为千牛④,其父使往省一品疾。生少年,容貌如玉,性禀孤介,举止安详,发言清雅。一品命伎轴帘⑤,召生入室。生拜传父命,一品忻然慕爱,命坐与语。时三伎人,艳皆绝代,居前以金瓯贮含桃⑥而擘之,沃以甘酪而进。一品遂命衣红绡伎者,擎一瓯与生食。生少年赧伎辈,终不食。一品命红绡伎以匙而进之,生不得已而食。伎哂之。遂告辞而去。一品曰:"郎君闲暇,必须一相访,无间老夫也。"命红绡送出院。时生回顾,伎立三指,又反掌者三,然后指胸前小镜子,云:"记取。"余更无言。生归,达一品意,返学院,神迷意夺,语减容沮,恍然凝思,日不暇食,但吟诗曰:

误到蓬山顶上游,明珰玉女动星眸。

朱扉半掩深宫月,应照琼芝雪艳愁。

左右莫能究其意。时家中有昆仑奴磨勒,顾瞻郎君曰:"心中有何事。如此抱恨不已,何不报老奴?"生曰:"汝辈何知,而问我襟怀间事?"磨勒曰:"但言,当为郎君释解。远近必能成之。"生骇其言异,遂具告知。磨勒曰:"此小事耳,何不早言之,而自苦耶?"生又白其隐语。勒曰:"有何难会。

立三指者,一品宅中有十院歌姬,此乃第三院耳。反掌三者,数十五指,以应十五日之数。胸前小镜子,十五夜月圆如镜,令郎来耳。"生大喜,不自胜,谓磨勒曰:"何计而能导达我郁结乎?"磨勒笑曰:"后夜乃十五夜,请深⑦青绢两匹,为郎君制束身之衣。一品宅有猛犬守歌伎院门外,常人不得辄入,入必噬杀之。其警如神,其猛如虎,即曹州孟海之犬也⑧。世间非老奴不能毙此犬耳。今夕当为郎君挝杀之。"遂宴犒以酒肉,至三更,携链椎而往。食顷而回曰:"犬已毙讫,固无障塞耳。"是夜三更,与生衣青衣,遂负而逾十重垣,乃入歌伎院内,止第三门。绣户不扃,金睢微明,惟闻伎长叹而坐,若有所俟。翠环初坠,红脸才舒,幽恨方深,殊愁转结。但吟诗曰:

深谷莺啼恨院香,偷来花下解珠珰。

碧云飘断音书绝,空倚玉箫愁凤凰。

侍卫皆寝,邻近阒然⑨。生遂掀帘而入。姬默然良久,跃下榻,执生手曰:"知郎君颖悟,必能默识,所以手语耳,又不知郎君有何神术,而能至此?"生具告磨勒之谋,负荷而至。姬曰:"磨勒何在?"曰:"帘外耳。"遂召入,以金瓯酌酒而饮之。姬白生曰:"某家本居朔方⑩。主人拥旄,逼为姬仆。不能自死,尚且偷生,脸虽铅华,心颇郁结。纵玉箸举馔,金炉泛香,云屏而每近绮罗,绣被而常眠珠翠,皆非所愿,如在桎梏。贤爪牙⑪既有神术,何妨为脱狴牢⑫。所愿既申,虽死不悔。请为仆隶,愿侍光容。又不知郎君高意如何?"生愀然不语。磨勒曰:"娘子既坚确如是,此亦小事耳。"姬甚喜。磨勒请先为姬负其囊橐妆奁,如此三复焉。然后曰:"恐迟明。"遂负生与姬而飞出峻垣十余重。一品家之守御,无有惊者。遂归学院匿之。

及旦,一品家方觉。又见犬已毙。一品大骇曰:"我家门垣,从来邃密,扃锁甚严,势似飞腾,寂无形迹,此必是一大侠矣。无更声闻,徒为患祸耳。"姬隐崔生家二载。因花时驾小车而游曲江⑬,为一品家人潜志认。遂白一品。一品异之,召崔生而诘之。生惧而不敢隐,遂细言端由,皆因奴磨勒负荷而去。一品曰:"是姬大罪过。但郎君驱使逾年,即不能问是非。某须为天下人除害。"命甲士五十人,严持兵仗,围崔生院,使擒磨勒。磨勒遂持匕首,飞出高垣,瞥若翅翎,疾同鹰隼,攒矢如雨,莫能中之。顷刻之间,不知所向。然崔家大惊愕。后一品悔惧,每夕多以家童持剑戟自卫。如此周岁方止。后十余年,崔家有人见磨勒卖药于洛阳市,容发如旧耳。

《传奇》

【注释】

①昆仑:种族名,就是现在东南亚的马来西亚、爪哇等地的土著。皮肤黑而多力。唐代豪门贵族多雇用或买他们为奴仆,称昆仑奴。

②裴铏（xíng）：唐末文学家，字、里、生卒年均不详。唐咸通九年（868）为静海军节度使高骈掌书记，乾符五年（878）以御史大夫为成都节度副使。一生以文学名世，其著作《传奇》对唐代小说的繁荣和发展有巨大贡献，对后人的影响亦极大。宋元以后，很多戏剧、话本、拟话本小说皆取材于此。

③一品：是封建王朝地位最高的官，所谓"当朝一品"。

④千牛：是唐代负警卫宫廷责任的官。

⑤轴帘：就是卷帘，把帘子像画轴一样卷起来。

⑥含桃：樱桃的别称。

⑦深：与"藏"同。

⑧曹州：即今山东省菏泽市。孟海：应作孟海公，隋末农民起义群雄之一，后为窦建德所俘。

⑨阒然：寂静无声。

⑩朔方：郡名，汉武帝所立。汉时的疆域达到今内蒙古自治区鄂尔多斯一带；唐代的辖境没有这样远，仅在河套以下的灵武、盐池左近。

⑪贤爪牙：尊称他人的党羽、卫士。

⑫狴牢：就是监狱。传说龙生九子，第四子名狴犴，形如虎而有威力，古时把它的头像画在狱门上，以示威严，故称。见明杨慎《升庵外集》。

⑬曲江：在今陕西省西安市东南，一名曲江池，汉武帝就秦宜春苑扩建，其水曲折如江，故名。

【赏读】

《昆仑奴》是收录在《太平广记》里的一篇文言短篇，全文用了一千四百余字向我们讲述了崔生和红绡的爱情故事，刻画了一位侠肝义胆、智勇双全的昆仑奴磨勒，同时也展现了为官者骄奢淫逸的生活。

　　崔生和红绡一见钟情的爱情故事在我国文学的殿堂里并不少见，无论是《聊斋》中的人鬼情未了，还是本文中的崔生和红绡。或许是古文本身所有的简洁，让他们的相爱少了几分现代小说中的波折。一见钟情后双双相思成疾的案例也不在少数，而家仆或是丫鬟伸出援手牵线搭桥以解相思的桥段亦比比皆是。而本文中的昆仑奴磨勒正是扮演着这样的角色。他心思聪慧，"有何难会。立三指者，一品宅中有十院歌姬，此乃第三院耳。反掌三者，数十五指，以应十五日之数。胸前小镜子，十五夜月圆如镜，令郎来耳"，只一说便解了崔生多日的相思之苦。作为一名奴仆，他并没有低人一等的自卑，而是展现着从容和自信，面对崔生的质疑也毫不在意，"但言，当为郎君释解。远近必能成之"，这是一份怎样的自信，能够让崔生"骇其言异，遂具告知"。这样一个老奴展现着底层人民独有的智慧和魅力。正是这份自信和从容，让他后来的英勇非凡顺理成章。为崔生杀死了看门的大犬，让两人得以相会，在不惊动一品家守卫的前提下，背着两人离开高墙大院。连作者都不禁要借一品之口赞叹磨勒"此必是一大侠矣"。

　　金庸先生曾认为《昆仑奴》是中国最早的武侠小说之一，而作者也叹磨勒为"大侠"。借着文本，我们可以看到磨勒身上作为早期大侠的种种品质，他拥有一流的智慧和武功，对待主人的忠诚，面对难题时所流露出的淡定和从容，以及面对生活时的随性洒脱。这一切都在崔生的映照下尤为明显。崔生作为一个典型的官家子弟，无论是初次登场时面对姬女时的羞涩，或是后来相思无解，仅凭吟诗自解，还是结尾时因害怕而不敢隐瞒，将一切推脱给磨勒，都向我们展现了一个外表俊美、内心懦弱的官家子弟形象。而磨勒最终也被逼离开崔生家，只是他的离开太过潇洒，轻如鸿毛，快若鹰隼。相比之下，愣作一团的崔家和一品则显得狼狈不堪。这也向我们揭示着一个大侠最终无奈的结局,虽然一腔忠心,最终还是被主人所遗弃。但是,若磨勒一直做着崔生家的家仆,也与他洒脱的天性相违背。所以最终看到隐于市集的磨勒时,也可以释然一笑。

或许是磨勒的形象过于鲜亮,遂照出此文中其余诸人都透着人性丑恶面,比如骄奢淫逸的一品,懦弱弃义的崔生。不过古人自有古人的活法,今人也不必用自己的标准去评判。从历史上由此文衍生出来的诸多戏本可以看出,人们对这篇小文的喜爱。有元代杨景言杂剧《磨勒盗红绡》,佚名的南戏《磨勒盗红绡》,明代梅鼎祚的传奇《昆仑奴剑侠成仙》,梁辰鱼的传奇《红绡伎手语传情》。崔生和红绡的爱情故事,昆仑奴磨勒的侠肝义胆感动着一代又一代的人。而读起原本,亦觉荡气回肠,口齿余香。摆脱单一的叙述方式,夹杂着诗作的写法,让这篇文章文采四溢,妙不可言,以至于今天,它仍是文学宝库里一颗不可多得的珍宝。

(茶月 Selina)

聂隐娘传 裴铏

聂隐娘者,贞元中魏博大将聂锋之女也。方十岁,有尼乞食于锋舍,见隐娘,悦之,云:"问押衙①乞取此女。"锋大怒,叱尼。尼曰:"任押衙铁柜中盛,亦须偷去矣。"及夜,果失隐娘所在。锋大惊骇,令人搜寻,曾无影响。父母每思之,相对涕泣而已。

后五年,尼送隐娘归,告锋曰:"教已成矣,可自领取。"尼亦不见。一家悲喜,问其所学。曰:"初但读经念咒,余无他也。"锋不信,恳诘。隐娘曰:"真说又恐不信,如何?"锋曰:"但真说之。"

曰:"隐娘初被尼挈②去,不知行几里。及明,至大石穴中,嵌空数十步,寂无居人。猿猱极多。尼先已有二女,亦各十岁。皆聪明婉丽,不食。能于峭壁上飞走,若捷猱登木,无有蹶③失。尼与我药一粒,兼令长执宝剑一口,长二尺许,锋利吹毛可断。逐令二女教某攀缘,渐觉身轻如风。一年后,刺猿猱百无一失。后刺虎豹,皆决其首而归。三年后,能使刺鹰隼,无不中。剑之刃渐减五寸,飞禽遇之,不知其来也。至四年,留二女守穴。挈我于都市,不知何处也。指其人者,一一数其过,曰:'为我刺其首来,无使知觉。定其胆,若飞鸟之容易也。'受以羊角匕首,刃广三寸,遂白日刺其人于都市中,人莫能见。以首入囊,返命,则以药化之为水。五年,又曰:'某大僚有罪,无故害人若干,夜可入其室,决其首来。'又携匕首入室,度其门隙无有障碍,伏之梁上。至瞑④时,得其首而归。尼大怒:'何太晚如是?'某云:'见前人戏弄一儿,可爱,未忍便下手。'尼叱曰:'已后遇此辈,先断其所爱,然后决之。'某拜谢。尼曰:'吾为汝开脑后,藏匕首而无所伤。用即抽之。'曰:'汝术已成,可归家。'遂送还,云:'后二十年,方可一见。'"

锋闻语甚惧。后遇夜即失踪,及明而返。锋已不敢诘之,因兹亦不甚怜爱。

忽值磨镜少年及门,女曰:"此人可与我为夫。"白父,父又不敢不从,遂嫁之。其夫但能淬镜,余无他能。父乃给衣食甚丰。外室而居。数年后,父卒。魏帅知其异,遂以金帛召署为左右吏。

如此又数年,至元和间,魏帅与陈许节度使刘昌裔参商不协,使隐娘贼其首。隐娘辞帅之许。

刘能神算,已知其来。召衙将,令来日早至城北,候一丈夫、一女子各跨白黑卫至门,遇有鹊来噪,丈夫以弓弹之不中。妻夺夫弹,一丸而毙鹊者,揖之云:"吾欲相见,故远相衹迎也。"衙将受约束,遇之。隐娘夫妻曰:"刘仆射真神人。不然者,何以洞吾也。愿见刘公。"刘劳之,隐娘夫妻拜曰："合负仆射万死。"刘曰："不然，各亲其主，人之常事。魏今与许何异。请当留此，勿相疑也。"隐娘谢曰："仆射左右无人，愿舍彼而就此，服公神明也。"知魏帅不及刘。刘问其所须。曰："每日只要钱二百文足矣。"乃依所请。忽不见二卫所在。刘使人寻之，不知所向。后潜于布囊中见二纸卫，一黑一白。后月余，白刘曰："彼未知信，必使人继至。今宵请剪发系之以红绡，送于魏帅枕前，以表不回。"刘听之，至四更，却返，曰："送其信矣。后夜必使精精儿来杀某及贼仆射之首。此时亦万计杀之。乞不忧耳。"

刘豁达大度，亦无畏色。是夜明烛，半宵之后，果有二幡子，一红一白，飘飘然如相击于床四隅。良久，见一人自空而踣，身首异处。隐娘亦出曰："精精儿已毙。"拽出于堂之下，以药化为水，毛发不存矣。

隐娘曰："后夜当使妙手空空儿继至。空空儿之神术，人莫能窥其用，鬼莫得蹑⑤其踪。能从空虚入冥，善无形而灭影。隐娘之艺，故不能造其境，此即系仆射之福耳。但以于阗玉周其颈，拥以衾，隐娘当化为蠛蠓⑥，潜入仆射肠中听伺，其余无逃避处。"刘如言。至三更，瞑目未熟。果闻项上铿然，声甚厉。隐娘自刘口中跃出，贺曰："仆射无患矣。此人如俊鹘，一搏不中，即翩然远逝，耻其不中，才未逾一更，已千里矣。"后视其玉，果有匕首划处，痕逾数分。

自此刘厚礼之。自元和八年，刘自许入觐，隐娘不愿从焉。云："自此寻山水，访至人，但乞一虚给与其夫。"刘如约，后渐不知所之。及刘薨⑦于统军，隐娘亦鞭驴而一至京师柩前，恸哭而去。

开成年，昌裔（此处作刘"昌裔"而不作刘悟）子纵除陵州刺史，至蜀栈道，遇隐娘，貌若当时。甚喜相见，依前跨白卫如故。语纵曰："郎君大灾，不合适此。"出药一粒，令纵吞之。云："来年火急抛官归洛，方脱此祸。吾药力只保一年患耳。"纵亦不甚信。遗其缯彩，隐娘一无所受，但沉醉而去。后一年，纵不休官，果卒于陵州。自此无复有人见隐娘矣。

《传奇》

【注释】

① 押衙：对小吏的尊称。
② 挈：持、提。
③ 蹶：跌倒。
④ 暝：黄昏、昏暗。
⑤ 蹑：追踪跟随。
⑥ 蠛蠓（miè měng）：昆虫，俗称"墨蚊""人咬"。
⑦ 薨：古代称诸侯或有爵位的大官死去。

【赏读】

唐裴铏所著《传奇》虽颇多侠义之士传奇故事，后成为古典小说叙事方式的滥觞和近代武侠小说的雏形，却始终还有一股妖异志怪的风貌,其中尤以《聂隐娘传》为甚。故事一开篇便有一尼欲带隐娘走,其父母必然不舍,但最终还是被带走,觉得极有趣。古典小说中对高人的描写不外乎是出家的道士、和尚、隐修者,包括后来在《红楼梦》中,香菱、宝钗、黛玉都被一些癞头和尚之流扬言要带走,莫非这是体现主角不凡的一种描写方式?

再看隐娘学武的经历,于深山密林中,学攀缘,走峭壁,刺猿猴百发百中,杀虎豹皆取头颅,射老鹰从不失手,这般历练深深将一把二尺长宝剑磨成五寸短刃,但凡生物刃下过,从无活口。这杀手养成记也真够残忍的,与西方那种和飞禽走兽成为家人的人猿泰山故事殊为不同。更可怕的在后面,聂隐娘成为专业杀手后,她的武器——三寸羊角匕首,藏于哪里?"吾为汝开脑后,藏匕首而无所伤。用即抽之。"聂隐娘颅内藏刀,即每每杀人都要开颅取刀、开颅藏刀,聂隐娘颅内构造想必与他人不同。

再看那精精儿与空空儿来刺杀之时,不是"一红一白二幡子飘飘然",就是"从空虚而入冥,善无形而灭影",极尽装神弄鬼之事,精精儿却也不过于房梁上掉下,落到身首异处的下场。随后聂隐娘出,只是轻描淡写说了句"已毙",便用药粉将其尸体化开。却能从中觉出那隐于房梁之时的惊心动魄:出手时刀剑相错的一瞬,胜负已分。而空空儿虽身怀刺杀之命,一击不中,便退开千里,竟是一个技不如人便认输、颇为知耻的人。

聂隐娘有这般出神入化的武艺,又是个女儿身,我真怕她要是爱起来天翻地覆,如个别有心理疾病的女魔头,然而不,聂隐娘伸手利落一指那"但能淬镜,余无他能"的磨镜少年,曰:"此人可与我为夫。"这是什么概念?作为古代女子,她指着一个人说,他可以成为我的丈夫,甚至不是我要嫁给他,而是他可以成为我的。且"其父不敢不从",见多了梁祝之流为家族所夭折的爱情,闻此传奇,心中颇为激赏,隐娘,真乃大唐女权第一人。

在整个传奇的记叙中，聂隐娘的行事作风都非常潇洒，她虽是杀手，杀与不杀却随性得很，全凭自己喜好。"见前人戏弄一儿，可爱，未忍便下手。""仆射左右无人，愿舍彼而就此，服公神明也。知魏帅不及刘。"见人家逗弄孩子可爱，便不忍杀；见自家主子魏帅不如刘昌裔，便又不杀，不仅不杀还主动降了，帮他杀了后来的杀手。一生洒脱自在，竟似不曾活在条框枷锁之中，既不为世之原则所迫，也不尊崇师命行事，那最后飘然远去的身姿竟已似境外飞升之仙，叫人惊觉大唐到底曾是一个盛世风云，人格即风格的时代！

（闻人菀）

田膨郎   康骈①

唐文宗皇帝尝宝白玉枕，德宗朝于阗国所贡，追琢奇巧，盖希代之宝。置寝殿帐中。一旦忽失所在。然禁卫清密，非恩渥嫔御莫能至者，珍玩罗列，他无所失。上惊骇移时，下诏于都城索贼。密谓枢近②及左右广中尉曰："此非外寇所入，盗者当在禁掖。苟求之不获，且虞他变。一枕诚不足惜，卿等卫我皇宫，必使罪人斯得。不然，天子环卫，自兹无用矣。"内宫惶栗谢罪，请以浃旬③求捕。大悬金帛购求，略无寻究之所。圣旨严切，收系者渐多，坊曲闾里，靡不搜捕。

有龙武二蕃将王敬弘尝蓄小仆，年甫十八九，神采俊利，使之无往不届。敬弘曾与流辈于威远军会宴，有侍儿善鼓胡琴。四座酒酣，因请度曲。辞以乐器非妙，须常御者弹之。钟漏已传，取之不及，因起解带。小仆曰："若要琵琶，顷刻可至。"敬弘曰："禁鼓才动，军门已锁，寻常汝起不见，何言之谬也？"既而就饮数巡，小仆以绣囊将琵琶而至，座客欢笑曰：乐器本相随，所难者惜其妙手。南军去左广，往复三十余里，入夜且无行伍，既而倏忽往来。敬弘惊异如失。时又搜捕严急，意以盗窃疑之。

宴罢，及明，遽归其第，引而问之曰："使汝累年，不知矫捷如此。我闻世有侠士，汝莫是否？"小仆谢曰："非有此事，但能行耳。"因言父母皆在蜀川，顷年偶至京国，今欲却归乡里，有一事欲报恩。偷枕者早知姓名，三数日当令伏罪。敬弘曰："如此事，即非等闲，遂令全活者不少。未知贼在何许，可报司存掩获否？"小仆曰："偷枕者田膨郎也。市廛军伍，行止不恒，勇力过人，且善超越。苟非伺便折其足，虽千兵万骑，亦将奔走。自兹再宿，候之于望仙门，伺便擒之必矣。将军随某观之，此事仍须秘密。"

是时涉旬无雨，向晓④尘埃颇甚，车马腾践，跬步⑤间人不相睹。膨郎与少年数辈，连臂将入军门，小仆执球杖击之，欻然已折左足。仰而窥曰：我偷枕来，不怕他人，唯惧于尔。既此相值，岂复多言。于是舁至左右军，一款而伏。上喜于得贼，又知获在禁旅，引膨郎临轩诘问，具陈常在营内往来。上曰："此乃任侠之流，非常之窃盗。"内外囚系数百人，于是悉令原之。

小仆初得膨郎，已告敬弘归蜀。寻之不可，但赏敬弘而已。

《剧谈录》

【注释】

①康骈：字驾言，唐朝时期池阳（今安徽贵池）人，官至崇文馆校书郎。著有《剧谈录》三卷。《剧谈录》为其避乱山中时所作，所记皆唐天宝以来事，杂以鬼神灵验等"新见异闻"。

②枢近：接近皇帝的中央政权的枢要职位。
③浃旬（jiā xún）：一旬，十天。
④向晓：拂晓。
⑤跬（kuǐ）步：本指半步，跨一脚，引申至举步、迈步，也被用于形容极近的距离、数量极少等。

【赏读】

  故事写作《田膨郎》，主角却像是那小厮了。文中人物众多，故事情节单元不少，作者很难对每个人物一一塑造到位。盗玉枕的田膨郎反倒像是个功能型人物，出来就是为了被抓的，而抓他的人是那个名不见经传的小厮。

  小厮给人的感觉像是一名隐侠，猛一看见，想起《武林外传》里珍珠翡翠白玉汤、盗圣白展堂，他们平日里是寻常人家，半点不起眼，需要用到他们的时候爆发出非同寻常的能量。

  这个故事贯彻了古人人比人比死前一个人的"幽默"作风。故事初玉枕失窃，言宫闱之内防守严密来衬托此盗之艰难，又通过描写皇帝对近人言语和下属广布天罗地网而无所终来表现盗贼之强大，同时反衬寻常侍卫无能。

  直到这个丰神俊朗的年轻人出来，好戏才算刚刚上演。小厮的手法其实很高明，侍女的琵琶不适用，天时已晚，无人能得，他在此时站了出来。王敬弘就算是个傻子也该明白这个小厮有问题，不管是不是贼，至少天赋异禀，何况他不是个傻子。锣鼓声中，隐侠小厮以报恩为由为王敬弘拿下了田膨郎，在这个过程里有两处有趣的点可以挖掘。

  一来小厮在行动之前便对田膨郎的行止好似了如指掌，对他的能力一阵海夸之后说了一句"苟非伺便折其足"——如果不是借着他腿断了的便利，我们拿不下他。而在后文中我们不难发现，田膨郎是被小厮一杖打断了腿,这就有些耐人寻味。若非笔者误读,作者便在此处将小厮的能力又往上抬了一重,未卜先知加上极度的自信,有些神化的意味。

第二个点是田膨郎落网的时候对小厮说:"我偷了玉枕,什么都不怕,就怕撞见你这个克星。"可见两人早已相熟,除却起先说到人比人比死前一个人的笑话来看,应该别有深意。

行文至此,笔者其实想提出另一个观点来剖析一下此文为什么命名为《田膨郎》,如果在作者的心目中小厮实非隐侠而是反派,田膨郎才是本文主角呢?

文宗是"甘露之祸"的主角。当时禁军神策军的统领叫作中尉,左军右军的中尉都由宦官出任,便是文章开篇提到"密谓枢近及左右广中尉"中的中尉。文宗的祖父和老哥都被宦官所杀,自己与父亲都是宦官所立,受制于人。这便如同《三国演义》开篇十常侍之乱,又如被曹操挟天子以令诸侯后密授衣带诏之事。

文宗图谋问罪宦官,总得有个缘由。开篇所提宫闱防守严密却还失窃,如此去想似乎有点根据。可惜的是玉枕最后找了回来,大计未成。

如此,结局变得有些耐人寻味。小厮究竟是隐侠不慕名利而去,还是知情人、特工抓了田膨郎后惧为文宗所害而迅速出逃?若是后者,当真是细思极恐。

(忘我流离)

义侠 皇甫氏

顷有士人为畿尉①，常在贼曹。有一贼系械，狱未具。尉独坐厅上，贼乘间告曰："某非盗，公若脱，奉报有日。"尉视其貌，且异其言，意已许之，佯若不知②，夜呼狱吏放之，仍令吏逃窜。及明，狱中失囚，狱吏又走，府司谴罚而已。

后，官满数年，客游至一县，闻县宰与放囚姓名同。往谒之，果放囚也。因留中厅，对榻而寝，欢洽，旬日③不入宅。

一日归，其妻问曰："公有何客，十日不入内耶？"宰曰："某得此人大恩，性命所保，至今未能报之。"妻曰："公不闻大恩不报，何不看时为机？"宰不语，久之，乃曰："卿言良是。"尉偶厕中，闻其言，急呼重仆，乘马便走，衣袋悉不暇④取。至夜，已行五六十里，出县界，止宿村居。仆人怪其奔走，乃问其故⑤。尉歇定，乃言此宰负恩之状，言讫吁嗟，仆人亦泣下。忽见一人从床下持匕首出立，尉众悉惊倒。其人曰："我义士也。宰使我来取君首。适闻说，方知此宰负恩，不然，枉杀义士也！不舍此人矣！公且勿睡，当取宰头，以雪其冤。"尉心惧，愧谢而已。其人捧剑，出门如飞。二更已返，呼曰："贼首至矣！"命火观之，刀宰头也。揖别，不知所之。

《原化记》⑥

【注释】

①畿尉：指畿县的县尉。
②佯：假装。不知：不理会。
③旬日：数日。
④不暇：来不及。
⑤故：原因。
⑥《原化记》：古代传奇小说集。皇甫氏著。所叙内容以神仙冥报、龙虎异变为主，内容简单又往往沿袭前作，如《周邯》篇取自裴铏《传奇·周邯》，而篇幅仅为后者四分之一。

【赏读】

《义侠》全文仅四百一十四字，篇幅不能说不短，但情节却跌宕起伏，大生大死，涉及的时间线长达数年，又单列出一段集中描写一日内之变故。出场的几个人物，性别与职业迥异，性情各异，令人过目难忘，实在是一部内容丰富、技巧高超的微型小说。

这名义侠，无名无姓，短文快要结束时才出场，做事雷厉风行。帮助畿尉杀死忘恩负义的县令，飘然远引，不知所终，颇有李白《侠客行》的风采："十步杀一人，千里不留行。事了拂衣去，深藏身与名。"唐朝游侠之风颇为盛行，李白一生佩剑，年少时写下不少任侠的诗句，《侠客行》正是其中最为脍炙人口的名篇。多年以后，金庸以此诗作引，撰写他的长篇武侠小说《侠客行》，那又是另一个故事了。

《义侠》出自《原化记》，是皇甫氏写的，至于皇甫氏叫什么名字,现在已不可考。由于历史原因,《原化记》原书早已散佚,现存的包括《义侠》在内的二十篇传奇因为宋人编撰《太平广记》而得以幸存至今。

皇甫氏的名字虽湮没于历史的风烟之中,他留下的这批传奇小说对后世的影响却不小。拿《义侠》来说,曾被收入任渭长的《三十三剑客图》,和虬髯客、红线女、陶弘景、蓝采禾这些传说中的形象一起,经由木版画流传四方。金庸也曾为《三十三剑客图》作传,并考证《义侠》:"这故事后人加以敷衍铺叙,成为评话小说,《今古奇观》中《李汧公穷途遇侠客》写的就是这故事。"

此文虽短,但情节非常曲折,更令人拍案称奇的是拿捏得当的性格刻画,寥寥数语,几个鲜明的人物形象跃然纸上。京畿尉是一个善良却懦弱的书生,见犯人"状貌不群,词采挺拔"而不忍,又想不出好办法,只好偷偷放走了他,不但害得自己的亲信狱卒逃亡江湖,自己也被上司谴责。多年以后再遇犯人,得知对方要杀自己,除了仓皇而逃,就是叹息哭泣。恩将仇报的县令是个很复杂的人物,一生大起大落,不是俗人,俗人有的毛病呢他也都有。比如耳根子软,另外,他认出京畿尉时"惊惧",迟迟不带其回家,这些细节,也都写得生动而细致。县令的妻子着墨最少,却最让人心惊,因为她说的话虽违背道德,却与"厚黑"之学有异曲同工之妙。这种善妒心毒的女人形象,古今中外都有,最出名的当属莎士比亚的麦克白夫人。义侠作为压轴登场,可谓是乱世中的一股清流,他豪侠仗义,不求名利,与另外三人的猥琐懦弱形成了鲜明的对比。作者的写法,显然十分高明,其对人性拿捏之准确,更是难能可贵。

(柳无色)

嘉兴绳技 皇甫氏

唐开元年中，数敕赐州县大酺①。嘉兴县以百戏②，与监司③竞胜精技。监官属意尤切。所由直狱者语与狱中云："倘有诸戏劣于县司，我辈必当厚责。然我等但能一事稍可观者，即获财利，叹无能耳。"乃各相问，至于弄瓦缘木之技，皆推求招引。狱中有一囚笑谓所由曰："某有拙技，限在拘系，不得略呈其事。"吏惊曰："汝何所能？"囚曰："吾解绳技。"吏曰："必然，吾当为尔言之。"乃具以囚所能白于监主。主召问罪轻重，吏云："此囚人所累，逋缗未纳，余无别事。"官曰："绳技人常也，又何足异乎？"囚曰："某所为者，与人稍殊。"官又问曰："如何？"囚曰："众人绳技，各系两头，然后于其上行立周旋。某只需一条绳，粗细如指，五十尺，不用系著，抛向空中，腾掷翻覆，则无所不为。"官大惊悦，且令收录。明日，吏领至戏场。诸戏既作，次唤此人，令效绳技。遂捧一团绳，计百余尺，置诸地，将一头，手掷于空中，劲如笔。初抛三二丈，次四五丈，仰直如人牵之，众大惊异。后乃抛高二十余丈，仰空不见端绪。此人随绳手寻，身足离地抛绳虚空，其势如鸟，旁飞远扬，望空而去。脱身狴犴④，在此日焉。

《原化记》

【注释】

①酺：指聚饮。古代国有喜庆，特赐臣民聚会饮酒。

②百戏：古代杂技、乐舞表演的总称。秦汉时已盛行。

③监司：有监察州县之权的地方长官的简称。

④狴犴：传说中的兽名，因常画狴犴于狱门上，故用作牢狱的代称。

【赏读】

每年春晚都不可少的一个节目就是魔术了吧。大抵国人对于魔术是有一种喜爱之情，所以读起这篇小文不禁感到十分有趣。相传在唐玄宗开元年间，皇帝多次让各州县举办大宴。嘉兴的县令便准备了杂耍，并想和监司比一比。监狱官的心情特别急切，所以就告诉狱卒说，如果我们比不过就要受到惩罚，如果能有一项比较好的就能得到奖励，但是我们好像没有什么是能行的。了解到这些情况，每个人都开始在监狱里寻找奇人，而但凡会一点奇门异术的人都纷纷自荐。在这个时候，有一个自称会绳技的囚犯引起了狱吏的关注，狱官却认为绳技是一项很多人都会的本领，没什么了不起之处。囚犯说他的绳技和别人的不同，只要一根绳扔到空中就能表演各式各样的把戏。于是第二天囚犯就被领到了戏场里，这人果然技艺不凡，只将一个绳头抛向空中，绳子笔直像有人牵着一样，众人抬头也看不见绳头。而这人也手握绳子，身子离地，最后竟扔掉了绳子在空中像鸟一样越飞越高，逃出了监狱。

关于魔术的解密一直是人们津津乐道的，而绳技也是历史悠久，相传在印度有高人就能为此道，但是印度人也坦言，这不过是高超的催眠术，让在场之人都相信了这样的事情罢了。

而开元年间大概也是盛世,才能出现让囚犯表演的事情,透着一股盛世才有的普天同庆和自信,连囚犯也是身手不凡,最后靠着卓越的技艺逃出了监狱。绳技亦是我国古老杂技的一门,在《晋书·乐志》里便有舍利玩绳技的记载:"后汉天子受朝贺,舍利从西来,戏于殿前,以两大绳两柱头,相去数丈,两倡女对舞,行于绳上,相逢切肩而不倾。"可见当时舍利还训练倡女踏绳索歌舞,颇有早期杂技艺术的影子。

(茶月 Selina)

虬髯叟 无名氏

吕用之在维扬,日佐渤海王擅政害人。中和四年秋,有商人刘损,攀家乘巨船,自江夏至扬州。用之凡遇公私来,悉令侦伺行止。刘妻裴氏有国色,用之以阴事下刘狱,纳裴氏。刘献金百两免罪,虽脱非横①,然亦愤惋,因成诗三首,曰:

"宝钗分股合无缘,鱼在深渊鹤在天。得意紫鸾休舞镜,断踪青鸟罢衔笺。金杯已覆难收水,玉轸长抛懒续弦。从此蘼芜山下过,遥将红泪洒穷泉。"

其二:"鸾飞远树栖何处,凤得新梧想称心。红粉尚存香幕幕,白云初散信沉沉。情知点污投泥玉,犹是经营买笑金。愿作山头似人石,丈夫衣上泪痕深。"

其三:"旧尝游处偏寻看,虽是生离死一般。买笑楼前花已谢,画眉窗下月空残。云归巫峡音容断,路隔星河去住难,莫道诗成无泪下,尽倾东海也应干。"

诗成吟咏不辍。因一日晚,凭水窗,见河街上一虬须老叟,行步迅速,骨貌昂藏,眸光射人,彩色晶莹,如曳冰雪。跳上船来,揖损曰:"子衷心有何不平之事,抱郁塞之气?"损具对之。客曰:"只今便为取贤阃及宝货回。即发,不可便停于此也!"损察其意,必侠士也。再拜而启曰:"长者能报人间不平,何不去蔓除根,岂更容奸党?"叟曰:"吕用之屠割生民,夺君爱室,若令诛殛②,因不为难。实愆过③已盈,神人共怒,只候冥灵聚录,方合身首支离,不唯殃及一身,须殃连七祖。且为君取其妻室,未敢逾越神明。"乃入吕用之家,化形于斗拱上,叱曰:"吕用之背违君亲,时行妖孽,以苛虐为志,以淫乱律身。仍十喘息之间,更幕神仙之事。冥官方录其过,上帝即议行刑。吾今录尔形骸,但先罪以所取刘氏之妻并其宝货速还前人。倘更悦色贪金,必见头随刀落!"言讫,铿然不见所适。用之惊惧,遽起焚香再拜,夜遣干事并赍④金及裴氏还刘损。

损不待明,促舟子解维,虬须亦无迹矣。

《灯下闲谈》⑤

【注释】

①非横:不测之祸,非常之祸。

②诛殛:诛杀。

③愆过:罪恶、罪过。

④赍:送东西给别人。

⑤《灯下闲谈》:隋唐笔记,作者不详。所写故事大多发生在晚唐,原书二十篇,各有四字标题。它是唐代小说的遗响,继承了传奇体的传统,注重情节和辞章,在许多地方都体现了作者的匠心。现存明末冯舒抄本,原藏铁琴铜剑楼,后人据《适园丛书》整理。

【赏读】

国人对老者都怀有一份敬重之情，以至于在文学作品里出现的老者大都透着智慧的光环，有的甚至有几分仙风道骨。此文老翁亦是如此，透着几分仙气，恍若神仙中人，来得及时，去时了无踪迹。这样的神仙中人也透着几分凡俗的智慧，知晓装作神灵骗吕用之并非长久之计，害怕吕用之醒悟报复刘损遂命其速速离开。

曾拜读金庸先生对此文的解读，金庸先生盛赞这位虬髯老叟是一位真正的侠客，扶危济困，急人之难。相比之下，刘损则显得失色许多。知扬州政局混乱仍举家前往，依据常识可推断刘损是怀着发乱世财心思去的，并未顾及一家老小的安全。甚至可以做一假设，若当时吕用之仅仅夺了他的妻子而未夺钱财，不知这位商人是否会如此肝肠寸断。只是这篇文章笔墨重点的落处却是老叟，而在反抗吕用之一事上二人是同盟的关系，遂并没有对刘损这个角色进行太多的负面描写。但在一些语句中可以依稀看出，这个商人的诗文才华并不高，称不上儒商。见老叟有救回妻子和财物的本事，便拜倒在地，虽是人之常情，却不免有见对方对自己有利才俯身相求的嫌疑。而面对处置吕用之一事所表现出来赶尽杀绝的态度，也同老叟有着高下之见。在老叟的知天命衬托下，不难看出作为一个商人，刘损心狠手辣毫不留情的一面。而最后如愿得到钱财和妻子后，"损不待明，促舟子解维"的描写更是从侧面表现了他的商人本质。

在这样的衬托下，老叟显得一派仙人作风，出场时的"行步迅速，骨貌昂藏，眸光射人，彩色晶莹，如曳冰雪"早已显得他不同凡人。在我国的作品中，得道之人大都骨骼清奇，眼眸清亮。本文中对老叟那双明眸，作者更是给予了一个特写。急人之难，来去无影的作风更是和刘损的商人形象形成了对比，一个带有几分仙气的侠士形象便跃然纸上。

（茶月 Selina）

峡口道士 无名氏

开元中,峡口多虎,往来舟船皆被伤害。自后但是有船将下峡之时,即预一人充饲虎,方举船无患。不然,则船中被害者众矣。自此成例。船留一人上岸饲虎。

经数日,其后有一船,内皆豪强。数内有一人单穷①,被众推出,令上岸饲虎。其人自度力不能拒,乃为出船,而谓诸人曰:"某②贫穷,合为诸公代死。然人各有分定,苟不便为其所害,某别有恳诚,诸公能允许否?"众人闻其语言甚切,为之怆然,而问曰:"尔有何事?"其人曰:"某今便上岸,寻其虎踪,当自别有计较。但恳为某留船滩下,至日午时,若不来,即任船去也。"众人曰:"我等如今便泊船滩下,不止住今日午时,兼为尔留宿。俟明日若不来,船即去也。"言讫,船乃下滩。

其人乃执一长柯斧,便上岸,入山寻虎。并不见有人踪,但见虎迹亦已。林木深邃,其人乃见一路虎踪甚稠,乃更寻之。至一山隘,泥极甚,虎踪转多。更行半里,即见一大石室,又有一石床,见一道士在石床上而熟寐,架上有一张虎皮。其人意是变虎之所,乃蹑足,于架上取皮,执斧衣皮而立。道士忽惊觉,已失架上虎皮。乃曰:"吾合食汝,汝何窃吾皮?"其人曰:"我合食尔,尔何反有是言?"二人争竞,移时不已。

道士词屈,乃曰:"吾有罪于上帝,被谪在此为虎。令食一千人,吾今已食九百九十九人,唯欠汝一人,其数当足。吾今不幸,为汝窃皮。若不归,吾必须别更为虎,又食一千人矣。今有一计,吾与汝俱获两全。可乎?"其人曰:"可也。"道士曰:"汝今但执皮还船中,剪发及须鬓少许,剪指爪甲,兼头面脚手及身上,各沥③少血二三升,以故衣三两事裹之。待吾到岸上,汝可抛皮与吾,吾取披已,化为虎。即将此物抛与,吾取而食之,即与汝无异也。"其人遂披皮执斧而归。

船中诸人惊讶,而备述其由。遂于船中,依虎所教待之。迟明,道士已在岸上,遂抛皮与之。道士取皮衣振迅,俄变成虎,哮吼跳踯。又抛衣与虎,乃啮食而去。自后更不闻有虎伤人。众言食人数足,自当归天去矣。

《会昌解颐录》

【注释】

①单穷:穷困,孤身一人。
②某:我。
③沥:滴注。

【赏读】

这个道士吃人,还振振有词。被他得罪的上帝,也很有意思,他给这个家伙的任务,竟是去吃一千个人。我相信,江湖上有一些采花大盗之类,也可能是如此迫不得已吧。

道士睡觉的时候,要将虎皮取下来,挂好,所以让来投食的穷鬼得到了机会。唐宋传奇里有一些老虎故事,也是这样,穿上虎皮,就可以吟啸山林,脱下虎皮,就能现出原形。道士的虎皮,与这个家伙的衣服一样,都有能够深入替换符号功能,以神话学的观点,说明衣服有强大的中介力量。

《西游记》第十四回里,孙悟空由五行山里跳出来,在两界山遇到老虎,大圣讲,它是给我送衣服来的,上前将老虎一棒子打死,取下虎皮去遮盖猴屁股,这个就是他虎皮裙的来历。

通过这个虎皮,赋予了大圣"老虎"的气质,就像第三回得到金箍棒,实为龙筋所化,因此得到了龙的气质一样。

所以孙悟空这个全真小道士,像猴子一样俏皮跳脱,像龙一样变化,像老虎一样迅疾勇猛,野性勃发。

再回到虎皮上去。人,特别是中国人,喜欢穿皮衣,恐怕也是因为心里有隐秘的符号的原因,女人们穿上狐狸皮的时候,她们在想什么呢?男人们去弄虎皮的衣服,有一天,说不定他们真的会发出几声虎叫呢。

大家往文明社会进化,真的走得很远了吗?每一个峡口,其实都有道士在那里替天罚人。

(木剑客)

朱悦 无名氏

　　唐鄂州十将①陈士明，幼而俊健，常斗鸡为事。多畜于家，始雏，知其后之勇怯，闻其鸣必辨其毛色。时里有道者朱翁悦，得缩地术。居于鄂。筑室穿池，环布果药②，手种松桂，皆成十围。而未尝游于城市。与士明近邻为佑，因与之游。而士明褒狎于翁，多失敬。翁曰："尔孺子无赖，以吾为东家丘，吾戏试尔可否？"士明之居相去三二百步，翁以酒饮之，使其归取鸡斗。自辰而还，至酉③不达家，度其所行，逾五十里，及顾视，不越百步。士明亟返，拜翁求恕，翁笑曰："孺子更侮于我乎？"士明云："适于中途已疲，讵④敢复尔。"因垂涕，翁乃释之。后敬事翁之礼与童孙齿焉。士明至元和中，戍于巴丘，遂别朱翁。

《广德神异记》

【注释】

①十将：唐宋军旅中的低级将官。

②果药：果树与药草。

③酉：酉时，下午五点到七点。

④讵（jù）：怎。

【赏读】

年轻人为他的狎戏遇到了麻烦。朱道士精通缩地术，通过时间的扭曲，而将地域变小。士明去取斗鸡的道路，距离被朱翁延展了，时间与空间，被放大。陈士明走入了一个奇怪的迷宫里，成语如堕五里雾中，俗语鬼打墙，皆如是。

所以，更可怕的迷宫出现了。它超出几何意义上的迷宫，它不仅是"道路多歧"，不仅是"山重水复"，它不再均匀地分布在天空之下，大地之上，也不再永恒地、均匀地分布在日月流逝、斗换星移之中。空间之宇，会被朱道士之流放大或者缩小；时间之宙，也会被孙悟空之流延长或者缩短。五里雾、鬼打墙、八卦炉、五行山，皆如是。《射雕英雄传》里郭靖与周伯通上桃花岛，黄药师也有朱道士样的本领，将桃花岛变成了迷宫。郭、周二人就像青年时代的陈士明。一个为九阴真经，一个为黄蓉姑娘，在那个神秘的迷宫里，继续与可怕的黄药师游戏。

（木剑客）

韦洵美 王铚①

韦洵美②先辈,开平岁及第,受邺都从事辟焉,及挈所宠素娥行。罗绍威闻其姝丽才藻③,使赍二百匹及生饩④而露意焉。洵美无所容足,遂令妆束更衣,修缄献之。素娥姓崔氏,亦大梁良家子,善谐谑。

洵美乃不受辟⑤,夜渡涧,宿一寺,长吁而寝,曰:"何处人能抱不平事!"寺有行者,排闼而揖曰:"先辈畜何不平事?"洵美具语之。欻然出门而去。至三更,忽掷一皮囊入门,乃贮素娥而至。

侵晓⑥,问寺僧,言在寺打钟勤苦三十年,已不知所之。洵美即遁迹他所。

《补侍儿小名录》

【注释】

①王铚:生卒年不详。字性之,自号汝阴老民,世称雪溪先生。南宋汝阴(今属阜阳)人。著有《默记》一卷、《杂纂续》一卷、《补侍儿小名录》一卷、《国老谈苑》二卷、《雪溪集》八卷等。

②韦洵美:五代后梁人。

③姝丽才藻:貌美且才华横溢。

④赍:赠送。生饩:牲口。

⑤受辟：就任，任职。
⑥侵晓：等到天一亮。

【赏读】

本篇虽然名为《韦洵美》，然其真正主角却非文中韦生，乃是一位行者，因此这则出自宋代人王铚《补侍儿小名录》的短篇文言武侠小说还有一个别名，叫《寺行者》，这"寺行者"的故事最早是出自宋人无名氏的《镫下闲谈》，原题"行者雪怨"，讲述了一名寺中的行者为韦洵美盗回被逼献给罗绍威的妻子的故事。

首先，我们要弄清楚一个概念——什么是行者？

按照字面上的意思，是指行走在路途上的所有人，若照此来理解，我们每个人都是各自生活的行者。然而"行者"作为一个佛教用语时，却是有其特指对象的。一是指行脚乞食、修苦行的头陀僧人，二是指出家修行但未经剃度的佛教徒，三是指所有修行佛道之人。因此行者的范围还是比较广泛的，大体上是指那些出家而未经过剃度的佛教徒。

纵观中国古代文学史，"行者"这两个字，我们也并不陌生。最有名的两位行者，分别来自中国四大名著中的《西游记》和《水浒传》。一位是家喻户晓、耳熟能详的齐天大圣孙悟空，他浑名行者，人称孙行者。另一位也是妇孺皆知的角色——打虎英雄武松，然而"打虎英雄"却不是武松的绰号，武松入伙梁山之前，他已然化身成一位背着两口戒刀的佛教行者了，因此就被世人唤作"行者"。

这两位史上最有名的"行者"身上有诸多的共同点，两人都有高强的技艺和本领，都有疾恶如仇的刚烈性格，两人还都具备一定的反叛精神，这使得这两位行者的形象在中国古代文学史上交相辉映，相映成趣。

那么问题来了,《韦洵美》中的这位行者,是否也如两位"行者"一般,具有高超的技艺、本领,疾恶如仇的性格和那与众不同的反叛精神呢?

答案是:有!如此一来,三位"行者"形同一人,怎知天下行者竟如此相像?

文中,邺王罗绍威强抢韦洵美家中宠姬素娥,在寺院投宿时因叹息哀号而被文中那做杂役的行者得知,询问再三,他竟然愿意帮韦洵美夺回爱人。最令人钦佩的是,做完这件难上加难之事,行者不求回报,不图富贵,立刻人间蒸发,消失得无影无踪。

正如千古以来永远少不了强抢民女、调戏良妇的勾当,上至皇帝强娶,下至盗贼威吓,少有不好女色者。正如此,才成就了行者这样行侠而又深藏功名的高光闪耀时刻。

寺院里的僧人都说行者在寺中敲钟已有三十多年,现在却不知所踪了。这一名寺行者在僧院中担任杂役三十多年,他有惊人艺业但却深藏不露,这正像罗立群老师解读的那样:"倒有点像天龙八部中少林寺藏经阁里的那位无名老僧了。"

几十年敲钟而一朝改之,便不再回头;萍水相逢的陌生之人遇到困厄,出手相救,却又不图回报。其言其行,皆符合一个"侠"字。而"行者"之所以谓之"行者",盖因其所行乃是天道。行者所行之道,为替天行道,方为真"行者"也。

(钴闪)

张训妻 吴 淑[①]

张训者，吴太祖之将校也，吴时人谓之大口张。吴太祖在宣州，尝给诸将铠甲。训得故弊[②]，不如意形于颜色。其妻谓之曰："此不足介意，但司徒不知，苟知之，必不尔[③]。"明日吴公谓张曰："尔所得甲如何？"张以告公，乃易之。后吴公移广陵，尝赐诸将马。训所得复驽弱，形不满意。妻复言如前。明日，吴公又问之，训以为言。吴公曰："尔家事神耶？"训曰："无之。"公曰："吾顷在宣州，尝赐诸将甲，是夜梦一妇人，衣真珠衣，告予曰：公尝赐张训甲甚弊，当为易之。今赐诸将马，复梦前珠衣妇人告予曰：张马非良马也。其故何哉？"训亦莫之测也。

训妻有衣箱，常自启闭，未尝见之。一日，妻出，训窃启之，果见珠衣一袭。及妻归，谓训曰："君开吾衣箱耶？"初[④]，其妻每食，必待其夫。一日训归，妻已先食，谓训曰："今日以食味异常，不待君先食矣。"训入厨，见甑中蒸一人头。训心恶，阴欲杀之。妻谓曰："君欲负我耶！然君方为数郡刺史，我不能杀君。"因指一婢曰："杀我必先杀此，不尔，君必不免。"训遂杀妻及其婢，后果为刺史。

《江淮异人录》

【注释】

①吴淑（947~1002）：字正仪，润州丹阳（今江苏）人。幼俊爽敏捷，为韩熙载、潘佑所器重。仕南唐，以校书郎直内史。入宋，试学士院，授大理评事，预修《太平御览》《太平广记》《文苑英华》等书。历官太府寺丞、著作佐郎、秘阁校理。著有《江淮异人录》两卷，所写人物多是术士、侠客、道流，他们仗义行侠，且有神奇的本领。这部专记异人怪事的专集，继承了唐传奇的异人传说写法，对后世侠义小说有一定影响。

②故弊：指破旧之物或旧有的习俗。

③不尔：不这样做。

【赏读】

《张训妻》，宋代文言武侠小说，出自吴淑的文言小说集《江淮异人录》。明《剑侠传》也有辑录。讲述了吴太祖属下将校张训之妻行动诡异难测的事情。一次，吴太祖赐诸将铠甲，张训所得比较破旧，十分不满，其妻得知后，便托梦吴太祖，吴太祖就换了一件新甲相赐。又有一次，吴太祖赐诸将马匹，是夜，吴太祖又得一梦，一女子于梦中诉说张训所得马匹太劣，应换良马。吴太祖很奇怪，把事情告诉张训，张训发现妻子衣箱中有一件衣服正是托梦女子服饰，始知是妻子所为。

他知道了秘密却没有质问或询问妻子缘由，也无感激之意，应该怀疑妻子是"异人"，心生恐惧和厌恶之意了。不过他城府还是蛮深的，缄默不语。估计是等着抓现行。后来，他终于见到了"真凭实据"："其妻每食，必待其夫。一日训归，妻已先食，谓训曰：今日以食味异常，不待君先食矣。"显然，这有天大的猫腻啊！张训立马去厨房，果然见镬里蒸着一个人头，"训心恶，阴欲杀之"。这里我没有读到他作为人夫的惊异、疑惑，甚至伤心的心绪，而是浓重的厌恶，厌恶到要杀之。不由得让人怀疑：他与妻子是否真的有一丝感情在？还是他实在算是个理智的男人，就算曾经感情深厚，一旦得知枕边人可能是个"异类"，能托梦，感情就已经消失殆尽？待找到妻子确实是"异类"的证据，甚至不需要问一句原因，就已经判了妻子死刑。读至此处，不能不令人心寒——当然其妻吃人，自然令人厌恶。我们先撇开她是否真的吃人，只揣摩张训的心理，是令人心寒的。

他的妻子，有能入梦帮助他的"超能力"，说是侠客也好，说是"妖人"也好，至少对张训一直很好，之前似乎也没有干什么坏事。直到发现张训翻了她的箱子，开始怀疑了她。"君开吾衣箱耶？"由此可见她能看穿一个人的心思。但是张训没有问，她也没有解释。为何没有解释？恐怕是对丈夫感到心灰，或者是从那刻起，看到张训的表现，已经知道了最后的结局。

所以后面她的反应很是值得回味。既然她已经知道张训在怀疑她了，为何还做得那么明显？不清理现场，几乎算是故意留一个人头在锅里等着张训发现了。这分明是她对张训最后的试探吧。没想到张训丝毫不见犹豫，质问都没有，理所当然认为是她吃了人肉，起了杀心。她一眼看出了，道："你想负我吗？只是你将做数郡刺史，我不能杀你。"而且还提醒张训，她的婢女对她忠心，若想杀她，就将她和婢女一起杀了，"杀我必先杀此，不尔，君必不免"。若丈夫要杀她，她是甘心被杀的，而且死的最后一刻，还在为丈夫着想。

对比鲜明的是，张训没有一点感动、纠结，直接将两个人都杀了。在此处，读到一丝悲伤与绝望。这恐怕到底是个所托非人的"异人女子"，厌倦了薄情无味的人世了。

（红景）

李胜 吴　淑

书生李胜，尝①游洪州西山中。与处士卢齐及同人五六辈雪夜共饮。座中一人偶言："雪势如此，固不可出门也。"胜曰："欲何之②？吾能往。"人因曰："吾有书籍在星子，君能为我取乎？"胜曰："可。"乃出门去，饮未散，携书而至，星子至西山凡三百余里也。

游帷观中道士，尝不礼于胜。胜曰："吾不能杀之，聊③使其惧。"一日，道士闭户寝于室，胜令童子叩户，取李处士匕首。道士起，见所卧枕前插一匕首，劲势犹动，自是改心礼胜。

《江淮异人录》

【注释】

①尝：曾经。

②欲何之：你想要去哪里？

③聊：勉强，姑且。

【赏读】

《李胜》一文，春秋笔法，微言大义，寥寥数笔，一文写二事，告诫我们行走江湖时最重要的两件事——你该如何对待朋友？又该如何对待敌人?

这则短篇文言武侠小说出自宋人吴淑的《江淮异人录》,同样在明代《剑侠传》中也有辑录,也是《三十三剑客图》中的第二十二图。此文讲述了书生李胜夜行六百里为朋友取书籍和教训怠慢他的道士这两个故事。

在江湖上行走,有一项技能是必不可少的——轻功。闯荡江湖,游走四方,岂能只靠马匹牲畜之力?若无些许脚程,会点提纵轻身之术,如何能跋山涉水,游览遍天下名山大川?因此轻功绝对是武林中一道亮丽的风景线。

然而,天下间轻功最高者却是谁?或有人说是《天龙八部》中恰逢奇遇、习得逍遥派盖世轻功"凌波微步"的段誉;或有人说是《楚留香传奇》里行云流水、踏月留香的"盗帅";或有人说是《水浒传》中梁山好汉里排名第二十位的"神行太保"戴宗,毕竟其穿上神行甲马后可日行千里,夜行八百;更有甚者,或将《三国演义》中的曹操曹孟德奉为史上轻功第一高手,询问其原因,竟是由于世人皆言"说曹操,曹操就到"也!世人之戏言,竟能成就曹丞相"轻功高手"之美名。

李胜的轻功有多高?与戴宗之流相比又如何?让我们推演一下时间,便可得知。文中的第一个故事讲到李胜和几位朋友雪夜共饮,为朋友从洪州西山前往三百多里外的星子镇去取书,结果"饮未散,携书而至",由此可见,李胜用一场宴饮的时间,就走了整整六百里的路程。雪夜之饮,饮而未散,天自也未亮。姑且看作方半夜而已。半夜能行六百里,那彻夜独行又有几何?何况李胜脚下没有神行甲马相助,这可是天生的脚力,当真非凡。

然李胜的轻功虽高,其气度却更高。我们在感叹其功力非凡、不可思议之余,也不能忘了他的高德厚义。他能在雪夜不辞辛劳,为朋友来回六百里,只为替其取书,可谓是"千里送鹅毛",其仁其勇，可见一斑，这是他对待朋友的重情重义。然而最能体现李胜智慧与厚德的，却在第二个故事。

在《三十三剑客图》里，任渭长的图赞云"杀亦不武，矧使知惧"，说的就是李胜对待那些与自己呈敌对状态或有敌意的人的态度。怖观寺里的某道士曾对李胜无礼，李胜以为这人可恶，便想微微吓道士一下。他明明有武力，却不恃强凌弱、以武行凶、轻开杀戒，足见此人有颗侠义怀柔之心。他警告坏人，使别人知道畏惧，不敢再为非作歹或是轻慢于人。文中的"坏"道士并非十恶不赦之徒，他所谓的"坏"似乎也还没有到"为非作歹"那么严重的程度。不过虽然不是，却也差得不远，这位道士其实只是"坏人"的一种象征。李胜对待敌人的态度，是不卑不亢的，是有自信也有度量的。他用奇妙的方法令敌人折服、拜服、叹服、跪服，那才是真正的以德服人、以武慑众。

李胜是书生，洪州书生亦是书生，前者有名而不轻开杀戒，后者无名却快意恩仇，此二书生于众剑侠中相映成趣，可谓是各有千秋。

（钴闪）

洪州书生 吴 淑

　　成幼文，为洪州录事参军，所居临通衢①而有窗。一日坐窗下，时雨过，泥泞而微有路，见一小儿卖鞋，状甚贫缕。有一恶少年与儿相遇，挡鞋堕泥中。小儿哭求其价②。少年叱之不与。儿曰："吾家日夕无食，卖鞋营具③，今悉为所污！"有书生过，悯之，偿其直。少年愧怒，骂曰："儿就我求钱，汝何预焉？"生甚有愠色。成嘉其义，召之，与语，大奇之，因留宿夜共话。成暂入内，复出，则失书生矣。外户皆闭，求之不得。

　　少顷，复至前曰："旦④来恶子，吾不能容，已断其首。"乃掷于地。成惊曰："此人诚忤君子，然断人首，流血在地，岂不见累⑤乎？"书生曰："无苦⑥。"乃出少药傅头上，捽其发沥之，皆化为水。因谓成曰："无可奉报，愿以授君。"成曰："某非方外之士，不敢领。"书生长揖便去，重门锁闭，竟不知所之。

《江淮异人录》

【注释】

　　①通衢：四通八达的道路，宽敞平坦的道路。汉代班昭《东征赋》："遵通衢之大道兮，求捷径欲从谁。"晋代陶潜《始作镇军参

军经曲阿作》诗:"时来苟冥会,宛辔憩通衢。"

②求其价:要求他赔钱。

③营具:以……为生,谋生计。

④旦:白天。

⑤见累:惹出祸端。

⑥无苦:不用担心。

【赏读】

清代黄景仁的诗文《杂感》中有言:"十有九人堪白眼,百无一用是书生。"自古以来,书生这一形象在以儒家传教的中国历史上就屡见不鲜、层出不穷,成了一种极具特色的文化群体。一提到书生,大部分人想到的是峨冠博带、宽袍大袖,想到的是之乎者也、呜呼哀哉,想到的是四书五经、经史子集。书生一词,一向给人一种文弱、迂腐、穷酸的感觉,到清朝吴敬梓的《儒林外史》中的那些书生秀才之流,更是平添了一层极具讽刺意味的嘲弄。

然而纵观千古,却也有不少书生是一反常态的。三国时的陆逊,乃一位白面书生,起初不为孙权所重用,亦为江东诸将帅所轻视,但后来正是他这样一位书生,火烧连营七百里,直接令蜀汉昭烈皇帝刘备大败亏输,含恨而终;南北朝时南朝梁的"白袍将军"陈庆之,原为梁武帝书童,身体文弱,难开普通弓弩,不善骑射,但是却富有胆略,善筹谋,带兵有方,是一位深得众心的儒将,创造了千古难觅的战绩,引得"千军万马避白袍"。诸如此类书生,在中国历史上倒也不乏之,他们大多"胸中藏兵甲,腹内隐雄兵","运筹帷幄之中,决胜千里之外",在政治和军事方面展现着自己的才华。

洪州书生无疑也是不同寻常的书生,但却与上文所述的那些谋略书生有所区别,乃是胆略书生。恶少欺凌卖鞋小儿,弄脏鞋子,书生替其偿银,反遭恶少唾骂,此时书生面上只是"甚有愠色";但入夜后,书生却将那恶少斩首,自言"旦来恶子,吾不能容,已断其首",随后更掷首于地,还取出类似武侠小说中的"化尸水"将尸首化尽。这哪里还是书生?非但毫无迂腐穷酸之态,其侠义、其胆略、其果敢、其豪迈,更是远胜文中成幼文也。反观文中的成幼文,与书生相较,却已黯然失色,全然为其锋芒所掩盖。

李白所写《侠客行》中有云:"十步杀一人,千里不留行。事了拂衣去,深藏身与名。"这名书生来得寻常而偶然,去得却是诡异而潇洒,他见成幼文不敢领情,也不强求,"长揖便去",甚至能在重门锁闭之下消失得无影无踪,大有奇侠之状。书生之态尚在(长揖),然其行止状貌,全然已是一派侠客风貌,这等鲜明的反差,却也正是其精彩之处。

洪州书生行侠仗义、快意恩仇,但却无名传世。雁过尚且留声,他却"深藏身与名",宁为无名英雄,不留姓字,这又是书生中的异类。韩非子在《五蠹》中说:"儒以文乱法,侠以武犯禁。"何以洪州书生之一人竟能将"儒""侠"二字尽揽于身?为儒时可悯弱怜幼、彬彬有礼;为侠时能惩奸除恶、杀贼灭寇。教人如何不称奇、称羡?

宋皇帝赵恒说:"书中自有颜如玉,书中自有黄金屋。"然我观洪州书生有感,此书生虽有书卷气,却无酸腐味,浑身是胆,通体是义。笔者不禁欲呼:书中岂止黄金屋、颜如玉?更有剑如虹!

(钴闪)

丁秀才 孙光宪①

朗州道士罗少微，顷在茅山紫阳观寄泊②。有丁秀才者，亦同寓于观中；举动风味，不异常人。然不汲汲于进取③。盘桓数年，观主亦善遇之。

冬夕，霰雪方甚④，二三道士围炉，有肥羜美酝⑤之羡。丁曰："致之何难。"时以为戏⑥。俄见开户奋袂而去⑦。至夜分，蒙雪而回，提一银榼⑧酒，熟羊一足，云浙帅厨中物。由是惊讶欢笑，掷剑而舞，腾跃而去，莫知所往。唯银榼存焉。

观主以状闻于县官。诗僧贯休《侠客》诗云："黄昏风雨黑如磐，别我不知何处去。"⑨得非江淮间曾聆此事而构思也。

《北梦琐言》

【注释】

①孙光宪（约895~968）：字孟文，自号葆光子，出生在陵州贵平（今四川省仁寿县东北的向家乡贵坪村）。事南平三世，累官至荆南节度副使、朝议郎、检校秘书少监，侍御史中丞。入宋，为黄州刺史，太祖乾德六年卒。孙光宪"性嗜经籍，聚书凡数千卷。或手自钞写，孜孜校雠，老而不废"。著有《北梦琐言》《荆台集》《橘斋集》等，仅《北梦琐言》传世，记载了唐武宗迄五代十国的史事，包含诸多文人、士大夫言行与政治史实。

②寄泊：寄住。

③汲汲于进取：热衷于应举求官。
④霰雪方甚：隆冬大雪。
⑤肥羜美酝：肥羊美酒。
⑥戏：开玩笑。
⑦奋袂而去：大步离去。
⑧银榼：银酒坛。
⑨黄昏风雨黑如磐，别我不知何处去：这则短故事孙光宪也记于《北梦琐言》之中。他在文末说，诗僧贯休《侠客》诗中有句云："黄昏风雨黑如磐，别我不知何处去。"这位诗僧莫非是在江淮之间听到了这件异事，因而产生了诗的灵感吗？

【赏读】

　　在剑客和侠士的世界之中似乎总存在着这样一种人，他们居无定所，四处漂泊，没有人知道他们的来历、身份，不知道他们有什么本事，甚至看不出和常人有什么区别。但在某个不起眼的时刻，这些人的身上突然爆发出一种超然规则之上的傲慢，做出惊人举动，瞬间扣紧观者心弦。

　　孙光宪所著《北梦琐言》多记载唐武宗迄五代十国的事，当时任侠风气作为一种主流审美，是唐人侠客精神的典型核心。

　　文中丁秀才虽做书生打扮，但其言行举止，俨然是一位四海为家的游侠儿。李白曾作诗自叹："少任侠，不事产业，闻名京师。"丁秀才亦是在观中居住了数年，并无什么异色，然而观主仍然善待他，正是印证盛唐社会风气对游侠之人的宽容。

　　冬夜天色晚来欲雪，几个道士与丁秀才围炉而坐，言谈思及肥羊美酒，寥寥一景便有恣意之感从中漫起。此时年轻秀才二话不说奋袂而去，待到深夜时，踏着细雪归来，手中提着名厨所做的熟羊美酒，仿佛什么也未发生一样继续言笑晏晏。这些食物从何而来并不重要，他的行动已经让众人热血沸腾，不禁从惊讶到欢笑，乃至掷剑而舞，与其说是腹中的满足，不如说是得到了精神上的巨大满足。

"黄昏风雨黑如磐，别我不知何处去"，难怪诗僧贯休要大发感慨，游侠之人的缥缈行踪，正如世间美景，今日一别，再要见到，却不知又是何时了。

（迷津）

荆十三娘 孙光宪

唐进士赵中立，家于温州，以豪侠为事。至苏州，旅①舍支山禅院僧房。有一女商荆十三娘，为亡夫设大祥斋，因慕②赵，遂同载归扬州。

赵以气义耗荆之财，殊③不介意。其友人李正郎弟三十九，有爱妓，妓之父母，夺④与诸葛殷。李怅恨不已。时诸葛殷与吕用之幻惑太尉高骈⑤，恣行威福，李惧祸⑥，饮泣而已。偶话于荆娘，荆娘亦愤惋，谓李三十九郎曰："此小事，我能为郎仇之。且请过江，于润州北固山六月六日正午时待我。"李亦依之。

至期，荆氏以囊⑦盛妓，兼致妓之父母首归于李。后与赵同入浙中，不知所止。

《北梦琐言》

【注释】

①旅：借住。

②慕：爱慕，喜爱。

③殊：特别，很。

④夺：强行送。

⑤高骈：高骈当时管辖扬州，迷信神仙，在他左右用事的方士，

除了吕用之和张守一外,还有个诸葛殷。《资治通鉴》中描写高骈和诸葛殷相处的情形,很是生动有趣:"殷始自鄱阳来,用之先言于骈曰:'玉皇以公职事繁重,辍左右尊神一人,佐公为理,公善遇之;欲其久留,亦可縻以人间重职。'明日,殷谒见,诡辩风生,骈以为神,补盐铁剧职。骈严洁,甥侄辈未尝得接坐。殷病风疽,搔扪不替手,脓血满爪,骈独与之同席促膝,传杯器而食。左右以为言,骈曰:'神仙以此过人耳!'骈有畜犬,闻其腥秽,多来近之。骈怪之,殷笑曰:'殷尝于玉皇前见之,别来数百年,犹相识。'"

⑥祸:嫁祸于。
⑦囊:用布袋装。

【赏读】

"商人重利轻别离",为了利益,商人似乎什么都可以抛弃。"无商不奸"的形象自古屹立不倒,也就造成了人们对商人的传统性偏见,商妇更是"去来江口守空船",全是一副弱女子形象。女商荆十三娘却"因慕赵,遂同载归扬州","赵以气义耗荆之财,殊不介意",并许诺"此小事,我能为郎仇之",大胆追求爱情,仗义为人,一个鲜明的不同于以往处于弱势的女子形象呼之欲出。

唐宋时期,传奇小说大量出现,以裴铏等人的《聂隐娘》《昆仑奴》《谢小娥传》《莺莺传》《柳毅传》《南柯太守传》等短篇名世。这些传奇小说篇幅短小,人物鲜明,或写离奇志怪,或写人情世故,或写时代风物,种种故事都曲折离奇,脍炙人口,其间数篇传奇小说更是勾勒了大胆果敢、爱憎分明的女性形象,如霍小玉、聂隐娘、谢小娥、绿珠等人。

此篇孙光宪载述之《荆十三娘》,篇幅极短,情节亦非曲折,却在短短几言中描绘出一个活泼生动的传奇女子形象——荆十三娘,此与传奇小说无异。若将其中故事铺展曲折，后世传奇小说集中多出一个荆十三娘也不奇怪。

荆十三娘，亡夫，寡，传统来说是一个悲情人物。但她却因爱慕赵中立而与之同行，于当时看来是不可思议的事情，需要承担种种世俗偏见，可见荆十三娘并不为世俗所束缚；同时毫不介意赵中立为义气耗财。此中两点，大约荆十三娘和赵中立本是同类人，一样仗义为事。

而后，荆十三娘为赵中立友人寻仇，夺回友人爱妓，全因看不惯诸葛殷仗势欺人，而自愿挺身。没有自身仇怨，亦没有恩德关联，不似谢小娥、聂隐娘等人物，其所思所行，全凭个人喜好与义气所在。这样张扬的个性与侠者无异，虽"兼致妓之父母首"稍显血腥，但并不掩盖荆十三娘的侠义行为。

然而荆十三娘行事虽豪侠仗义，结局却并不能有所优待，只能"与赵同入浙中，不知所止"。二人终究只是历史洪流中的区区小人物，任凭他们再侠义又如何？他们仍需躲避诸葛殷权党报复，而不能以侠义之气安定于世，文章结尾徒增一层无奈的悲剧意味。自古多数侠义之士，结局大多如此，可叹！

（夏木子）

越州赵公救灾记 曾 巩[①]

熙宁八年夏，吴越大旱。九月，资政殿大学士、右谏议大夫、知越州[②]赵公，前民之未饥[③]，为书问属县："灾所被者几乡？民能自食者有几？当廪[④]于官者几人？沟防构筑，可僦[⑤]民使治之者几所？库钱仓粟，可发者几何？富人可募出粟者几家？僧道士食之羡粟[⑥]，书于籍者，其几具存？"使各书以对，而谨其备。

州县吏录民之孤老疾弱不能自食者，二万一千九百余人以告。故事，岁廪穷人，当给粟三千石而止。公敛富人所输，及僧道士食之羡者，得粟四万八千余石，佐其费。使自十月朔，人受粟日一升，幼小半之。忧其众相蹂也，使受粟者男女异日，而人受二日之食。忧其且流亡也，于城市郊野，为给粟之所，凡五十有七，使各以便受之，而告以去其家者勿给。计官为不足用也，取吏之不在职而寓于境者，给其食而任以事。不能自食者，有是具也。能自食者，为之告富人，无得闭粜；又为之出官粟，得五万二千余石，平其价予民，为粜粟之所，凡十有八，使籴者自便如受粟。

又僦民完成四千一百丈，为工三万八千，计其佣与钱，又与粟再倍之。民取息钱者，告富人纵予之，而待熟，官为责其偿。弃男女者，使人得收养之。

明年春，大疫。为病坊，处疾病之无归者。募僧二人，属以视医药饮食，令无失所恃。凡死者，使在处随收瘗之。

法，廪穷人尽三月当止，是岁尽五月而止。事有非便文者，公一以自任，不以累其属。有上请者，或便宜，多辄行。公于此时，早夜惫心力不少懈，事巨细必躬亲，给病者药食，多出私钱。民不幸罹旱疫，得免于转死；虽死，得无失殓埋，皆公力也。

是时，旱疫被吴越，民饥馑疾疠死者殆半，灾未有巨于此也。天子东向忧劳，州县推布上恩，人人尽其力。公所拊循，民尤以为得其依归。所以经营绥辑，先后始终之际，委曲纤悉，无不备者。其施虽在越，其仁足以示天下；其事虽行于一时，其法足以传后。盖灾诊之行，治世不能使之无，而能为之备。民病而后图之，与夫先事而为计者，则有间矣；不习而有为，与夫素得之者，则有间矣。予故采于越，得公所推行，乐为之识其详。岂独以慰越人之思？将使吏之有志于民者，不幸而遇岁之灾，推公之所已试，其科条可不待顷而具。则公之泽，岂小且近乎？

元丰二年，以大学士加太子少保致仕，家于衢。其直道正行在于朝廷，岂弟之实在于身者，此不著。著其荒政可师者，以为越州赵公救灾记云。

《元丰类稿》

【注释】

①曾巩（1019~1083）：字子固，汉族，建昌军南丰（今属江西省）人，后居临川，北宋散文家、史学家、政治家。曾巩文学成就突出，其文"古雅、平正、冲和"，为"唐宋八大家"之一，世称"南丰先生"。有文集《元丰类稿》存世。

②越州：治所在山阴。也就是现在的浙江省绍兴市。

③前：在……以前。

④廪：官方供给粮食称为"廪"。

⑤僦（jiù）：雇用。

⑥羡粟：多余的粮食。羡，多余。

【赏读】

担当，名词解释里写敢于承担责任，不计得失，形容一个人为大丈夫、真男人时喜欢配搭的经典词语。读了曾巩写的《越州赵公救灾记》后，我满脑子浮现的就是这个词儿，顺便还边拍自己的大腿边感叹说：真爷们儿！"法，廪穷人尽三月当止，是岁尽五月而止。事有非便文者，公一以自任，不以累其属。"越州这地儿闹了灾了，宪法规定，同志们，不好意思，您老再饿，可和我没有关系，我只发您三个月的口粮，这是规定！赵兄不仅多发了俩月，而且还对属下喊话，别担心，所有事儿我担着。"一以自任"，那个年代的一句我担着，可不是随随便便的戏言，凌迟刑是宋朝正式启用的最为残酷的肉刑，即先肢解四肢，后割断喉管，使人缓慢而痛苦死去的肉刑。没错，这就是那个朝代背景下赵兄做出的选择，他敢为，敢担当。制定诸多的便民措施以保证其熬过灾荒。

他的敢为让我一下子想起了刘震云先生写的《温故1942》这部

纪实性小说所描绘的那场灾荒里官员的不作为。1942年，河南发生大灾荒，在灾难中的灾民，并不被免除赋税，反而承担着比往年更沉重的赋税，这都不是最重要的，最重要的是统治这些灾民的一些官员，还借着灾民的灾难去投机发财。而当时的统治者蒋委员长在看了《大公报》报道的灾民情况后大发雷霆，甚至一令之下把《大公报》停了刊，委员长根本不相信河南有灾，认为什么"赤地千里""哀鸿遍野"是谎报，严令河南的征税不得缓免。相比较而言，八百多年前的越州人民是幸福的，遇着了真正的父母官，没有出现背井离乡、人吃人、狗吃人的景象。

敢为却不是冒进，赵公全方位立体化地制定了救灾细则。灾荒发生前就做了普查，受灾害的乡有多少，能养活自己的有多少，需要官员救济的有多少，仓库里的救济粮食有多少。甚至动员了社会上能救灾的所有力量，同一个世界同一个梦想，富商们、和尚们、道士们、书生们齐动员，征募出粮，省着点儿吃，剩下的口粮，咱统统拿来救灾；灾难发生时，事无巨细，他老人家甚至还担心领米的人太多会相互践踏，又让男人女人在不同的日子领米，并且每人一次领两天的口粮；疫情严重时，官府设立病院，安置无家可归的病人，百姓不幸遭遇旱灾瘟疫，能避免辗转死去；即使死了也不会无人收敛埋葬，不会出现饿殍满地尸横遍野的悲惨景象，这一切全部得益于赵公。

能够在越州救灾如此亲力亲为想办法渡过难关，救百姓敢担当的赵公，本名赵抃，与青天包拯齐名，是北宋有名的贤官。当年单身匹马入蜀地，为天子镇抚一方。以一琴一鹤相随，高兴了弹琴，同时以鹤洁白的皮毛提醒自己要清廉，每晚正衣冠向老天爷汇报一天的所为，不能告知老天爷的事儿，绝不涉足，他也是当时官员中为数不多不养歌姬的官员。真乃敢担当大丈夫是也。

（亲切的刀子）

义田记 钱公辅①

范文正公，苏人也，平生好施与，择其亲而贫，疏而贤者，咸施之。

方贵显时，置负郭②常稔③之田千亩，号曰"义田"，以养济群族之人。日有食，岁有衣，嫁娶凶葬，皆有赡。择族之长而贤者主其计，而时共出纳焉。日食，人一升，岁衣，人一缣④，嫁女者五十千，再嫁者三十千，娶妇者三十千，再娶者十五千，葬者如再嫁之数，葬幼者十千。族之聚者九十口，岁入给稻八百斛。以其所入，给其所聚，沛然有余而无穷。屏而家居俟代者与焉；仕而居官者罢其给。此其大较也。

初，公之未贵显也，尝有志于是矣，而力未逮者二十年。既而为西帅，及参大政，于是始有禄赐之入，而终其志。公既殁，后世子孙修其业，承其志，如公之存也。公虽位充禄厚，而贫终其身。殁之日，身无以为敛，子无以为丧，唯以施贫活族之义，遗其子而已。

昔晏平仲敝车羸马，桓子曰："是隐君之赐也。"晏子曰："自臣之贵，父之族，无不乘车者；母之族，无不足于衣食者；妻之族，无冻馁者；齐国之士，待臣而举火者，三百余人。以此而为隐君之赐乎？彰君之赐乎？"于是齐侯以晏子之觞而觞桓子。予尝爱晏子好仁,齐侯知贤,而桓子服义⑤也。又爱晏子之仁有等级,而言有次也;先父族,次母族,次妻族,而后及其疏远之贤。孟子曰:"亲亲而仁民,仁民而爱物。"晏子为近之。今观文正之义田,贤于平仲,其规模远举又疑过之。

呜呼!世之都三公位,享万钟禄,其邸第之雄,车舆之饰,声色之多,妻孥之富,止乎一己而已,而族之人不得其门而入者,岂少也哉!况于施贤乎!其下为卿,为大夫,为士,廪稍之充,奉养之厚,止乎一己而已;而族之人操瓢囊为沟中瘠⑥者,又岂少哉?况于他人乎!是皆公之罪人也。

公之忠义满朝廷,事业满边隅,功名满天下,后必有史官书之者,予可无录也。独高其义,因以遗其世云。

《古文观止》

【注释】

①钱公辅(1021~1072):字君倚,武进(今江苏常州)人,宋代诗人。少从胡翼之学,有名吴中。历通判越州、知明州,擢知制诰。英宗即位,谪滁州团练使。神宗立,拜天章阁待制知邓州,复知制诰,知谏院。熙宁四年(1071),由知江宁府徙知扬州,五年卒,年五十二。

②负郭:靠近城市。负,背倚。郭,外城。

③稔(rěn):(庄稼)丰收。

④缣(jiān):细绢。

⑤服义:在正确的道理或正义面前,表示心服。这里指桓子受

觳而不辞。

⑥沟中瘠：指饿死在沟渠中。瘠，通"胔"。

【赏读】

《义田记》作者钱公辅是宋仁宗皇祐元年的进士。同年，范仲淹调任杭州，出资购买了良田千亩，创办了"范式义庄"用来接济族人。此时，距离范文正公走到生命的终点，还有三年时间。

关于义庄的这个梦想范仲淹很早就有了，只是一直无力实现。晚年时，族人劝他修建园林，颐养天年。范文正公认为，相比起道义上的快乐，住在哪里有那么重要吗？（人苟有道义之乐，形骸可外，况居室乎？）于是，兴建了范式义庄。

范式义庄是慈善机构，范文正公购买的千亩良田类似于家族基金。通过良田的产出，用来接济本族的人群。这有些类似现代的社会福利制度，救济待业青年和退休在家的人，并且对婚丧嫁娶、生病以及赴京赶考的路费都有接济。义庄的粮米，也常用来救济其他穷苦的乡亲。

达则兼济天下。这是一种文人的浪漫，一种胸怀天下的浪漫，很多人年轻时都有过的浪漫。也许范文正公并不是为此而读的书，但儒家先贤的言论，让他有了如此胸怀。

有一个笑话，说："如果你有一百万，你愿意捐出来做慈善吗？"回答说我愿意。"如果你有一千万，你愿意捐出来做慈善吗？"回答说我愿意。"如果你有一辆车，你愿意捐吗？"他回头看了看自己的车，回答说："不愿意。"

"那么多钱你都捐了，你不愿意捐一辆车？"

回答说："因为我真的有一辆车。"

古人、今人都是人，斯文败类也是读圣贤书长大的，但范仲淹没有背弃自己的理想。直到他成为鼎鼎大名的范仲淹，也依然独善其身，生活清贫。除非有客人上门，否则菜中绝不见肉。

试问，现在的学子有多少人找到了自己的志向并且从一而终？随着环境的改变，成长的磨难，我们变得有所畏惧。这不怪你我，你我毕竟平庸。但至少，我们应该有所反思。

当我们生活富足的时候，心中是否还存有道义？

贫富差异自古就有，范式义庄所能保障的，从表面看，也仅仅是基本生活。其实不然，范式义庄在中国历史上存在了800余年，直到清朝宣统年间也依然运作良好，有良田5300亩。范仲淹没有留给子孙多少财产，但他留下了济世的精神。范仲淹死后，范式族人不断规范范式义庄，维持义庄，数百年来，不断有人出资扩建义庄。这种精神的延续，才是真正值得继承的遗产。

达则兼济天下，穷则独善其身，语出孟子。事实上，孟子的原话是穷则独善其身，达则兼善天下。后人将之改为先达后穷，因为后人的行文习惯上先言达，后言穷。再有就是将"兼善"天下，改为"兼济"天下。

不知道为什么，总感觉济字相比善字多了分居高临下的施舍味道。善，会意字，上羊下言，原指像羊一样柔软地说话，温和、避免暴躁，谓之善。"善其身"可以理解为对自身进行约束，"善天下"也应该是对他人道德上的影响。

然而无论是兼济还是兼善，范文正公知行合一，全都做到了。

（帆凡）

乘隙三例 沈 括①

濠州定远县一弓手②,善用矛,远近皆服其能。有一偷亦善击刺,常蔑视官军③,唯与此弓手不相下④,曰:"见必与之决生死⑤。"一日,弓手者因事至村步⑥,适值偷在市饮酒,势不可避,遂曳矛而斗。观者如堵墙。久之,各未能进。弓手者忽谓偷曰:"尉至矣⑦,我与汝皆健者,汝敢与我尉马前决生死乎?"偷曰:"诺。"弓手应声刺之,一举而毙,盖乘隙也。

又有人曾遇强寇斗。矛刃方接,寇先含水满口,忽噀其面,其人愕然,刃已揕⑧胸。后有一壮士,复与寇遇。已先知噀水之事,寇复用之。水才出口,矛已洞颈。盖已陈刍狗,其机已失,恃胜失备,反受其害。

《梦溪笔谈》

【注释】

①沈括(1031~1095):字存中,号梦溪丈人,杭州钱塘(今浙江杭州)人,北宋政治家、科学家。其作《梦溪笔谈》是一部涉及古代中国自然科学、工艺技术及社会历史现象的综合性笔记体著作,内容丰富,集前代科学成就之大成,在世界文化史上有着重要的地位。

②濠州：今安徽凤阳县。定远县：今同，旧属凤阳府。

③蔑视官军：谓官军不足与之较量。故下用"唯"字。

④不相下：不想退让；你不服我，我不服你。按，此处偏指小偷不服气弓手的武艺。

⑤决生死：犹决斗。

⑥者：代词，指代"弓手"，表示复指。故译作"其人"。村步：村边泊船处。步，通"埠"，码头。

⑦尉：县尉。汉于县令之下置尉，主捕盗贼，兼管更卒番上、役使卒徒等事，后历代相沿。

⑧揕：刺。

【赏读】

沈括的《梦溪笔谈》所载，大多为天文、方志、医药、地理等与自然科学相关的条目，有制、有史、有乐、有文，但录物远比录人更多，连作者也自谓"所录唯山间木荫，率意谈噱，不系人之利害者"，如这篇释兵法于事者更是少见。

"隙"这一概念，在《庄子·养生主》中便有阐述："庖丁为文惠君解牛……彼节者有间，而刀刃者无厚；以无厚入有间，恢恢乎其于游刃必有余地矣。"道家讲究阴阳，一元二分，代表一切事物最基本的对立关系，有上就有下，有天就有地，有强就有弱，"有间"与"隙"相同，均是事物薄弱之处，庖丁善查其隙，故而可"动刀甚微，謋然已解，如土委地"。诚然，这是对庖丁刀法神乎其技的形容，但由此也可看出，避其强，击其弱，从来都是克敌制胜的要诀。

然而阴阳本可互化，强弱并非固定，《孙子兵法》中讲虚实，又说"兵形象水，水之形避高而趋下，兵之形，避实而击虚，水因地而制流，兵应敌而制胜。故兵无常势，水无常形，能因敌变化而取胜者，谓之神"。《六韬》又说："兵胜之术，密察敌人之机而速乘其利，复疾击其不意。"这种变易的思想是中国几千年以来所有军事理论的核心,进而产生了敌若无隙,便制造其隙以乘之的方针。

譬如本文中,弓手与小偷相较,初时相持不下,继而弓手以言惑之,乘其不备一击毙命;再来强寇含水喷面令敌惊愕无备,皆是这种思想的体现。《三十六计》《百战奇略》等兵策中甚至详细阐述了具体的实施方法,如《三十六计·打草惊蛇》:"疑以叩实,察而后动。复者,阴之媒也。"《三十六计·偷梁换柱》:"频更其阵,抽其劲旅,待其自败,而后乘之。曳其轮也。"《百战奇略·骄战》:"凡敌人强盛,未能必取,须当卑词厚礼,以骄其志,候其有衅隙可乘,一举可破。法曰:'卑而骄之。'"《孙子兵法》:"兵者,诡道也。故能而示之不能,用而示之不用,近而示之远,远而示之近。利而诱之,乱而取之,实而备之,强而避之,怒而挠之,卑而骄之,佚而劳之,亲而离之,攻其不备,出其不意。此兵家之胜,不可先传也。"内容繁多,可见古人争战智慧之盛,便不一一列举。

然而这种"乘机"的行为,往往也会被人所利用,反害自身,这又是更深层次转化的体现了。譬如最为著名的反间计:"疑中之疑。比之自内,不自失也。"用计者往往料想不到自己的计策会反过来被人利用,就像文中喷水惑目的强寇,同样被人利用其恃胜失备的心理,一矛洞颈。

这就容易造成一个结果,你有一计,我亦有应招,《孙子兵法》说战势不过奇正,但"奇正之变,如环之无端,不可胜穷之也"。这般无穷无尽算下去,只怕到了猴年马月也分不出胜负,若真能如此,倒可令兵戈不兴,天下太平。只可惜人力有穷,实际争战时只看谁能比谁多算一步,占得先机胜负立分,却又应了《孙子兵法》里的那句话:"夫未战而庙算胜者,得算多也;未战而庙算不胜者,得算少也。多算胜,少算不胜,而况无算乎!吾以此观之,胜负见矣。"

(纱雾)

潘扆 马 令①

潘扆常游江淮间，自称野客，落托有大志。郑匡国为海州刺史，扆往谒②之。匡国不甚礼遇，馆于外厩③。

一日，从匡国猎。匡国之妻因诣厩中，觇④扆栖泊之所，弊榻莞席竹笼而已。笼中有锡弹丸二颗，余无所有。扆还，发笼视之，大惊曰："定为妇人所触，幸吾摄其光芒，不尔⑤，断妇人颈矣！"圉人异之，闻于匡国。匡国密召扆，问曰："先生其有剑术乎？"扆曰："素⑥所习也。"匡国曰："可一观乎？"扆曰："可。当斋戒三日，趋近郊平旷之地，请试之。"匡国如期召厉，俱至东城。扆自怀中出二锡丸，置掌中。俄有气二条，如白虹微出指端，须臾⑦旋转，绕匡国颈，其势奔掣，其声铮鏦⑧。匡国据鞍危坐，神魄俱丧，谢曰："先生神术，固已知之，幸收其威灵。"扆笑举一手，二白气复贯掌中。少顷，复为二锡丸。匡国自此礼遇愈厚，表荐于烈祖。

《南唐书》

【注释】

①马令：宜兴人，著《南唐书》，撰成于北宋徽宗崇宁四年（1105）。该书仿效《三国志·蜀书》之例，置先主（李昪）书、嗣主（李璟）书及后主（李煜）书，共五卷。人物列传十七类二十二

卷。灭国传两卷，略载南唐所灭之楚、闽二国及殷（王延政）政权事。谱一卷，其中建国谱叙地理，记南唐三十五州得失的情况，所记仅有军、州而无县；世裔谱考溯李之祖源。仿效欧阳修的《新五代史》笔法，卷首文末多有序、论，以"呜呼"发端，各予褒贬。

②谒：拜访。

③不甚：不受。馆：住在。

④觇：看，偷偷地看。

⑤不尔：如果不是这样。

⑥素：平时。

⑦须臾：片刻，瞬间。

⑧其声铮鏦：铮铮之声不绝。

【赏读】

读《潘扆》这篇文言武侠小说，满脑子都只有一个字——术！

术者，从行从术。《说文》中解曰："术，邑中道也。"点明"术"之本意乃是城中的道路。由此可见，道、术二字却是同根同源。而术字引申至后来的含义，就有了技艺之意，例如：技术、艺术、武术、学术；或理解为方法，例如：战术、权术、心术等。然《潘扆》中所记载之"术"，名曰"剑术"，实则乃近乎"仙术""魔术"，甚至囊括了"心术"也！

中国古代文学浩海之中，名《潘扆》之文非止一篇。本篇《潘扆》乃是出自宋马令《南唐书》卷二十四的短篇文言武侠小说。而明代托名段成式的《剑侠录》也有辑录。然而宋代文学家吴淑的《江淮异人录》中也有一篇《潘扆》，单从主人公名字之生僻程度及其年代背景极为相近这两点来看，所记载的应当是同一人。可文章内容却大相径庭，讲的完全不是同一个故事，但与"术"却有莫大的关系，讲述的都是奇人潘扆的"奇术"。比较本文与吴淑版本中的这"两个潘扆",对中国古代"术"的理解会有更深层次的了解。

且先看吴淑版本的"潘扆",文中有言,潘扆渡江之时为一位老者那"取之不尽,饮之不竭"的"小葫芦子"而惊叹,被其奇技所折服,遂拜其为师,老者"乃授以道术"。虽说是"道术",但观潘扆在后文之所为,其实近乎今世之"魔术"也。潘扆自从学会老者所传授的道术之后,便被世人称为"潘仙人",这道术自然变成了"仙术",且看他都会哪些仙术:变叶为鱼,变鱼为叶(变化魔术);刀切铁砧,继而复原(还原魔术);方巾遮面,然后消失(消失魔术);背诵新书,举字成诵(预测魔术)。通篇读之,大有观三国戏曹操之左慈之感,又有看今日刘谦、大卫·科波菲尔等魔术师表演之意。

这"潘仙人"的"道术""仙术",实则是"方术""魔术"也。奇则奇也,却是花哨有余,而威势不足。能令潘扆最终入选《剑侠传》的,却是第二个"潘扆"。

马令版本中的"潘扆",正如其在《三十三剑客图》中的图赞所云:"自称野客,依郑匡国。"他是一名门客,却也有心投君报国,这比另一个"潘扆"变戏法"以娱宾"要高明得多,也有志气得多。然而,起初潘扆却不受这位海州刺史郑匡国的重用,"匡国不甚礼遇,馆于外厩",可以说,潘扆一开始是备受冷落,怀才不遇的。

然而,接下来的情节却是峰回路转,郑匡国之妻偶然瞥见潘扆笼中有锡弹丸两颗,潘扆却能在回来时认定被"妇人所触",还自称"幸吾摄其光芒",不然,这妇人的脑袋就要搬家,俨然一副先知外加半仙之状,我若是郑匡国,听此人这等奇言,也非得召见不可。这何尝不是一种"术"——"心术"!我们若作阴谋论,或可大胆猜测这一切都是潘扆所设下的局,为的就是吸引郑匡国的注意,让自己获得一个可以当面见到郑匡国的机会。

但，炒作出位、博人眼球是一回事，有无真才实学却又是另一回事，若潘扆只是口出狂言说大话，也就不会传成此篇。文中的"剑术"神乎其神，几乎已达到武林之中最高级别的"剑气"境界，而且这两条剑气非但凌厉，还是绕指柔，文中写"其势奔掣，其声铮鏦"，实在是令人颇感震撼。难怪郑匡国也为之"神魄俱丧"。最终郑匡国礼遇愈优厚，潘扆终达成目的。

然而，潘扆之逸事也仅见于此，由此可知其日后便再无大建树、大作为，如此神技，当于百万军中取敌之首级，如何只做得一个小门客，依附权贵？这或许也不过是"权术"使然，其他诸般神奇之"剑术""道术""仙术""方术"，好似都如"魔术"一般，乃至在成名过程中所耍玩的这套"心术""战术"，亦不过都是为了"权术"。诸如此类的行径甚多，后来却也因病而死，由此可见，潘扆不过是一个凡人，只是奇术为他平添了光彩。

观两个版本的"潘扆"，满眼是"术"，你又可看到什么"术"？

（钴闪）

郭伦观灯 洪 迈①

京师人郭伦,元夕携家观灯。归差晚,过委巷,值恶少年十辈②行歌而前,联袂③喧笑,睢盱④窥伺,将遮侮之。伦度力不能胜,窘甚。忽有青衣角巾道人来,责众曰:"彼家眷夜归,若辈那得无礼!"众怒目:"我辈作戏,何预尔狂道事!"哄起攻之,妇女得乘间引去,伦独留。道从勃然⑤曰:"果欲施狂暴耶?吾今治汝矣!"挥臂纵击,如搏婴儿,顷之,皆颠仆哀叫,相率而遁。

道人徐徐行。伦追及,拜谢曰:"与先生素昧平生,忽获救获,脱妻子于危难,先生异人乎?念无以报德,敢问何所欲?"曰:"吾本无心,偶见不平事,义不容已。吾于世了亡所欲,岂望报哉!能一醉足矣!"伦喜邀至家,痛饮。辞去。曰:"先生何之?"曰:"吾乃剑侠,非世人也。"掷⑥杯长揖,出门数步,耳中铿然有声,一剑跃出,叱之坠地,蹑之腾空而去。

《夷坚志》

【注释】

①洪迈(1123~1202):鄱阳(今属江西)人,字景卢,号容斋,又号野处,南宋著名文学家。学识渊博,著书极多,有文集

《野处类稿》,撰有《客斋随笔》《夷坚志》等,编有《万首唐人绝句》等。《夷坚志》之名取自《山海经》为"大禹行而见之,伯益知而名之,夷坚闻而志之"之说。

②值:正当。

③联袂:手拉着手,携手同行。

④睢盱:浑朴貌;睁眼仰视的样子;亦作聚观、喜悦之貌。

⑤勃然:因愤怒或心情紧张而变色之貌。

⑥掷:扔,抛。

【赏读】

《郭伦观灯》讲述了京师人郭伦元夕携家眷于闹市观灯回家途中遭遇流氓窘辱,后得剑侠角巾道人相助,将众恶徒教训一番的故事。题目《郭伦观灯》,乍看之下讲的是郭伦的故事,然而实际上的主人公是角巾道人。除了《郭伦观灯》,角巾道人这一形象还被直接取材用在《三十三剑客图》中,角巾道人为其中第三十三名剑侠。在《三十三剑客图》中,对角巾道人有更详细的描写:"巾服萧然,只戴一顶青色角巾,穿一件夹道袍,并无内衣,虽在隆冬,也不加衣……"在阅读《郭伦观灯》时,不妨把角巾道人想象成这样的形象。

角巾道人是一名大侠,头戴青色角巾,严惩世道恶人,却不求回报,只因其"吾本无心,偶见不平事,义不容已"的萧然风骨,这也是武侠小说中的侠与义。大凡天底下的大侠都爱喝酒,角巾道人也不例外。有道是"角巾道人三十三,足一醉无挂碍",活得如此洒脱,毫无牵挂,正如他自己所说,他是剑侠,而非世人。有趣的是,文章最后"耳中铿然有声,一剑跃出,叱之坠地,蹴之腾空而去",角巾道人竟然从耳中拔出一剑,这无疑给整个故事平添了几分神奇色彩,这是学的猴子吗?像孙悟空的金箍棒一样,角巾道人亦有他的角巾剑！后来角巾剑被记录在李承勋的《名剑记》中。可见由角巾道人这一形象引申出的作品亦不少见。

洪迈当官数十年，清廉高洁，为民除恶，是庙堂上另一位"角巾道人"。他博学多才，饱览群书，一生著作便有四十多部，而《郭伦观灯》出自其《夷坚志》，后来的《剑侠传》亦载。陆游有诗《题夷坚志后》云："笔近反离骚，书非支诺皋。岂惟堪补史，端足擅文豪。驰骋空凡马，从容立断鳌。陋儒哪得议，汝辈亦徒劳。"

《郭伦观灯》作为一篇武侠小说，起承转合都非常完整，短短数行文字便塑造了一名鲜活的路见不平拔刀相助的剑侠形象。而这种形象往往是武侠小说中的主角。角巾道人集了一名"大侠"身上所共通的品质，以至成为了后世武侠小说中的典范。或许我们看到过的大侠有着不同的外观性情，有着不同的行事风格，但是那颗行侠仗义的心必定是相通的。惩恶扬善，打抱不平，不图相报，一醉足矣。这便是大侠。

有人的地方就有江湖，有江湖的地方就有"角巾道人"，只是他们的外貌各不相同罢了。

（苏颜惜）

花月新闻　洪　迈

淄川姜廉夫祖寺丞,未第时,肄业乡校。尝与同舍生出游,入神祠,睹捧印女子塑容端丽,有惑志焉。戏解手帕,系其臂为定。方归,即被疾。

同舍谓其获罪于神,使备牲酒往谢。于是力疾以行。奠享礼毕,诸生先还。姜在后,失道,恍惚见白气亘空,正当马首。天将晓,始抵家。妻率相视,问讯劳苦。方就枕,忽闻外闪闪殿声,一女子绝色,自舆出,上堂拜姜母启焉:"妾与郎君有嘉约①,愿得一见。"姜闻,欣然而起。姜妻引进。女清曰:"吾久弃人间事,不可以我故,间汝夫妇之情。"妻亦相抚接,欢如姊妹。女事姑甚谨。值端午节,一夕制彩丝百副,尽飨族党,其人物花草、字画点缀,历历可数。自是皆以仙姑称之。

居无何,与姑②言:"新妇有大厄,乞暂适他所避之。"再拜而出门,遂不见。姜尽室惊忧。顷之,一道士来,问姜曰:"君面不祥,奇祸将至,何为而然?"姜具以曲折告之。道士令于净室设榻。明日复来,使姜径就榻坚卧,戒家人须正午乃启门。久之,寒气逼人,刀剑击戛之声不绝,忽若一物坠榻下。日午启门,道士已至,姜出迎。笑曰:"亡虑③矣!"令观坠物，乃一髑髅④，如五斗大。出箧中刀圭药渗之，悉化为水。姜问其怪。道士曰："吾与此女皆剑仙，先与一人绸缪⑤，遽舍⑥而从汝，以故怀忿，欲杀汝二人。吾亦相与有宿契，特出力救汝。今事幸获济，吾去矣！"才去，女即来，同室如初。

《夷坚志》

【注释】

①嘉约：姻缘之分。

②姑：姑婆，婆婆，此指姜母。

③亡虑：危险过去。

④髑（dú）髅：骷髅头。

⑤绸缪：指相好。

⑥遽舍：忽然抛弃。

【赏读】

故事颇有离奇之处。淄川的姜廉夫读书时与同窗一起出游，"入神祠，睹捧印女子塑容端丽"竟然起了色心，"戏解手帕，系其臂为定"。回来大病一场，人皆说他亵渎了神灵，于是他"备牲酒往谢"。没想到神奇的一幕出现了，"恍惚见白气亘空，正当马首。天将晓，始抵家"。跟见鬼了似的，不曾想，没有祸事临头，倒是天上掉下来个大美女，求嫁给他，姜廉夫那个兴奋啊！也不顾妻子尴尬，"欣然而起"。好在此绝色女子八面玲珑，蕙心兰质，将姜家上下收拾得服服帖帖，全家上下，个个都喜欢她，"妻亦相抚接，欢如姊妹"。连亲戚朋友都称她"仙姑"。

姜廉夫这桃花运走得，羡煞旁人！

可惜，好景不长，仙姑忽然急急逃避祸端离去了。而姜家还不知大祸将至，幸得一位道士前来相助，说姜廉夫面相不祥，命姜廉夫在榻上安卧，不可起身，又叮嘱姜廉夫的家人上午千万不可开门，到正午才开。此后那场玄幻的刀剑大战可谓惊心动魄，"寒气逼人，刀剑击戛之声不绝，忽若一物坠榻下"。日中一看，却是一个髑髅，五斗的米斛那么大，被道士化而为水。

姜廉夫这才知道，那绝色女子原来是个剑仙，因先与别人相好，又忽然抛弃对方跑来与他相好，惹得对方来报复了，幸亏遇见女剑仙的朋友——同是剑仙的淄川道人，侥幸不死，且能跟去而复返的女剑仙"同室如初"。

有艳情，有侠客，有奇闻，跌宕起伏，故事是"好看"的，然而并不舒服。

清代画家任渭长评论说："髑髅尽痴，剑仙如斯！"大意是说骷髅头痴念到要杀人，而女剑仙却始乱终弃，皆是不足取。

骷髅头为爱杀人，痴念至此且不说。女剑仙确实令人喜欢不起来。使君自有妇，罗敷自有夫，却因"使君"的调戏撩拨抛弃情郎，跟到家中做妾。更让人吐槽的是，既为剑仙，当不是手无缚鸡之力吧，知道有难将至，她自己跑了，也不管现任情郎会不会有危险。

姜廉夫也是个好色无节操之徒。家中有妻子，还在外面拈花惹草，且是对一个雕塑！后面大难不死，美人归来，还能与之"同居如初"，没有因女剑仙异于常人和带来危险而避之不及，如果不是色胆够大，倒是有几分勇气和真情可称道！

其实我在想"剑仙如斯"中的"剑仙"，也许不止女剑仙一个人，也指男剑仙淄川道人。道人为何突然来相助，且相助方式也很特别，自己离开，让姜廉夫睡床上不许动也不许开门逃走？既然是女剑仙朋友，为何又特意揭穿女剑仙"始乱终弃、水性杨花"？怎么想都觉得异样。大胆设想，该不会女剑仙的前度情郎其实正是他呢？而榻下那一场刀剑大战，是女剑仙与他在大战，那恐怖吓人的骷髅头当是他故弄玄虚来吓姜廉夫的。他眼见杀不了姜廉夫，便揭穿女剑仙本性，想让姜廉夫厌恶女剑仙，谁知道人家不在意！好一出狗血淋头的情感、伦理大戏！

咓，这样想来，难怪有人说女剑仙水性杨花，男剑仙争风吃醋，都不像话。难怪任渭长评曰："髑髅尽痴，剑仙如斯！"

（红景）

货环饼者不言何物 庄季裕①

食物中有馓子②，又名环饼③，或曰，即古之"寒具"④也。京师凡卖熟食者，必为诡异标表语言，然后所售益广。尝有货环饼者，不言何物，但长叹曰："亏便亏我也。"谓价廉不称⑤耳。绍圣⑥中，昭慈被废，居瑶华宫⑦。而其人每至宫前，必置担太息大言。遂为开封府捕而究之，无他，犹断杖一百罪。自是改曰："待我放下歇则个⑧。"人莫不笑之。而买者增多。

东坡在儋耳，邻居有老妪业此，请诗于公甚勤，戏云：

纤手搓来玉色匀，碧油煎出嫩黄深。

夜来春⑨睡知轻重？压匾佳人缠臂金⑩。

《鸡肋编》

【注释】

①庄季裕：宋朝笔记作家。名绰，字季裕，以字行于世。宋太原清源（今山西清徐）人。曾兼理襄阳尉，后又在原州、顺昌和澧州等处做官；建炎年间，任鄂州知州。他还与米芾、晁补之交往甚密，博闻强识，广涉群书，喜欢谈论逸闻旧事。著有《杜集援证》《炙膏肓法》《鸡肋编》等。其中，《鸡肋编》记先世旧闻、各地习俗、兵马钱谷，乃至缂丝、种茶及农作物种植情况等等，颇有价值。

②馓子：一种用糯米粉和面做成的环形油炸面食品。现在的馓子，用面粉制成，细如面条，呈环形栅状。

③环饼：一种环钏形的油炸面食。又称馓子。

④寒具：即环饼。

⑤不称：谓物美与价廉不相称。

⑥绍圣（1094~1098）：宋哲宗赵煦年号。

⑦昭慈：宋哲宗孟后（1073~1131），洺州（今河北永年县）人。元祐七年（1092），哲宗册为皇后。绍圣三年（1096）废，出居瑶华宫，号华阳教主、玉清妙静仙师，法名冲真。瑶华宫：道教宫观名。宋因唐制，后妃被废，率徙居宫观为女道士。

⑧则个：表示动作进行时的语气助词，一说表示委婉、商量、解释的语气助词。

⑨春：男女情欲。

⑩匾：同"扁"。缠臂：手镯。

【赏读】

庄季裕的《鸡肋编》共三卷，共收三百余条笔记，诸如名物考辨、诗文评说、本草方书、岁时习俗、工艺制作、时局朝政、旧闻逸事等均有论述，涉及的范围相当广泛。在宋人编著的各种史料笔记中，这一部比较知名，其资料价值一向为世间公认，拿来做枕边书也很相宜。

在《鸡肋编》中出场的这种食物馓子，现在也经常可以在街头看到，名字不变，样子和文中提及时相比也没有太大的变化。通常做法是在面粉里撒少许食盐，加水和成面团，面团饧二十分钟左右搓成筷子粗细的长条，从头到尾搓成一根，抹油，环绕盘放在容器中。待面条回透，弹拉力恰到好处时，将面条绕在手上，用手来回抻开，撑、绷成粗细均匀一致的馓子条，然后放入油锅，用筷子轻轻翻动，掌握火候煎熬上色，呈柿黄色捞出即成。简单来说，把兰州拉面当成油条来炸一炸，就能得到一盆金黄酥脆、入口即碎的馓子了。这种小吃源远流长，最早可以追溯到春秋战国时期，是寒食时的专供食物，所以那时的名字叫寒具,也有人因为它的形状称其环饼。到了今天,馓子早已深入民间,成为最普遍的街头小吃之一。就像豆腐脑有南北咸甜之分,在不同的地区,馓子的口味、吃法也有很大的差异,最常见的是干吃,也有泡着吃、夹在饼里吃等各种食用方法。

文中的小吃摊主为了招揽生意,在废后昭慈住的宫殿外面长吁短叹,想要吸引顾客,结果犯了孟皇后的忌讳,生生地被打了一百杖。完了他吃一堑长一智,又重新想了一个推销的法子,让人家都笑他,于是买者增多。这个小吃摊主有点倒霉,又有点鬼机灵,从他的故事可以发现,那时的商贩就已经很有推销意识了。

宋朝的时候中国很富裕,南宋的京城临安城非常繁华,"早市买卖,市井最盛……买卖昼夜不绝",夜市非常兴盛,与"日间无异"。并有"西门水,东门菜,北门米,南门柴"的专业市场,形成专门的经济区域。生意这样兴隆,竞争自然也是异常激烈。北宋汴京有"九桥门街市酒店,彩楼相对,绣旆相招,掩翳天日",饮食店集中的街区,则"皆大书牌榜于通衢……京师凡卖熟食者,必为诡异标表语言,然后所售益广"。这个卖环饼者一开始打苦情牌,各种行为艺术渲染自己亏本的境地,这就像我们常见的"跳楼吐血大甩卖,最后三天",只能骗骗不懂事的。后来他另辟蹊径,从人的猎奇心理入手,成功打开了销路,这种旁敲侧击的方法,即使今天看来也很有创意。

苏东坡一生好吃,留下无数吟唱美食的名诗。其中最出名的当属"日啖荔枝三百颗,不辞长作岭南人"。此外在他的名下赫赫然有一系列菜,东坡豆腐、东坡鱼、东坡肉、东坡羹……足以成一东坡席。这首环饼诗是他被贬在海南岛儋县的时候,写给邻居老妇人,帮她打广告的,据说此后生意大好,也是一桩佳话。

(柳无色)

汉子　陆　游①

今人谓贱丈夫曰汉子②,盖始于五胡乱华③时。北齐魏恺自散骑常侍迁青州长史④,固辞之。宣帝⑤大怒曰:"何物汉子,与官不就⑥!"此其证也。承平日⑦,有宗室名宗汉⑧者,自⑨恶人犯其名,谓"汉子"曰"兵士",举宫皆然。其妻供罗汉⑩,其子授《汉书》。宫中人曰:"今日夫人召僧供十八大阿罗兵士⑪,太保请官教点《兵士书》。"都下哄然,传以为笑。

《老学庵笔记》

【注释】

①陆游(1125~1210):字务观,号放翁,汉族,越州山阴(今浙江绍兴)人,南宋文学家、史学家、爱国诗人。一生笔耕不辍,诗、词、文俱有很高成就,其诗语言平易晓畅、章法整饬谨严,兼具李白的雄奇奔放与杜甫的沉郁悲凉,尤以饱含爱国热情对后世影响深远。其著《老学庵笔记》以其镜湖岸边的"老学庵"书斋得名,书斋的命名乃"取'师驴老而学如秉烛夜行'之语"。此书是放翁晚年作品,记载了大量的遗闻故实、风土民俗、奇人怪物,考辨了许多诗文、典章、舆地、方物等。

②汉子:南北朝时北方少数民族对汉族男子的贱称,后世沿之。

③五胡乱华:指西晋之后,匈奴、鲜卑、羯、氐、羌五个少数

民族混战中原,割据称雄的局面。

④北齐(550~577):朝代名。高欢次子高洋取代东魏,自立为帝,国号齐,邺(今河北临漳西),历六帝,二十八年,为北周所灭。为与南朝齐相别,史称北齐。魏恺(?~561):钜鹿下曲阳(今河北晋州市一带)人。抗直有才辩。历官尚书郎、齐州长史、散骑常侍、霍州刺史、胶州刺史,在职有治方。散骑常侍:侍从皇帝,规谏过失,预闻要政,备顾问。长史:州郡府官,掌兵马。

⑤宣帝:文宣帝高洋(529~559),字子进,渤海蓨(今河北景县)人,为帝始则存心政事,出征克捷,终则沉湎于酒,肆行淫暴。

⑥"何物"二句:见《北齐书·魏兰根传》附魏恺传、《北史·魏兰根传》附魏恺传。何物,什么。可以指人,也可以指事。就,就职、就任、到职。

⑦承平日:指北宋时。

⑧宗汉(?~1109):濮王允让之子,英宗幼弟,嗣濮王。徽宗时,官判大宗正事。善画,曾作《八雁图》。

⑨自:因为,由于。

⑩罗汉:梵语的省称。小乘教的最高果位,叫作"无学果"。谓已断烦恼,超出三界轮回,应受人天供养的尊者。

⑪十八大阿罗兵士:即十八罗汉。一说:误将第一尊宾度罗分为两人,加难提密多罗而为"十八罗汉"。说法甚多,率多附会。

【赏读】

汉族,是我们中国人的主体民族,因为上古时期黄帝和炎帝华夏族部落的后裔,因此汉人又可称为"炎黄子孙"。"汉",原指天河、宇宙银河。《诗经》云:"维天有汉,监亦有光。""汉"是一个伟大而古老的民族,汉朝以前称"华夏"或"诸夏"。而汉王朝建立以后，汉族人民旧时皆称作汉人。所以，"汉"，是一个中国人无法绕过和忽视的字眼：我们的民族，叫汉族；我们的文字，叫汉字；我们的语言，叫汉语……诸如此类，不一而足。

在中国历史上，我们的祖先一度是以身为汉族人而为荣的。当时正处在大汉王朝的鼎盛时期，汉武帝雄才大略，卫青、霍去病叫着"匈奴未灭，何以家为"，将异族赶到了千里的疆土之外，大汉国力强盛，国民的自信心自然也有所增补和长益，是以国内成年男子都被人称作"汉子"，更有甚者直接唤作"男子汉""好汉"，这些称呼都是用来称赞那些孔武有力、英勇威武的汉族男子的。

然而，到了陆游所写的这篇《汉子》里，情况却是急转直下了。

初看此文，真不敢相信这是出自陆放翁之手笔，原因大抵上是因为这实在不像一篇小说，反倒如同一则文言古笑话，看到最后，却是令人忍俊不禁、捧腹大笑。

然而就在这一笑的背后，却藏着泪，藏着历史变迁、改朝换代带给每个民族在心灵上与社会生活上的巨大改变。正如元朝曲作家张养浩在《山坡羊·潼关怀古》中所感叹的那样："兴，百姓苦！亡，百姓苦！"

本来称之为大丈夫的堂堂"汉子"，到了陆游时期，却成了贱丈夫。原来，这汉子一词，在南北朝时，就成了北方少数民族对汉族男子的贱称，五胡乱华之后，后世更是将之沿之。因此到了宋代，自称"汉子"就已经毫无荣誉感，若真是英雄，还非得在这个"汉"字前头加上一个"好"字，如此强调说明，才能让人明白你是一员"好汉"。

这则笑话讲的却是一个很简单的事情，文中主人公因"汉子"是贱称，竟不许宫中人说"汉子"二字，若有说到，便用其他字眼代替，换成"兵士"。结果宫中人依葫芦画瓢、照本宣科，将"十八罗汉"说成了"十八罗兵士",又将《汉书》说成了《兵士书》,以至于最后闹出了一个啼笑皆非的笑话。人之自轻自贱,何至于此?

这则故事却又道出了"时移世易"的亘古真理,想当初五胡乱华之前,汉民族何其兴盛昌隆,"汉子"理当属于威名。奈何时势变迁,便换了一个天地。然而中国古代封建社会的功利又岂止此处,看那些古代皇帝总要叫世人避讳其名姓,或将"观世音"改为"观音",或将"老虎"换成"大虫",这都是一种藏在奇怪的虚荣背后的深度自卑。

现如今,"汉子"一词早已成为中性词,专门指一些身材较为健硕的青壮年男子,但在现代社会生活中,却也已很少使用,或许也可算是一种"时移世易"吧。

(钴闪)

秀州刺客 罗大经①

苗刘之乱，张魏公在秀州，议②举勤王之师。一夕独坐，从者皆寝③。忽一人持刀立烛后。公知为刺客，徐④问曰："岂非苗傅、刘正彦遣汝来杀我乎？"曰："然。"公曰："若是，则取吾首以去可也。"曰："我亦知书，岂肯为贼用？况公忠义如此，何忍害公，恐⑤防闲不严，有继至者，故来相告耳。"公问："欲金帛⑥乎？"笑曰："杀公何患无财？""然则留事我乎？"曰："有老母在河北，未可留也。"问其姓名，俯而不答，蹑⑦衣跃而登屋，屋瓦无声，时方月明，去如飞。

《鹤林玉露》

【注释】

①罗大经（1196~1252）：字景纶，号儒林，又号鹤林，宋吉州庐陵（今江西省吉安市）人。宝庆二年（1226）进士，历仕容州法曹、辰州判官、抚州推官。有经邦济世之志，对先秦、两汉、六朝、唐、宋文学评论有精辟的见解。著《易解》十卷。取杜甫《赠虞十五司马》诗"爽气金天豁，清谈玉露繁"之意写成笔记《鹤林玉露》一书，半数以上评述前代及宋代诗文，记述宋代文人逸事，有文学史料价值。

②议：商议。

③寝：就寝，睡觉。

④徐:缓缓地。
⑤恐:担心。
⑥金帛:奖赏。
⑦蹑:提起。

【赏读】

　　《秀州刺客》是依托于苗傅、刘正彦作乱时期的一篇文言武侠小说,后又被收录于《剑侠传》。记载在张魏公准备勤王平反的一天夜里,一名刺客突然出现在他的面前,但这位刺客深明大义,不愿做苗、刘的帮凶,反而劝诫张魏公要加强防守,谢绝了张公的钱财和招贤的请求,登屋而去,来去无踪,视防守如无物的传奇故事。

　　整篇故事用不到三百字的篇幅将一个大义凛然、身手不凡的刺客刻画得活灵活现。文章依托于历史上的"苗刘之乱"。建炎三年,高宗在大将军王渊和内侍康履的陪伴下渡江出逃,转至镇江。奉国军节度使刘光世因未赶上护驾又怕责罚,便诬告王渊不给他兵马。王渊一怒之下斩杀了江北都巡检皇甫佐,却因此失去了众将心。而一向嫉妒王渊的苗傅乘机与刘正彦密谋,以勾结宦官的罪名将王渊拿下斩首,又杀康履等宦官百余人,逼高宗退位,拥立高宗幼子赵旉为帝。

　　在这样的一个混乱历史背景下,秀州刺客的形象可谓鼓舞人心。他身手不凡,来去无踪,匡扶正义。"忽一人持刀立烛后"和"屋瓦无声,时方月明,去如飞"将他轻巧的身手展露无遗。而这样一个身手矫健的刺客,却又如此深明大义,不失为一个大侠的形象。"我亦知书,岂肯为贼用?况公忠义如此,何忍害公,恐防闲不严,有继至者,故来相告耳",与苗、刘二人的形象形成了鲜明的对比。而面对钱财和高官的诱惑,他的洒脱不为所动中又透着几分自信,"杀公何患无财","有老母在河北,未可留也"。于是一个既洒脱又原则鲜明的侠客便跃然纸上，让人拍案惊叹。

  而纵观我国古代的各路刺客，无论是专诸、聂政等人，还是朱亥、曹沫，他们虽有着不同的历史背景，行刺的原因也大不相同，但他们大都有着义士品质、侠客的风采，重情重义且身手了得。以至于到了今天当我们谈起刺客时，不论是太史公的《刺客列传》还是罗大经的《秀州刺客》，这些身份特殊的人们无不用他们的故事解读着那个时代，散发着属于他们自己的独特魅力。他们大都活跃在一个政局混乱的年代，忠义二字已是奢侈之物，而恰恰是这些不能被主流认可的身份在这样的环境下熠熠生辉，为我们品读历史提供了一个新奇的角度。正是这个角度让历史不再只是厚重和单调，而显得活泼且灵动。

（茶月 Selina）

卷三

元明清

越巫 方孝孺①

越巫自诡②善驱鬼物。人病，立坛场，鸣角振铃，跳掷叫呼，为胡旋舞禳③之。病幸已，馔④酒食持其赀去，死则诿以他故，终不自信其术之妄。恒夸人曰："我善治鬼，鬼莫敢我抗。"恶少年愠其诞⑤，瞷⑥其夜归，分五六人栖道旁木上，相去各里所，候巫过下，砂石击之。巫以为真鬼也，即旋其角，且角且走，心大骇，首岑岑加重，行不知足所在。稍前，骇颇定，木间砂乱下如初，又旋而角，角不能成音，走愈急。复至前，复如初，手慄气慑⑦不能角，角坠振其铃，既而铃坠，唯大叫以行。行闻履声及叶鸣谷响，亦皆以为鬼，号求救于人甚哀。夜半抵家，大哭叩门，其妻问故，舌缩不能言，唯指床曰："亟扶我寝！我遇鬼，今死矣！"扶至床，胆裂死，肤色如蓝。巫至死不知其非鬼。

《逊志斋集》

【注释】

①方孝孺（1357~1402）：明浙江宁海人，明代大臣、著名学者、文学家、散文家、思想家，字希直，一字希古，号逊志，曾以"逊志"名其书斋，蜀献王替他改为"正学"，因此世称"正学先生"。福王时追谥文正。在"靖难之役"期间，拒绝为篡位的燕王

朱棣草拟即位诏书，刚直不屈，孤忠赴难，被诛十族。有《逊志斋集》传世。

②诡：谎称。

③禳：祈祷消灾。

④馈：饮食，吃喝。

⑤恶少年愠其诞：有一个喜欢恶作剧的少年恼怒他的荒诞。

⑥瞷：窥视，偷看。

⑦手慄气慑：两手发抖，呼吸闭塞。

【赏读】

记得小时候看过一个纪录片：在昏暗的镜头下，一位身形干皱的老婆婆将食指伸进装满清水的杯子里搅了两下，杯中的清水渐渐变成蓝色。老婆婆自称这是巫术，可以治病救人。变为蓝色的清水也就成了神药，给卧病在床的患者喝下去。

病自然不会因此而痊愈。我记得那纪录片后来说，清水之所以变成蓝色，是因为老婆婆在指甲里涂满了蓝靛果。蓝靛果既可以当作水果生吃，也可以用作色素。好在这杯蓝色的"果汁"喝不死人，但那些烧符纸掺着香灰用水饮下的所谓"神药"，可就没有蓝靛果来得友善了。

文中写道：越巫自称可以通灵、驱鬼，达到治病的效果。具体操作方法就是装腔作势，装神弄鬼，以吓人为目的。作法所用的铜铃、号角，声音不仅响而且持久，足够震撼人心。持着宁可信其有，不可信其无的人性弱点，很容易糊口饭吃。

人们对未知充满了敬畏，因为我们深信自己的弱小。这就好比朋友圈中的"转发这条消息，你会得到好运，否则怎么怎么样"。

没有朋友圈时，QQ中的"将此消息转发给X人，你会得到好运，否则怎么怎么样"。

没有QQ时，贴吧中的"在此帖下回复XX，你会得到好运，否则怎么怎么样"。

甚至没有网络时，"将此信抄送给X位同学，你会得到好运，否则怎么怎么样"。

为什么这种无聊的事情可以跨越时代传播？因为人性如此懦弱。

这一方面是我们对美好生活的向往，另一方面是我们对自身命运的妥协。在未知面前，我们失去了人格。从小就听说"国人没有信仰"，并且说这是很可悲的，我向来嗤之以鼻。人不一定要有信仰，更重要的是要坚守人格。这是一种与生俱来的赤子之心，却因为成长而慢慢消散了。

文中的那位越巫被几个喜欢恶作剧的少年活活吓死。少年是无知的，无知者无畏。当他们长大之后，当他们面对越来越多的生活磨难，还会有多少人以勇气面对未知？在成长的过程中我们都需要一个精神依靠，这个精神依靠并不是向未知妥协，让我们失去原则，越来越没有底线，而是能让我们更加坚强、更加无畏的一种力量——正气。

本文作者方孝孺是明朝的大儒，其人一身正气。因为他的正气，也因为其时代的政治原因，他被朱棣灭了十族。我相信，他的族人——死在他面前时，他的心是在滴血的。这也是我所能想象中，人类所能经历的最残酷的磨难。方孝孺所做对错莫衷一是，可以肯定的是，他坚守了自己，成全了自己，他没有被恐惧击败。

著名作家小椴曾告诉我们一个"天大的秘密"：这世界永远是个大泥坑，只有少数人能干净地出来。

也许我们很难从这个泥坑中干净地爬出，但至少，不要再让这个大坑更加泥泞不堪了。

(帆凡)

记女医 李东阳①

京师有女医，主妇女孩稚之疾。其为人不识文字，不辨方脉，不能名药物，不习于炮炼烹煮之用。以金购太医求妇女孩稚之剂，教之曰："某丸某散。某者丸之，某者散之。"载而归。人有召者，携所购以往，脉其指，灸其面，探药囊中与之。虽误投以他药，弗辨也。

然而妇女之爱其身若子者，举其躯付之无疑焉。幸而不至于丧败，捐谷帛金珠予之不少吝。其恒丧且败者②，曰："命也。"且传引誉之于邻里；而不足，则誉之乡党③；而不足，则又誉之姻戚识知之人。邻里、乡党、姻戚，凡识知之人有疾者，皆乐而求之。幸而不至于丧败，则又引誉之。其丧且败者，则又曰："命也。"非女医之所治者，虽名家术士未尝信之。其强而治之者，虽治亦弗之贵也。其不幸而丧且败者，则悔且咎之，曰："不用女医之过也。"虽士大夫家亦不免焉。其愚不明亦甚矣！呜呼，岂独女医哉！

《李东阳集》

【注释】

①李东阳（1447~1516）：字宾之，号西涯，茶陵（今属湖南）人。明代政治家、书法家、诗人。立朝五十年，柄国十八载，茶陵

诗派的核心人物。

②其恒丧且败者：那些依然没有治好或者死亡的人。

③乡党：乡里。

【赏读】

虽然古代医者多为男性，但我国古代也曾出过四大女名医。西汉的义妁，晋代的鲍姑，宋代的张小娘子以及明代的谈允贤。然而本文中的女医却是个江湖骗子。她"不识文字，不辨方脉，不能名药物，不习于炮炼烹煮之用"。她从太医那里买来丸散，有人找上门了就带着这些丸散前去，装模作样把脉，完了胡乱把药给病人用，碰对治好了就得到丰厚的报酬，若治不好，就说这是命。而这样的女骗子不但没有人怀疑，反而声名远播。邻里、乡党、姻戚，凡认识她的人都找她看病。最后连士大夫都找她治病。

封建社会的愚昧无知，把一切归为"命也"。《巢林笔谈》卷四《吴中时医》亦记载了类似的故事："吴中时医某，始以痘科得名，渐及大方，名益噪；负技而骄，不多与金钱，虽当道或不赴，时亦以此受辱。服其药者辄见杀，而名不少损，盖小效归其功，大害委于命，一任其轻心躁气，不惜以身命尝者，踵相接也。"治好了就归功于时医，治不好就说是命。这样的"时医"或者"女医"在民间或许还有很多，细思极恐。

不管是《记女医》还是《吴中时医》，都不难看出古代平民看病是很困难的，民间的医疗体系是不健全的，平民看病大多数找游医，而很多游医的行医经验是通过采药吃出来的。本文中的女医，利用民众对"命"的深度迷信进行欺骗，枉顾人命，却声名鹊起，着实令人悲哀。民众则对于口口相传的女医医术深信不疑，其愚不明亦甚矣！

李东阳的《记女医》记的不是一名女医，而是一名女骗子。

(苏颜惜)

柳敬亭说书　张　岱①

南京柳麻子②,黧黑,满面疤癗,悠悠忽忽,土木形骸③。善说书。一日说书一回,定价一两。十日前先送书帕④下定,常不得空。南京一时有两行情人⑤,王月生⑥、柳麻子是也。

余听其说景阳冈武松打虎白文⑦,与本传大异。其描写刻画,微入毫发;然又找截⑧干净,并不唠叨。哱夬⑨声如巨钟,说至筋节处,叱咤叫喊,汹汹崩屋。武松到店沽酒,店内无人,謈⑩地一吼,店中空缸空甓皆瓮瓮有声。闲中著色,细微至此。

主人必屏息静坐,倾耳听之,彼方掉舌;稍见下人呫哔⑪耳语,听者欠伸有倦色,辄不言,故不得强。每至丙夜,拭桌剪灯,素瓷静递,款款言之。其疾徐轻重,吞吐抑扬,入情入理,入筋入骨,摘世上说书之耳,而使之谛听,不怕其不齰⑫舌死也。

柳麻貌奇丑,然其口角波俏⑬,眼目流利,衣服恬静,直与王月生同其婉娈,故其行情正等。

《陶庵梦忆》

【注释】

①张岱(1597~1689):明末清初散文家,字宗子,又字石公,

号陶庵、蝶庵，山阴（今浙江绍兴）人。著有《陶庵梦忆》《西湖梦寻》《夜航船》《琅嬛文集》《石匮书》等书。《陶庵梦忆》共八卷，所记大多是作者亲身经历过的杂事，将种种世相展现在人们面前。

②柳麻子：即柳敬亭，原名曹永昌，号逢春，江苏泰州人，著名说书艺人。

③"悠悠"二句：谓柳敬亭性格率真，行为随便，放荡不羁，无矫饰之态。出自《世说新语·容止》："刘伶身长六尺，貌甚丑悴，而悠悠忽忽，土木形骸。"

④书帕：明代官场行贿，常以绢帕包装新刻图书，并将金银藏在里面。这里指说书的定金。

⑤行情人：走红的人。

⑥王月生：秦淮名妓，名动公卿。

⑦白文：说书的底本。

⑧找截：说书术语。"找"，指回叙或补叙。"截"，指中间休息和终场收束。

⑨哱夬（pó guài）：形容声音雄厚而果决。

⑩暴（bó）：大叫。

⑪呫（chè）哔：低声细语。

⑫齰（zé）舌：咬着舌头不说话。

⑬波俏：口齿伶俐。

【赏读】

张岱曾有名言："人无癖，不可与交，以其无深情也；人无疵，不可与交，以其无真气也。"话讲得这么刁钻古怪，不难想象这是一名狷介之士，个性十分难搞。难得的是，这话确实有道理，对于人性洞察得十分深刻，可谓是一针见血，入木三分。

出生于仕宦世家的张岱，是那个年代典型的高富帅，早年生活十分优渥和放荡，过的是平头百姓难以想象的天上人间一般的日子。如此这般，他的个性和才情得以肆无忌惮地发展，眼光非常高，品味也自成一格。

譬如他写说书人柳敬亭，就非要强调人家长得丑："柳麻子，黧黑，满面疱瘤，悠悠忽忽，土木形骸。"开头写了不够，末尾再次提醒读者"柳麻貌奇丑"，这样还嫌意犹未尽，两次把王月生拖出来给柳敬亭作陪衬，不遗余力地表白这个麻子脸在他的心中是怎样美好。

王月生是张岱特别中意的一名妓女，一而再，再而三地出现在他的散文里，这名妓女身份低贱，出自"朱市"，高点档次的"曲中"都不屑与她为伍，张岱爱她"寒淡如孤梅冷月，含冰傲霜，不喜与俗子交接；或时对面同坐起，若无睹者"。直言南曲界三十年来没有一个人比得上她。迷成这样也算是痴恋了。可见张岱的口味清奇，不是一般人能鉴赏和理解得了的。

《陶庵梦忆》是记述作者亲身经历过的杂事的散文集，粗粗观来，不过是叙说江浙一带的风土人情，追怀年少时的靡丽幻梦。

此书写于甲申明亡（1644）之后，张岱这时已经年过半百，仕途成空，生活困顿不堪。他在《自题小像》中是这样评价自己的一生的："功名耶落空，富贵耶如梦，忠臣耶怕痛，锄头耶怕重，著书二十年耶而仅堪覆瓮，之人耶有用没用？"经历了亡国之痛的张岱，不但前半生的富贵荣华化为梦幻泡影，身为士大夫的一族，他的毕生信仰和追求也被打破，又缺乏自杀的勇气，"每欲引决，因《石匮书》未成，尚视息人世"。因此，晚年的张岱对自己的才高命蹇不胜其愤，笔耕不辍，拼命撰写明朝史书《石匮书》和《石匮书后集》；另一方面，未能杀身成仁这个污点使他备受精神拷问的折磨，81岁的时候还在喟叹："忠孝两亏，仰愧俯怍。聚铁如山，铸一大错。"唯此之故,他的《陶庵梦忆》虽然是回想少年盛世,却并不着意渲染往昔的华丽和浪漫,运笔自然而无黏滞,又自带那一点"冷",这也是心境使然。

柳敬亭说书60年,名重一时,而且曾经与名将左良玉结为知己,共谋抗清之计,失败后在郁郁不得志中度过了余生,很晚才收徒,也没留下什么像样的传人。而王月生这位秦淮河畔的绝代佳人,可想而知,无论盛世乱世,得到幸福的可能都不存在。三人中张岱活得最长,却没再提过他俩,或许,他想永远做那一个不会醒来的梦,因为在那个梦中,他是个无忧无虑的美少年呀。

(柳无色)

义虎记　王猷定①

辛丑春，余客会稽，集宋公荔裳②之署斋。有客谈虎，公因言其同乡明经孙某，嘉靖时为山西孝义知县，见义虎甚奇，属余作记。

县郭外高唐、孤岐诸山多虎。一樵者朝行丛箐中，忽失足堕虎穴。两小虎卧穴内。穴如覆釜，三面石齿廉利，前壁稍平，高丈许。藓落如溜，为虎径。樵踊而蹶者数，彷徨绕壁，泣待死。日落风生，虎啸逾壁入，口衔生麂，分饲两小虎。见樵蹲伏，张牙奋搏。俄巡视若有思者，反以残肉食樵，入抱小虎卧。樵私度虎饱，朝必及。昧爽，虎跃而出。停午，复衔一麂来，饲其子，仍投馂与樵。樵馁甚，取啖，渴，自饮其溺。如是者弥月，浸与虎狎。

一日，小虎渐壮，虎负之出。樵急仰天大号："大王救我！"须臾虎复入，拳双足俛③首就樵，樵骑虎，腾壁上。虎置樵，携子行，阴崖灌莽，禽鸟声绝，风猎猎从黑林生。樵益急，呼"大王"。虎却顾，樵跽告曰："蒙大王活我，今相失，惧不免他患。幸终活我，导我中衢，我死不忘报也。"虎颔之，遂前至中衢，反立视樵。樵复告曰："小人西关穷民也，今去将不复见。归当畜一豚，候大王西关三里外邮亭之下,某日时过飨。无忘吾言。"虎点头,樵泣,虎亦泣。追归,家人惊讯。樵语故,共喜。至期具豚,方事宰割,虎先期至,不见樵,竟入西关。居民见之,呼猎者闭关栅,矛梃铳弩毕集,约生擒以献邑宰。樵奔救告众曰:"虎与我有大恩,愿公等勿伤。"众竟擒诣县,樵击鼓大呼。官怒诘,樵具告前事。不信。樵曰:"请验之,如诳,愿受笞!"官亲至虎所,樵抱虎痛哭曰:"救我者大王耶?"虎点头。"大王以赴约入关耶?"复点头。"我为大王请命,若不得,愿以死从大王。"言未讫,虎泪堕地如雨。观者数千人,莫不叹息。官大骇,趣④释之,驱至亭下,投以豚,矫尾大嚼,顾樵而去。后名其亭曰"义虎亭"。

王子⑤曰:余闻唐时有邑人郑兴者,以孝义闻,遂以名其县。今亭复以虎名,然则山川之气,固独钟于此邑欤?世往往以杀人之事归狱猛兽,闻义虎之说,其亦知所愧哉!

《文津选本》

【注释】

①王猷定(1598~1662):明末清初散文大家、诗人。字于一,号轸石,江西南昌人,贡生。曾在史可法幕下效命,明亡不仕,日以诗文自娱。晚寓浙中西湖僧舍。猷定工诗古文,郁勃多奇气,其行书楷法,亦名重一时。著有《四照堂集》。王猷定的散文不为时文所左右,在清初文坛上独辟蹊径,别开生面。作品以新颖的内容、独特的手法,令人耳目一新。其中以论述奇闻逸事的传奇性散文最为突出,如《汤琵琶传》《李一足传》《义虎记》等。

②宋荔裳：宋琬（1614~1673），清山东莱阳人，字玉叔，号荔裳。顺治四年进士，曾官浙江宁绍台道。著名诗人。

③俛：同"俯"。

④趣（cù）：同"促"。

⑤王子：作者自称。

【赏读】

猛虎不食人，谓之高义。人真是种很奇怪的生物，对未知充满恐惧，对反常充满兴趣。

本篇中樵夫遇险落入虎穴，往复努力而不能出；猛虎觅食而归，未曾伤害樵夫，反倒供他吃食，最终还帮他脱离虎穴安然回家。有趣之处，二者分别时"樵泣，虎亦泣"。

连缀后文，描写猛虎通晓人性。书樵夫报恩，书猛虎垂泪，好似知己情深。但我想猛虎所代表的，应该还是那最原初的、人性与兽性的结合体。

猛虎归穴，见樵夫而张爪奋搏，是对外敌、危险的恐慌，正常反应。俄而思之，樵夫没有伤害它的两个娃娃，所以放松了警戒，甚至给樵夫食物。看起来奇妙无比，实际又是极好理解的。

世人总是对未知恐惧，总是对既定的设定有固有思维，觉得吊睛白额大虫出来就该是吃人的。然而在社会出现之前，原始人茹毛饮血，又与猛兽没有区别。猛兽所代表的是未为框条所限制的、最原初的欲望，是人性与兽性在很久以前重叠的模样。

在吃饱的基础上，国外有一只老虎与山羊恋爱。如这位义虎兄与樵夫结义，异曲同工，甚是妙也。

儒家的观点里既有性善论也有性恶论，其实这不重要，理论终归是空泛，做出的选择与表现才是实在的，至少在本文中，我们看到的这只大老虎是本善性情。

后文中樵夫救虎，是报恩。这是人性的另一种代表。

在侠世界里从来不缺乏报恩的人——剑客，刀客，刺客。豫让漆身为厉，吞炭为哑，诸如此类数不胜数，这类人像是樵夫。

还有一类人，可戏称为酒肉朋友。喝过一场酒，吃过半斤熟牛肉，或者说，有一个雨日的屋檐下，一人吃一碗加煎蛋的汤面，谈笑着便一起提刀去赴一场鸿门宴，背靠背斩开命运重围，生死相随。这是真性情，义虎兄便有如此特质。

这番人性与兽性的碰撞激荡起无数火花，也会产生不可预料的危险，但是幸运地，我们见到多方力量混合之后，爆发出璀璨灼目的、人性里的善良，得到了一个好的结局。

义虎记，性至矣。

（忘我流离）

汤琵琶传（节选） 王猷定

汤应曾，邳州①人，善弹琵琶，故人呼为汤琵琶。贫无妻，事母甚孝。居有石楠树，构茅屋，奉②母朝夕。幼好音律，闻歌声辄哭。已学歌，歌罢又哭。其母问曰："儿何悲？"应曾曰："儿无所悲也，心自凄动耳。"

夜宿酒楼，不寐，弹琵琶作霓裳③声，闻者莫不陨涕。及旦④，一邻妇诣楼上曰："君岂有所感乎，何声之悲也？妾孀居十载，依于母，母亡，欲委身，无可适者，愿执箕帚为君妇。"应曾曰："若能为我事母乎？"妇许诺，遂载之归。

襄王闻其名，使人聘之，居楚者三年。偶泛洞庭，风涛大作，舟人惶扰失措，应曾匡坐⑤弹《洞庭秋思》，稍定。舟泊岸，见一老猿，须眉甚古，自丛箐⑥中跳入篷窗，哀号中夜，天明，忽抱琵琶跃水中，不知所在。自失故物，辄惆怅不复弹。

已归省母，母尚健，而妇已亡，惟居旁坯土⑦在焉。母告以妇亡之夕，有猿啼户外，启户不见。妇谓我曰："吾待郎不至，闻猿啼，何也？吾殆死，惟久不闻郎琵琶声，倘归，为我一奏于石楠之下。"应曾闻母言，掩抑哀痛不自胜。乃取它琵琶，夕陈酒浆，弹于其墓而祭之。自是猖狂⑧自放，日荒酒色。

值寇乱，负母鬻食⑨兵间。耳目聋瞽⑩，鼻漏，人不可迩⑪。召之者，隔以屏障，听其声而已。所弹古调百十余曲，大而风雨雷霆，与夫愁人思妇，百虫之号，一草一木之吟，靡不于其声中传之，而尤得意于《楚汉》一曲，当其两军决战时，声动天地，瓦屋若飞坠。徐而察之，有金声、鼓声、剑声、弩声、人马辟易⑫声，俄而无声。久之，有怨而难明者，为楚歌声；凄而壮者，为项王悲歌慷慨之声，别姬声⑬，陷大泽，有追骑声。至乌江，有项王自刎声，余骑蹂践争项王声。使闻者始而奋，既而怒，终而涕泪之无从也。其感人如此。

应曾年六十余，游荡淮浦⑭，有桃源人见而怜之，载其母同至桃源，后不知所终。

《四照堂集》

【注释】

①邳州：今江苏邳州市。

②奉：侍奉。

③觱篥（bì lì）：古乐器名，状如胡笳，由龟兹传入。

④旦：早上。

⑤匡坐：正坐。

⑥丛箐：丛生的细竹。

⑦坏土：墓丘。

⑧猖狂：谓肆意妄行。

⑨鬻（yù）食：谓卖技为生。
⑩瞽：目失明；眼瞎。
⑪迩：接近。
⑫辟易：惊退。
⑬别姬声：指别虞姬之声。
⑭淮浦：故城在今江苏涟水县西。

【赏读】

乐器者，一向如武器。习武之人需根骨上的天赋，奏乐之人则也需音律上的天赋。汤应曾幼时"闻歌声辄哭。已学歌，歌罢又哭"，只因"心自凄动耳"。这却是学器乐者最难得的天赋，乐为心动，一个人若有了"琴心"，想必能够成为琴艺超绝者并非难事。

而后应曾学琵琶琴艺，别人都学得不好，唯有他用一年时间学到了精妙之处。那之后便是汤应曾最好的年华，周藩王召见，奉为上宾，"赐以碧镂牙嵌琵琶，令著宫锦衣，殿上弹《胡笳十八拍》，哀楚动人。王深赏，岁给米百斛，以养其母"。想必在那时他已获得"汤琵琶"的称号。虽琴艺超绝，他却自矜自重，并不轻易弹琴。或许为位高权重者弹琴已是所迫，他心中仍期待知音？正是这样的心性，所以应曾才会随着将军上战场，以琴声鼓舞士气吧！毕竟琵琶本是西域传来之物，与大漠狼烟、风沙残月才最为相得益彰。

汤应曾此生知音，便是酒店阁楼上因一曲琴音为他心折的改嫁女子，我常想这二人之间应当是乱世之中的相惜大过男女之情，她在他的琴声中仿佛听见自己的孤独，因有人懂得这孤独而心生依恋，而汤应曾则救她于一生颠沛流离中，代他侍奉母亲。其妻死时，恐怕正是汤应曾于泛舟所弹《洞庭秋思》之时，知音者已不在，化作老猿抱琴而去，这个意象颇具传奇色彩，然而内核却是生离死别的凄凉。从此后，"知音少，弦断有谁听？"汤应曾便不再弹琵琶了。

失了挚爱，也失了知音，应曾的确会变成沉迷酒色的狂徒，曾珍惜自赏的心也不在了。可是他的琴艺却没有退却，那种生之艰苦的淬炼，竟让他的《楚汉》一曲"声动天地，瓦屋若飞坠。徐而察之，有金声、鼓声、剑声、弩声、人马辟易声，俄而无声。久之，有怨而难明者，为楚歌声；凄而壮者，为项王悲歌慷慨之声，别姬声，陷大泽，有追骑声。至乌江，有项王自刎声，余骑蹂践争项王声。使闻者始而奋，既而怒，终而涕泪之无从也"。

　　其感人如此。比之白居易所书《琵琶行》中"大弦嘈嘈如急雨，小弦切切如私语。嘈嘈切切错杂弹，大珠小珠落玉盘。间关莺语花底滑，幽咽泉流冰下难。冰泉冷涩弦凝绝，凝绝不通声暂歇。别有幽愁暗恨生，此时无声胜有声。银瓶乍破水浆迸，铁骑突出刀枪鸣"，那以字词描绘的琵琶声仿佛更具画面感，引发读者想象。

　　大底是怎样的心，便能奏出怎样的音。

　　虽是技艺高超者，乱世凄茫，天地为炉，众生谁不是在苦苦煎熬？然而若没有那样的赤子之心和艺人品性，又怎能奏出流芳百世的琴曲？

（闻人菀）

张南垣传 吴伟业[①]

张南垣名涟,南垣其字,华亭人,徙秀州,又为秀州人。少学画,好写人像,兼通山水,遂以其意垒石,故他艺不甚著,其垒石最工,在他人为之莫能及也。

……

君为人肥而短黑,性滑稽,好举里巷谐媟[②]以为抚掌之资。或陈谖旧闻,反以此受人调弄,亦不顾也。与人交,好谈人之善,不择高下,能安异同,以此游于江南诸郡者五十余年。自华亭、秀州外,于白门、于金沙、于海虞、于娄东、于鹿城,所过必数月。其所为园,则李工部之横云、虞观察之予园、王奉常之乐郊、钱宗伯之拂水、吴吏部之竹亭为最著。经营粉本[③],高下浓淡,早有成法。初立土山,树石未添,岩壑已具,随皴[④]随改,烟云渲染,补入无痕。即一花一竹,疏密欹斜,妙得俯仰。山未成,先思著屋,屋未就,又思其中之所施设,窗棂几榻,不事雕饰,雅合自然。主人解事者,君不受促迫,次第结构,其或任情自用,不得已骫骳[⑤]曲折,后有过者,辄叹息曰:"此必非南垣意也。"

君为此技既久,土石草树,咸能识其性情。每创手之日,乱石林立,或卧或倚,君踌躇四顾,正势侧峰,横支竖理,皆默识在心，借成众手。常高坐一室，与客谈笑，呼役夫曰："某树下某石可置某处。"目不转视，手不再指，若金在冶，不假斧凿。甚至施竿结顶，悬而下缒，尺寸勿爽，观者以此服其能矣。人有学其术者，以为曲折变化，此君生平之所长，尽其心力以求仿佛，初见或似，久观辄非。而君独规模大势，使人于数日之内，寻丈之间，落落难合。及其既就，则天堕地出，得未曾有。曾于友人斋前作荆、关老笔⑥，对峙平堮，已过五寻，不作一折，忽于其颠，将数石盘互得势，则全体飞动，苍然不群。所谓他人为之莫能及者，盖以此也。

《梅村家藏稿》

【注释】

①吴伟业（1609~1672）：字骏公，号梅村、鹿樵生，汉族，太仓（今属江苏）人。明末清初著名诗人，与钱谦益、龚鼎孳并称"江左三大家"，又为娄东诗派开创者。长于七言歌行，初学"长庆体"，后自成新吟，后人称之为"梅村体"。

②谐媟（xiè）：诙谐狎亵的事。

③粉本：建筑物的草图。

④皴（cūn）：中国画技法之一，涂出物体纹理或阴阳向背。

⑤骫骳（wěi bèi）：曲折委婉。

⑥荆、关老笔：这里指五代后梁时两位大画家，荆浩和关仝。

【赏读】

张南垣本名张涟，字南垣，是明末清初著名的造园叠山大师。

他曾从董其昌学画,后从事造园,在掇山方面有所突破,其所作园林众多,遍布太仓、松江、常熟、嘉兴、吴县等地,以造园技艺而留名《清史稿》。子侄多传其术,四子张然,康熙间两度供奉内廷,成为皇家总园林师,负责南海瀛台、畅春苑、玉泉山静明园的规划设计。其家族从事造园一直延续至今,"山子张"的名号百年未断。

张南垣从华亭(今松江)搬到秀州(今嘉兴)时,陈继儒作了首诗,希望他能回来,全诗如下:"南垣节侠流,慷慨负奇略。盘礴笑解衣,写石露锋锷。指下生云烟,胸中具丘壑。五丁紧追随,二酉顿开凿。穿池浪有声,种树势相攫。亭榭多回环,鱼鸟欲飞跃。江东园主人,见之俱小却。闲载米家船,懒入郤公幕。君赋归来乎,醉跨华亭鹤。"

《史记·刺客列传》:"夫为行而使人疑之,非节侠也。""节侠"二字,是很高的评价。

张南垣长得矮胖,面孔黝黑,生性滑稽,喜欢讲"段子",这似乎与"侠"并无联系。但你看他"或陈语旧闻,反以此受人调弄,亦不顾也","与人交,好谈人之善,不择高下,能安异同",对嘲弄一笑置之,交游不分地位高下,已经是不俗的胸襟气度。

王应奎《柳南续笔》记载了一个当时流传很广的故事,说张南垣有次和老朋友吴伟业一道看戏,演的是以朱买臣休妻为题材的《烂柯山》。戏里有个角色张石匠,伶人因张南垣在场,特意把"张石匠"说成"李石匠",吴伟业夸赞说:"有窍。""有窍"是吴地方言,是夸人识趣、机灵之意。旁人一听,哄堂大笑,张南垣却默不作声。等演到朱买臣的妻子认夫的时候,朱买臣唱:"切莫提起朱字。"张南垣说:"无窍。"举座愕然。吴伟业在清顺治十年被迫应诏北上,后升国子监祭酒。张南垣以朱买臣之"朱"来影射朱明王朝之"朱",戳到了他的最痛处。张南垣"能安异同",但心里是有是非的,对于至交好友,也是如此。张南垣30余岁时就已经因造园技巧名满公卿，晚年时候，他"退老于鸳湖之侧"，"结屋三楹"，仍然过着清贫简朴的生活。所谓"节侠"者，坦坦荡荡，一以贯之。

张南垣叠山"不事雕饰，雅合自然"，"土石草树，咸能识其性情"。如果园主人能够理解他，便可以不受勉强，如果园主人非要凭借自己的意图建造，他不得已委屈顺从，后来人见到，就会叹息说，这一定不是张南垣的意思。时人叠山，多作假山，小中见大，像画作一样欣赏。但是张南垣却喜欢"平冈小坂"和"截溪断谷"，作真山一角，如"处大山之麓"，给人攀爬游赏的乐趣。叠山的时候，他先是"踌躇四顾，正势侧峰，横支竖理，皆默识在心"，此后便可"目不转视，手不再指，若金在冶，不假斧凿"，就算是和宾客坐在室内聊天，说着该把哪块石头放在哪里，也不会有错。

吴伟业评价说："而君独规模大势，使人于数日之内，寻丈之间，落落难合。及其既就，则天堕地出，得未曾有。"未建成的时候，人们很难理解他的意图，但他心中有数，建成之后，总能让人觉得合乎自然。他曾在朋友的书房前模仿荆浩、关仝的山水画笔意垒造假山，两山对峙，近十米之内不作一点曲折，又忽然在它的顶端，让几块山石盘旋交错集聚成势，故而"全体飞动，苍然不群"。遥想他箕踞解衣，以石为锷，胸中丘壑，指下风烟，便觉奇侠之概，如在眼前。

（瑾怀）

李姬传 侯方域①

李姬者，名香，母曰贞丽。贞丽有侠气，尝一夜博，输千金立尽；所交接皆当世豪杰，尤与阳羡陈贞慧②善也。姬为其养女，亦侠而慧，略知书，能辨别士大夫贤否。张学士溥、夏吏部允彝亟称之③。少风调皎爽不群。十三岁，从吴人周如松受歌。玉茗堂四传奇④，皆能尽其音节，尤工《琵琶词》⑤，然不轻发也。雪苑侯生⑥己卯⑦来金陵，与相识。姬尝邀侯生为诗，而自歌以偿之。

初，皖人阮大铖者，以阿附魏忠贤论城旦⑧，屏居⑨金陵，为清议⑩所斥。阳羡陈贞慧、贵池吴应箕实首其事，持之力。大铖不得已，欲侯生为解之，乃假所善王将军，日载酒食与侯生游。姬曰："王将军贫，非结客者。公子盍叩之？"侯生三问，将军乃屏人述大铖意。姬私语侯生曰："妾少从假母识阳羡君，其人有高义，闻吴君尤铮铮⑪。今皆与公子善，奈何以阮公负至交乎？且以公子之世望⑫，安事阮公？公子读万卷书，所见岂后于贱妾耶？"侯生大呼称善。醉而卧，王将军者殊怏怏，因辞去，不复通。

未几，侯生下第，姬置酒桃叶渡，歌《琵琶词》以送之，曰："公子才名文藻，雅不减中郎⑬。中郎学不补行，今《琵琶》所传词固妄,然尝昵董卓,不可掩也。公子豪迈不羁,又失意,此去相见未可期,愿终自爱,无忘妾所歌《琵琶词》也。妾亦不复歌矣!"

侯生去后,而故开府田仰者,以金三百锾邀姬一见。姬固却之。开府惭且怒,且有以中伤姬。姬叹曰:"田公宁异于阮公乎?吾向之所赞于侯公子者谓何?今乃利其金而赴之,是妾卖公子矣!"卒不往。

《壮悔堂集》

【注释】

①侯方域(1618~1655):字朝宗,明朝归德府(今河南商丘)人,明末清初散文三大家之一、明末"四公子"之一、复社领袖。35岁时,回想起自己遭遇坎坷,事业一无所成,悔恨不已,将书房更名为"壮悔堂",表示其壮年后悔之意。在这里,完成了他的两部文集《壮悔堂文集》10卷、《四忆堂诗集》6卷明志。

②陈贞慧:字定生,阳羡(今江苏宜兴)人,复社后期领导人之一。

③张学士溥:张溥,字天如,太仓(今属江苏)人。崇祯四年进士,复社的创建者。夏吏部允彝:夏允彝,字彝仲,松江华亭人,几社创建人之一。

④玉茗堂四传奇:即汤显祖的《玉茗堂四梦》,又称《临川四梦》。

⑤《琵琶词》:指高明的《琵琶记》传奇。

⑥雪苑侯生:即作者本人。雪苑,指梁苑。侯方域是河南商丘人,古属梁地。

⑦己卯：崇祯十二年。
⑧城旦：古代对罪人的一种处分；白天放哨，夜晚筑城。
⑨屏居：退居。
⑩清议：清正的言论，这里指社会舆论。
⑪铮铮：刚正的意思。
⑫世望：指社会地位高的世族门第。
⑬中郎：蔡邕，字伯喈，东汉末年人，曾任中郎将，故称为蔡中郎。曾事董卓，颇受重用，下文"然尝昵董卓"，即指此。

【赏读】

提起《李姬传》就不得不说起另一部昆曲名作《桃花扇》，它是孔尚任以此为蓝本所创作的，其中的李香君便是此文中的李姬。他曾在《桃花扇》中，借侯方域之手，为香君作了一首十分香艳的诗："南国佳人佩，休教袖里藏。随风团扇影，摇动一身香。"

古代名妓，除了有艺技傍身，姿容绝色以外，因结交的常常是文人墨客，本身也是才华横溢，能够与名人才子通畅交流，品行思想皆是不俗，比起良家女子，她们更是时尚潮流的引领者。《李姬传》中，侯方域称其"亦侠而慧"。主讲其品性高洁，识人辨才，清醒通透。对两人的私情描摹甚少，但开篇写香君"尤工《琵琶词》，然不轻发也"。大多数才华横溢的人，都有几分傲气，不轻发，便是香君的傲气，看似轻然一笔，却在结尾时写道："侯生下第，姬置酒桃叶渡，歌《琵琶词》以送之。"不轻易弹奏《琵琶词》的香君却在与侯生离别时弹奏，情意浓浓，欲说还休，弥足珍贵。至此，笔者忽然想起，曾有一位朋友感叹，如今人们求爱告白，大多是直白地送花送巧克力，热情又热烈，可是已经极难再看到采兰赠芍，佩玉送簪那样含蓄的浪漫了。其实最好的爱情，是不必说的，而是与君并肩，看这繁华的人间。香君送别侯生，句句不言情，却句句含情。

如今我们若是见到一个人,重然诺,轻生死,便会说此人颇具古代侠士之风。古人重义,重气节。阮大铖,先是依附东林党,后来又依附魏忠贤,明亡之后又乞降于清。崇祯继位后,魏忠贤阉党事败,阮大铖被革职为民,其行为为士大夫所不齿。而侯方域、冒辟疆、陈贞慧、方以智四人合称明"复社四公子",阮大铖妄图东山再起,便想拉拢四人排除舆论阻力。香君凭借其敏锐的嗅觉,及时提醒侯方域。其实当时的侯方域未必不明白香君提醒之事,大概也是香君的醒正合其心,所以大呼称善。两人心有灵犀,遂将对方引为知己。

阮大铖经此后怀恨在心,弘光皇帝继位后,再次起用阮大铖,他趁机构陷侯方域,使其投奔史可法,又怂恿田仰迎娶李香君为妾。香君不从,一头撞在栏杆上,血溅当场,遂有了《桃花扇》。

《桃花扇》中杨友龙用香君的血在扇上绘了一树桃花,以此称赞其贞洁。可是,作为一个三百多年后的今人,我却愿意固执地认为,香君当年的迎头一撞,是为了不愿意屈从于自己被摆控的命运。秦淮河妓,好不容易觅得良人,充满希望的人生明明就在前方,却被一顶囚人的花轿拦腰斩断,自杀,是她最激烈的反抗。

(镜上霜)

万夫雄打虎传   张 惣①

泾川有万姓字夫雄者,少负膂力,以拳勇称,初亦未尝事田猎也。一日,与夙所莫逆尔汝昆季范姓友,早行深山中。忽林莽出巨虎,搏范以去。范号曰:"万夫雄救我!救我!"万亦茫然不知所措,遂撼大树拔之,怒持树往追。经里许,震天一呼,虎为逡巡退步者三,范得以脱。因梃击虎,中其项。虎负狰狞欲迎斗,然项痛,竟不能举。万乘势再击之,虎毙矣。母虎暨虎子相寻至。万度不能中止,且却且前,又奋鼓生平之勇,纵送格扑,而二虎复相继而毙于其手。

嗟乎!万夫雄一乡野鄙人耳,素不识《诗》《书》为何物,亦不识交道为何事,而仓卒间不忍负异姓兄弟之意,卒毙三虎以救其友,其义岂不甚伟?万夫雄亦诚烈丈夫哉!余尝见世之聚首而处者,交同手足之亲,谊比金石之固,设有缓急,即蜂虿②微毒,不致贻祸杀人,当其纷纷未定之时,虽夙昔周旋,密迩徒辈③,靡不潜迹匿形,鸟飞云散,悄然而不一顾焉。其视万夫雄为何如也?

或云:"一人而毙三虎,颇似不经,殆属乌有子虚之谈。"噫!诚有之矣!家九宣从泾川来,为余述其事最奇。亦曾亲见其人,短小精悍。与之语,意气慷慨,须眉状貌,殊磊砢④

不凡，飞扬跋扈，犹可想望其打虎时英风至今飒飒云。盖义愤所激，至勇生焉；即万亦不自知其何以至此也。从古忠孝节义，蹈水赴火，为人之所不能为，并为人之所不敢为，往往以蚩愚诚朴而得之。万夫雄有焉。

南村野史曰：余友苍略氏，闻其事而异之，太息曰："士亦视所托身为贵耳！得交万夫雄，其人虽陷入虎口，猛虎不能害也。甚矣，人固不可无义烈男子以为之友哉！"

《虞初新志》

【注释】

①张惣（1619~1694）：明末清初文人。字僧持，号南村，南京人。著有《南村觞政》。

②蜂虿：蜂和虿，都是有毒刺的螫虫。

③虽夙昔周旋，密迩徒辈：即使是整日周旋在一起的亲近之人。

④磊砢：形容仪态豪放洒脱。

【赏读】

方看此文，先为万夫雄之名所吸引，同为江湖小品文，洪州书生无名可考，王义士亦失其名，然而万夫雄非但有名，而且还是个惊天动地、豪气干云之名。万夫雄，大有"一夫当关，万夫莫敌"之感，再加之一个"英雄豪杰"的"雄"字，让人只觉得此名大得出奇。

然而，读完此文，非但没有名不副实之感，反倒觉得其文比其名更奇，尤以其中的"打虎"情节，真乃集千古打虎故事之大成。笔者甚至从中发现了万夫雄的打虎情节竟然完全集合了鲁智深、武松、李逵三人之精华,却不知是《虞初新志》借鉴了《水浒传》,还是《水浒传》参考了《虞初新志》,或者是这二者英雄所见略同。简言之,古有《古文观止》,而读万夫雄打虎,真可谓是"打虎观止"了。

此文之初,先概述万夫雄"少负膂力,以拳勇称"。这便是千古壮士的"标配",大多是天生神力,英勇无比,朱亥如此,许褚如此,李元霸也是如此,千古壮士可谓不胜枚举。接下来,且看万夫雄一人如何独战鲁智深、武松、李逵三豪杰!

万夫雄和鲁智深。《水浒传》中写道:"智深相了一相,走到树前,把直裰脱了,用右手向下,把身倒缴着;却把左手拔住上截,把腰只一趁,将那株绿杨树带根拔起。"那鲁智深将一株垂杨柳连根拔起,惹得众泼皮一齐拜倒在地,只叫:"师父非是凡人,正是真罗汉!身体无千万斤气力,如何拔得起?"这一段书也算是令人直呼过瘾。反观万夫雄,"万亦茫然不知所措,遂撼大树拔之,怒持树往追"。万夫雄为救被巨虎所追的范姓好友,先是茫然一阵,估计是觉得找不到趁手兵刃,于是灵机一动,摇动一株大树将其拔起,端着这棵树就去追了。就这一段,仅仅只是倒拔杨柳的鲁智深已然被万夫雄甩了几条街,拔树是一回事,拔了树还能抱着树跑又是另一回事了,《水浒传》中可未见鲁智深在拔树之后还能"持树往追"的。这一局,万夫雄已然完胜!

万夫雄和武松。说到"打虎"二字,很多人第一时间想到的就是武松。长期以来,武松似乎已成了"打虎"的代名词。然而在《水浒传》一书中,施耐庵对武松打虎的描写固然是入木三分,但武松实际上是赢得有些狼狈的。施耐庵为老虎设计了"一扑""一掀""一剪",在这一场动作大戏里,虎是绝对的主角,而武松先是借着酒劲上冈,被大虫一惊,酒醒半分,后又大意将哨棒打断,接着又左躲右闪,赢得并不好看。反观万夫雄,非但没有被老虎所吓,反"震天一呼",竟将老虎吓得"逡巡退步者三";接下来再"一击",将老虎脖子击伤;最后再"乘势一再击之",将老虎击毙。万夫雄的这"一呼""一击""再击",和《水浒传》中的大虫那"一扑""一掀""一剪"相映成趣。武松打虎,是险中求胜;万夫雄打虎,却是近乎吊打,占尽上风。这一局,万夫雄再次完胜!

万夫雄和李逵。万夫雄打虎,不止杀一虎,这点与持利刃杀四虎的李逵相似。杀完一虎后,母虎以及虎子皆相寻至,万夫雄"又奋鼓生平之勇,纵送格扑,而二虎复相继而毙于其手"。看李逵,他为报母亲之仇,持腰刀深入虎穴,先杀两只小虎,后又乘着母虎进洞以臀先入而偷袭杀了母虎,再在公虎飞跃之际用腰刀在老虎身下一刀划过,开膛破肚,连杀四虎。乍一看,似乎两人平分秋色;仔细一想,实则万夫雄胜之多矣。万夫雄并无腰刀之利,也没有占据洞穴的那份以逸待劳,他先杀公虎,再以一敌二连杀母虎与虎子,难度亦远胜李逵。这一局,万夫雄依旧完胜!

万夫雄一人打虎,竟胜过鲁智深、武松、李逵这梁山三大陆上煞星,无怪乎文后也对万夫雄连毙三虎提出质疑,认为"殆属乌有子虚之谈"。且不说万夫雄之义,也不论打虎之真,但看这万夫雄打虎之勇,这段堪称"打虎观止"的描写本身,便足以令人玩味再三。

(钴闪)

卖花老人传 宗元鼎[1]

卖花老人者,不知何许人。家住维扬[2]琼花观后,茅屋三间,旁有小阁。室中茗碗丹灶,经案绳床,皆楚楚明洁[3]。柴门内,方广[4]二亩,以种草花为业。家尝有五色瓜,云即昔之广陵人邵平种也。所种芍药、玫瑰、虞美人、莺粟、洛阳、夜合、萱草、蝴蝶、夜落、金钱、剪春罗、剪秋罗、朱兰、蓝菊、白秋海棠、雁来红,共十数种。早晨担花向红桥坐卖,遇文人墨客,即赠花换诗而归。或遇俗子购之,必数倍其价,得钱沽酒痛醉。余者即散诸乞儿。市人笑为花颠。

尝九日渡江,经旬不归,人问之,答曰:"吾访故人殷七七于铁瓮城中耳。"袖中出杜鹃花一枝,红芬可爱。所往来者有笔道人、珏道人,围棋烹茗为乐。珏道人,疑即唐广陵人李珏,以贩籴[5]为业成仙者。笔道人,疑即宋建炎中颜笔仙耳。昔琼花观中,有黄冠[6]持画一轴献帅守,字皆云章鸟篆不可识。使人尾之,乃入观后井中玉勾洞天深处。相传老人或为童子,或为黄鹤,千年于兹矣。识者谓即黄冠后身云。

《新柳堂集》

【注释】

①宗元鼎(1620~1698):字定九,一字鼎九,号梅岑,又号香

斋、东原居士、梅西居士、小香居士、芙蓉斋、卖花老人等。江都人。七岁咏梅，为先达所赏。元鼎与元豫、元观，及其侄之瑾、之瑜，皆工诗，时称"广陵五宗"。著有《新柳堂诗集》《芙蓉斋集》《小香词》。

②维扬：扬州。

③明洁：明亮整洁。

④方广：这里指土地。

⑤籴：买进粮食。

⑥黄冠：道士所戴束发之冠，这里指道士。

【赏读】

清代《虞初新志》中诸小说主角中，有闯荡江湖的豪客，艳绝一时的名妓，一技傍身的艺人匠人，或者清高孤傲的能人异士，甚至市井中的小民，这些此前传统小说中琢磨极少，且并不光明的形象，在《虞初新志》诸作者笔下却生动亲切，颇具烟火气息，《卖花老人》不过是其中极普通的一篇，却让人窥出其时扬州城三月烟花，车马交汇的盛景，以及盛景之下，古人徐徐活着的风貌。

不过"琼花观后，茅屋三间，旁有小阁"的一处居所，柴门之内，二亩见方的土地上，却种满花草。拾掇花草之人，若无温柔之心，又如何能将那么多的"芍药、玫瑰、虞美人、莺粟、洛阳、夜合、萱草、蝴蝶、夜落、金钱、剪春罗、剪秋罗、朱兰、蓝菊、白秋海棠、雁来红，共十数种"悉心照料？

那扬州红桥上，烟雨蒙蒙的清晨，有多少人曾为这些娇美花草驻足，或有去帮名妓采购的丫鬟，或有跟着公子哥出门的小童，或有杨柳岸宿醉一夜的酒客，或者过桥去上香的普通百姓。对不同的人，卖花老人卖花的方式则颇为随性，有文人墨客拿诗词与他换花草，他便换，若是不可一世的俗人，他便抬高价钱，赚得的银两拿去喝酒，送给乞丐，似乎并不把金银放在眼里，也并不真的靠卖花为生。

在作者笔下，他曾九日渡江，经旬不归，却是会友，该有多尽兴，才能够这般洒脱？他却如魔术师般从袖中拿出一支红色杜鹃，令观者一笑。结交的朋友，都是妙人，不是贩米成仙的李珏便是以笔成仙的道人，日日以围棋烹茗为乐，如此生活当真是闲云野鹤般大隐于世。

非人人皆能如此活着，于是时人便传卖花老人为黄鹤，为童子，更有言辞凿凿者，谓其为黄冠后身，已有千年寿命。

我知道卖花老人不过心中有大智慧，是最懂得什么是好生活方式的那一类人。

思及唐伯虎之诗："桃花坞里桃花庵，桃花庵下桃花仙。桃花仙人种桃树，又摘桃花换酒钱。酒醒只在花前坐，酒醉还来花下眠。半醉半醒日复日，花落花开年复年。但愿老死花酒间，不愿鞠躬车马前。车尘马足显者事，酒盏花枝隐士缘。若将显者比隐士，一在平地一在天。若将花酒比车马，彼何碌碌我何闲。别人笑我太疯癫，我笑他人看不穿。不见五陵豪杰墓，无花无酒锄作田。"

古往今来，只因这样的人太少了，不是被说成疯子，便是被说成神仙，其实生而为人，洒脱生活，便两袖翩翩，芳草留香最好。

（闻人菀）

义猴传 宋 曹①

建南杨子石袍告予曰：吴越间，有鬈髯②丐子，编茅为舍，居于南坡。尝畜一猴，教以盘铃傀儡③，演于市以济④朝夕。每得食，与猴共，虽严寒暑雨，亦与猴俱。相依为命，若父子然。

如是者十余年，丐子老且病，不能引猴入市。猴每日长跪道旁，乞食养之，久而不变。及丐子死，猴乃悲痛旋绕，如人子躃踊⑤状。哀毕，复长跪道旁，凄声俯首，引掌乞钱。不终日，得钱数贯，悉以绳钱入市中，至棺肆不去。匠果与棺，仍不去，伺担者辄牵其衣裾。担者为舁⑥棺至南坡，瘗丐子埋之。猴复于道旁乞食以祭。祭毕，遍拾野之枯薪，廪⑦于墓侧，取向时傀儡置其上焚之，乃长啼数声，自赴烈焰中死。行道之人，莫不惊叹而感其义，爰⑧作义猴冢。

《会秋堂文集》

【注释】

①宋曹（1620~1701）：字彬臣，号射陵，又号耕海潜夫。明泰昌元年生于盐城县（今江苏省盐城市盐都区）北宋庄。明末清初大书法家，著有《书法约言》，木刻双钩《草书千字文》《杜诗解》《会秋堂诗文集》等。

②鬈髯（quán rán）：卷曲的胡子。
③盘铃傀儡：盘铃，一种伴奏的乐器。傀儡，傀儡戏。
④济：帮助，救助。
⑤躃踊（bì yǒng）：捶胸跳跃。
⑥舁（yú）：抬。
⑦廪（lǐn）：收藏，储积。
⑧爰（yuán）：于是。

【赏读】

养猴，不可谓之不难。所谓"三天不打，上房揭瓦"，用来形容养猴都算是用词太轻了。据传，养猴者每日起早，要先将自己的猴子打一顿，这一天它才会老实，好似《水浒传》中的管营和差拨要给刚发配流放到边塞的配军来一顿"杀威棒"一般。

然而，养猴和养儿养女相比，有时却也有着十分惊人的相似或是相反之处。

猴子，是人类经常拿来和自身比较与印证的一个独特物种，由于猿猴和人类同属于灵长类，与人类的特征最为相近，因此古今中外无数的科学、文学乃至神学著作中都有猴子的影子。猴子已经成了人类反观自身的一个经典形象。

达尔文通过撰写《物种起源》一书提出了"进化论"，颠覆了千百年来全人类对自身的认识，道出"人类是从猿猴进化而来的"这一个在当时惊世骇俗的论调。然而，早在达尔文的著作问世之前，在人们的文化生活中，猴子已经十分重要了。

猴对中国人来说也是一个很重要的象征，在中国的"十二生肖"中就有猴的存在，而猴子由于爱吃桃，也一直被视为长寿与吉祥的代名词。但要说到中国文化史上最为著名的一只猴子，莫过于《西游记》中的主人公孙悟空了。

其实"孙悟空"这个小说人物形象,早已经突破了小说的范畴,也超出了中国的国界,不少国外文学、影视、动漫作品,都以"孙悟空"为主角来设计。大家耳熟能详的就有日本动漫《七龙珠》等,还有中、日、韩、美等国不断翻拍的各种版本的《西游记》。

再看其他的一些国家,也有很多关于猴子的神话传说,例如印度《罗摩衍那》里的神猴哈奴曼,四面八手,解救罗摩之妻子,与罗刹恶魔大战,英勇无比,相传是孙悟空的原型。

人类何其爱以猴自喻也?猴,在人类的笔下产生了人格,也有了反观人类自身的作用,这篇《义猴传》又何尝不是如此?

文中的这只义猴,与老乞丐同吃同住,相依为命,年深日久,便有了感情。然而,这只猴子的有情有义,非但与人无异,甚至犹有过之。近日,世人常言"病有所养,老有所终"。这只义猴虽是禽兽,却颇通人性,也懂得这个道理。"丐子老且病,不能引猴入市。猴每日长跪道旁,乞食养之,久而不变。"这是"病有所养"。"及丐子死,猴乃悲痛旋绕,如人子躃踊状。哀毕,复长跪道旁,凄声俯首,引掌乞钱。"这是"老有所终"。文至于此,已然令人动容,然最后猴子竟能巧妙地叫人殓葬老丐,更是"自赴烈焰中死",以身殉主,令人击节赞叹,拍案称奇!

呜呼哀哉!义猴尚且有情有义,何况人乎?养猴时又打又骂,却养出义猴;养儿时含辛茹苦,反养出逆子。由义猴反观人间诸般逆子,又何其悲哀也!

(钻闪)

汪十四传 徐士俊①

汪十四者,新安②人也,不详其名字。性慷慨激烈,善骑射,有燕赵③之风。时游西蜀,蜀中山川险阻,多相聚为盗。凡经商往来于兹者,辄被劫掠。闻汪十四名,咸罗拜马前,愿作"护身符"。汪许之,遂与数百人俱④,拥骑而行。闻山上嚆矢⑤声,汪即弯弓相向,与箭锋相触,空中堕折。以故绿林甚畏之,秋毫不敢犯,商贾尽得数倍利。而白梃之徒⑥日益贫困,心忮⑦之,而莫可谁何也。

无几时,汪慨然曰:"吾老矣!不思归计,徒挟一弓一矢之勇,跋履山川,向猿猱豺虎之地以博名高,非丈夫之所贵也!"因决计归。归则以田园自娱,绝不问户外事。而曩⑧时往来川中者,尽被剽掠,山径不通。乃踉跄走新安,罗拜于门外曰:"愿乞壮士重过西川,使我辈弱者可强,贫者可富,俾⑨啸聚之徒大不得志于我旅人也。壮士其许之乎?"是时汪十四雄心不死,遂许之曰:"诺!"大笑出门,挟弓矢连骑而去。于是重山叠岭之间,复有汪之马迹焉。

绿林闻之咸惊悸,谋所以胜汪者,告诸山川雷雨之神,当以汪十四之头陈列鼎俎⑩。乃以骁骑数人,如商客装,杂于诸商之队而行。近贼巢,箭声飒沓⑪来。汪正弯弓发矢,而后有一人，持利刃向弦际一挥，弦断矢落。汪忙迫无计，遂就擒。擒入山寨中，见贼党咸持金称贺，然犹意在往劫汪之护行者。暂置汪于空室，縶⑫其手足，不得动。俟日晡⑬，取汪十四头，陈之鼎俎，酬山川雷雨之神。

汪忽瞠目，见一美人向汪笑曰："汝诚豪杰，何就缚至此？"汪且愤且怜曰："毋多言！汝能救我，则救之，娘子军不足为也！"美人曰："我意如斯。但恐救汝之后，汝则如饥鹰怒龙，夭矫⑭天外，而我凄然一身，徒婉转娇啼，作帐下之鬼，为之奈何？"汪曰："不然。救其一，失其一，亦无策甚矣。吾行百万军中，空空如下天状，况区区贼奴，何足当吾前锋哉！"因相对慷慨激烈。美人即以佩刀断其缚而出之。汪不遑起谢，见舍旁有刀剑弓矢，悉挟以行。左挈美人，右持器械，间行⑮数百步，遇一骑甚骏，遂并坐其上。贼人闻之，疾驱而前。汪厉声曰："来，来！吾射汝！"应弦而倒。连发数十矢，应弦倒者凡数十人。贼人终已无可奈何，纵之去。

汪从马上问美人姓名。美人泣曰："吾宦女也。父为兰省给事中⑯，现居京国。今年携眷属至京，被劫，妾之老母及诸婢子尽杀，独留妾一人，凌逼蹂践，不堪言状。妾之所以不死者，必欲一见严君⑰，可以无恨；又私念世间或有大豪杰能拔入虎穴者，故踌躇至今。今遇明公，得一拜严君，妾乃知死所矣！"汪曰："某之重生，皆卿所赐，京华虽辽远，当担簦⑱杖策卫汝以行。"于是陆行从车，水行从舟，奔走数千里，同起居饮食者非一日，略无相狎之意，竟以女归其尊人，即从京国返新安终老焉。老且死，里人壮其生平奇节，立庙以祀，称为"汪十四相公庙"。有祷辄应，春秋歌舞以乐之，血食⑲至今不衰。

《雁楼集》

【注释】

①徐士俊：字三有，号野君，仁和人。生卒年均不详，约明思宗崇祯前后在世。明朝戏曲家，著有《雁楼集》。

②新安：今安徽歙县。

③燕赵：今河北、山西一带，古代属燕国、赵国。

④俱：偕同。

⑤嚆（hāo）矢：响箭。

⑥白梃之徒：拦路打劫的强盗。

⑦忮：记恨。

⑧曩（nǎng）：昔时，以往。

⑨俾：使。

⑩鼎俎：祭祀时用以载牲的礼器。

⑪飒沓：急速纷飞而来。

⑫絷：捆绑。

⑬日晡：下午三至四时之间。

⑭夭矫：纵姿的样子。

⑮间行：躲躲闪闪地行走。

⑯兰省：御史台的别称。给事中：职官名，掌纠察。

⑰严君：儿女对父亲的称呼。

⑱簦（dēng）：古代有柄的笠，像现在的雨伞。

⑲血食：享受杀牲祭祀。

【赏读】

慷慨激烈，燕赵之风，有神乎之箭技，雄难泯之侠心。汪十四其人生平奇节无愧于立庙礼祀、血食不衰。

我们几乎可以在他身上看到一个侠士该有的种种优秀品质——强武、仗义、守信、正直。也可以看到生而为人该有的困顿、踌躇。

汪十四思归，田家自娱不问门外之事，许是惧，许是慨，但想来他已望褪去侠名，寻找属于自己的、独立的人生。这是一个侠者自寻的解脱。后世所观，许多侠义之士困于侠名，终其一生若为所绑，不得自由，仓皇而终。汪十四跳出了这个圈子，大胆走回自己该有的、渴慕的人生轨迹，是人性使然。

然蜀中贼寇不止，行人生死难料，众踉跄奔走新安，拜汪十四门外，请他出手相助。从某个层面来看，汪十四大有陷入道德绑架危局的可能性。但若仔细去推敲，汪十四离开西川之前未曾想过后来可能会发生的劫掠吗？那时他既然能够走得了，说明没人拦得住他，没人能绑架得了他。

但此次，汪十四仍然出山了，使得自己最后落入危局，似也未有悔意。

问之为何，侠心不止尔。非因你喊我大侠，我才成了大侠。没有人可以用侠名胁迫他做任何事，天地之大，唯心而已。

如同大多数传奇故事所表，汪十四退而复出，便吃却一个暗亏，成为阶下之囚。书中常道，少年者挥斥方遒，意气风发，心气所向，一往无前而无所挡。扯句不正经的，愣头青的运气总是会比较好。

汪十四老了，即便不知年岁几何，也许尚未而立，但他的心老了，所以他的运气不太好，吃了几天苦头，险些丢了性命。还是那句话，这样的结局他没有想过吗？不可能的。

若说仍是愣头少年，也许不曾想过，但自一去西蜀，汪十四老矣，怎能没有想过？想过，但他还是来了，侠者仁心不忍，见人间悲苦，如何能够不提弓擘马踏平峻险？

再扯上一句不正经的，好人的运气通常不会太差。

汪十四受缚鼎俎危在旦夕，却幸得美人相救。观之前文，汪十四受缚数日，水米未尝。纵有驰骋百万军中取上将首级而无伤脱阵之能，于此怕是难能发挥几许。其力弱也，其命危也，然承君一诺，生死履之。汪十四携美人出逃，仗义也；担簦杖策卫其归家，数千里略无狎意，可见当初救人，并非图美色，乃重义守信也。其人强武、仗义、守信、正直如此，大家之风。

返而思，若汪十四非武功卓绝之人，未负生平绝学之能，他能够做到仗义、守信、正直如此否？

不重要了。就如汪十四曾经的退隐一样，不管起因如何，不管心中的踌躇如何，善或恶，最终做出的选择，才代表了这个人的一生。

惜哉，而今风骨卓绝若汪十四之人少矣。

（忘我流离）

一瓢子传 严首升①

一瓢道人,不知其姓名。性嗜酒,善画龙,敝衣蓬跣,担筇②竹杖,挂一瓢,游鄂渚③间,行歌漫骂,学百鸟语,弄群儿聚诟④以为乐。顾其神明映彻,怪准奇颜,髯疏疏起,吐语作洪钟声。有时衣新绛衣,从人假驺马,拥大盖,往来市中,观者如堵。

隆庆丁卯,居澧阳,年可七十。澧人异之,或具酒,蓄墨汁,乞一瓢子画,不能得。一日饮龚孝廉园中,颓然以醉,直视沉吟久之。座中顾曰:"此一瓢子画势也。"一瓢子骨相既奇,如蛟人龙子,更卸衣衫,裸而起舞,顾谓座客:"为我高歌《入塞》《出塞》之曲。"又令小儿跳呼,四面交攻。已,信手涂泼,烟雾迷空,座中凛凛生寒气,飞潜见伏,随势而成。署其尾曰"牛舜耕"。问其故,笑而不答。有饮一瓢子酒,年余不能得其画者;久之,画一人科头赤脚,踞地而遗⑤,节骨隐起,作努力状,以赠之。其善谑如此!信口辄成诗,间有异语,多奇中。澧人渐敬之,竞馈问,皆受而弃之。

华阳庄靖王请改馆⑥,一瓢子不可。所居无定处。一日宿文昌祠中,礼文昌像,作梵咒;像落压其脑,乃遗书庄靖,请"速营黄肠⑦,吾将老焉"。王如言为治木。木具,一瓢子坐其中，不覆，令人舁而过市，拱手大呼，与人言别。周遍街巷，迁郊外普贤庵，命众曰："可覆我。"众不敢覆，视之，已去矣。遂覆而埋之，举之甚轻，如空棺然。澧人为题石于澧水桥头，署"画龙道人一瓢子之墓"，盖隆庆辛未七月也。

或曰：一瓢子，少读书不得志，弃去走海上，从军征倭寇有功，至裨将⑧。后失律，匿于群盗，出没吴楚间。乃以资市妓十余人，卖酒淮扬，所得市门资悉以自奉。诸妓更代侍之，日拥歌舞，具饮食以自豪。凡十余年，始亡去。乞食湖湘间，终于澧。

《濑园文集》

【注释】

①严首升：明末清初学者，字颐，又字平子、平翁，号确斋，今湖南华容县三封寺镇人。著有《濑园诗初集》3卷、《濑园诗后集》、《濑园文集》20卷、《濑园诗话》3卷、《濑园遗集》12集、《谈史》6卷、《后三代史》等，还纂修清康熙《（华容）严氏族谱》和《（容美土司）田氏族谱》等。

②筇：古书上的一种竹子，可以做手杖。

③鄂渚：相传在今湖北武汉市黄鹄山旁三百步长江中。隋改郢州（治今武汉市武昌区）为鄂州，即因渚而名。世称鄂州为"鄂渚"。

④诟：辱骂。

⑤科头赤脚，踞地而遗：光着头光着脚，蹲在地上排泄。

⑥改馆：变更住所。

⑦黄肠：黄肠木，这里指棺材。

⑧裨将：副将。

【赏读】

世上有佯狂之人，有真痴之人。

佯狂者，或徒有虚表，颠倒言行只为惊动世人耳目；或失志愤懑，奇举异止实是潦倒自放、以避世情。真痴者，则一心追慕性灵志趣，或终生醉心于花鸟诗书，无论周遭家长里短还是世事风云变幻，都难入其心、乱其性。那么，一瓢子又该算是哪一种人呢？

严首升说他"有异语，多奇中"；明代文人陈周的《游一瓢传》中也说他"风雨中辄醉卧道上，其言在可解不可解之间，或验或不必验"。照此看来，一瓢道人倒有些类似替人卜问吉凶、言语模棱两可的江湖相士了；但严首升、陈周以及公安派的袁中道都曾提及他"信口成诗"，又"善画"，可见他绝非身无长技之人，常痴情于诗画。

一瓢子画龙时，"烟雾迷空，座上凛凛生寒气"，龙绘成时"烟云吞吐，鳞甲生动，有飞腾破壁之势"（《游一瓢传》），可谓极富传奇性了。华阳庄靖王之子朱宣墭曾作诗赞他酒后画龙，颇具传神气势："高谈长啸杂松响，浊醪同醉樽已倾。笑呼童子劈素练，拈笔一扫云雾生。奔雷掣电不停手，须臾头角皆峥嵘。江潮欲起风飒至，白日惨淡忽失明。我知此物定飞去，请君搁笔忽点睛。"

至于落款"牛舜耕"是何意，《明画录》有载，一瓢道人曾解释过一句："人呼我以牛，惟舜能耕之耳。"如此人物如此画，足当得起"墨海龙飞真浪迹，酒瓢烟冷尚余芬"了。一瓢子少年读书，后从军征倭寇，官至副将，辗转又做过盗贼、富商，年老时僻居澧阳成了陋衣行乞的穷道士，应算是历尽风霜，见惯繁华，最后回归本真吧。

他曾自作"去国几经年，来游小洞天"之句，那是把俗世乞酒生涯看作是游戏方外洞天了。不过他对俗世却也抱有戏谑、趣味与感怀,并非一味超然冷视:他与群童笑骂、画人蹲踞而遗、临死命人抬棺游街作别……种种事迹,都是兴之所至便饮一瓢风尘。《直隶澧州志》里录了几首一瓢道人所作《居澧杂咏》,其中有"天涯春去黄鹂老,故里魂惊白发长""九嶷消息远,何日买归船""夜郎消息本无期"等句——他在澧州时年已七旬,亦存怀乡之思,只是不知他故乡究竟在何处了。

袁中道曾作《一瓢道人传》,有人问他:"有道之人不应该如此放浪淫盗,但淫盗之人应该又难以如此看淡生死,所以这一瓢子的事是真的吗?"袁中道举了济癫、三车之酒肉,寒山、拾得之垢来回答,说这类人"非天眼莫能知也",把一瓢子等同为高僧散仙。至于陈周记叙一瓢子死后半年,有人开其坟,见棺中空无,应是夸张之言了。更有甚者,(清)宋永乐《志异续篇》记有人夜宿澧州某处草庵,见一位道人酣睡,虽庵中火起而不动。那人惊惶逃远,至清晨返回,却不见庵,眼前只是一瓢道人的坟墓罢了。

仙鬼之说,往往荒诞不经,一瓢子应属红尘中一个循本心而不逐流之人吧。其真诚至性是俗情鄙见所难湮没的,故而世人"渐敬之"。澧州知州刘崇文曾写诗吊唁一瓢道人,中有一句,且用作结语:

浮生笑傲皆成幻,世路低回总不群。

(雨楼清歌)

雷州盗记 徐 芳①

雷于粤为最远郡②。崇祯初，金陵人某以部曹出守③，舟入江遇盗。知其守也，杀之，并歼其从者，独留其妻女。以众中一最黠者为伪守，持牒④往，而群诡为仆，人莫能察也。抵郡逾月，甚廉干⑤，有治状⑥，雷人相庆得贤太守。其寮属暨监司使⑦，咸诵重之。未几，太守出示禁游客，所隶毋得纳金陵人只履⑧，否者虽至戚必坐⑨。于是雷人益信服新太守乃能严介⑩若此也。

亡何，守之子至，入境，无敢舍者。问之，知其禁也，心惑之。诘朝守出，子道视，非父也，讯其籍里名姓，则皆父。子悟曰："噫！是盗矣！"然不敢暴语，密以白监司使。监司曰："止！吾旦日⑪饭守而出子。"于是戒吏，以卒环太守舍，而伏甲酒所。旦日，太守入谒，监司饮之酒，出其子质⑫，不辨也。守窘，拟起为变，而伏甲发，就坐捽之。其卒之环守者，亦破署入。贼数十人，卒起格斗，胥⑬逸去，仅获其七。狱具如律⑭，械送金陵杀之。于是雷之人乃知向之守，非守也，盗也。

东陵生闻而叹曰："异哉！盗乃能守若此乎？今之守非盗也，而其行鲜非盗也，则无宁以盗守矣！其贼守，盗也；其守而贤，即犹愈他守也。"或曰："彼非贤也，将间而括其藏与其郡人之资以逸。"曰："有之，今之守亦孰有不括其郡之藏若赀而逸者哉？"愚山子曰："甚哉东陵生言也！推其意，足以砥守。"⑮

《诺皋广志》

【注释】

①徐芳：生卒年不详，字仲光，号愚山子，江西建昌府南城人。著有笔记体文言小说集《诺皋广志》。

②雷：雷州府，今广东省雷州市。粤：广东一带。

③金陵：今南京。部曹：明清时，各部司官的通称。守：太守，明清专称知府。

④牒：公文，凭证。

⑤廉干：清正干练。

⑥治状：政绩。治，治理。状，现状。

⑦监司使：监察州县的地方长官的简称。

⑧只履：指一个人。

⑨坐：论罪。

⑩严介：严格管理，没有一丝通融。

⑪旦日：明日。

⑫质：当面对质。

⑬胥：皆，都。

⑭狱具如律：按法律结了案。

⑮推其意，足以砥守：推想他的意思，是说太守的行径和盗贼的行径是一样的。砥，平。

【赏读】

盗贼竟成贤太守，太守反如恶盗贼。每每读到徐芳的《雷州盗记》，尤其是其中太守与盗贼身份对调的绝妙剧情及其带来的强烈讽刺效果，都不免令人拍案叫绝！

此文所讲乃是雷州太守金陵人某在赴任途中被强盗劫杀，并被强盗冒名顶替，前往雷州任职的故事。而出乎意料的是，强盗当了太守之后，竟然成了一位令百姓称道歌颂的贤良地方官，可惜最终事情败露，被法办杀头，但浓烈的黑色幽默已经弥漫于纸上，甚至力透纸背，直穿人心。其间深刻的寓意，彻底揭露了当时社会官场的腐朽与黑暗，隐晦地抨击了"官不如盗"的社会现象，让人觉得既可笑又悲哀。

初看此文时，笔者有强烈的即视感，仔细一回想，这不正是2010年上映的姜文导演的电影《让子弹飞》里的剧情设定吗？《让子弹飞》改编自马识途的短篇小说《盗官记》，而马先生的《盗官记》正是受到明末清初小说家徐芳的这篇文言志怪小说《雷州盗记》的启发和影响所创作而来的。可以说，无论是马先生的小说还是姜文导演的电影，其中的基本情节大致脱胎于《雷州盗记》。而《让子弹飞》荒诞却又充满隐喻、深刻而又略带诙谐的剧情也使得这部影视作品成了当年票房与口碑双丰收的一个影坛奇迹，由此可见，这则故事的魅力并不会被时间所冲刷和淹没，反而在各个时代都绽放出独特的魅力与光彩。

事实上，新中国成立后，这篇《雷州盗记》屡屡被扩写为中篇小说以及改编为连环画出版，甚至被各地方剧团改编搬上银幕舞台，获得社会的好评。主要是因为这则故事里的情节对政治和官场都具有一定的警示作用。《雷州盗记》的思想性和艺术性无疑都是具有超乎寻常的高度的。

本文写于明崇祯年间，作者徐芳身处在明、清社会的改朝换代巨变中，对当时中国官场和知县所处的位置有着深刻的认识和体会。徐芳自身的清廉正直与当时官场的黑暗腐朽形成了强烈的冲突，这种冲突便化为其笔下情节上的极端的反衬与矛盾。以至于徐芳产生了"官不如盗""盗亦有道"的强烈控诉。他当然不是要赞同强盗可当、贼寇可为的说法，只是想用这样的讽刺来表达出他对当时官场彻底的失望和不满。

　　"盗亦有道"的说法早在战国时期就由庄子提出来过。《庄子·外篇·箧第十》中提到——跖之徒问于跖曰："盗亦有道乎？"跖曰："何适而无有道耶？夫妄意室中之藏，圣也。入先，勇也。出后，义也。知可否，智也。分均，仁也。五者不备而能成大盗者，天下未之有也。"足见盗贼未必无道义，有时反倒胜过许多官吏。再看《水浒传》一书，梁山好汉虽为贼寇，却多有忠孝仁义之士，朝中官员武将却也不乏肮脏龌龊之辈。

　　在世为人，不论官也好，盗也罢，乃一个身份头衔称谓而已，如同肉身之于灵魂，也仅是一副皮囊罢了。为官者若不能清廉自守，何异于盗？为官者若有盗心，比之大盗，犹有过之！为盗者若是心怀忠义仁爱，又何尝不可为官？其若为官，或可大治！因此，为官，或为盗，并不在其名其分，乃在其心其德！

（钴闪）

奇女子传 徐 芳

奇女子者，丰城杨氏女，归李氏子为妇。谭兵围南昌，游骑四出，掠丁男实军。妇为小校王某所得。校山东人，故有妻；妇曲意事之，甚见昵，已生一子矣。

亡何，校家渐落，从军去。妇诡①语妻曰："生事萧条，恨不身生羽翼。"妻曰："何也？"妇曰："妾故夫本大家，先世遗资良厚，当播越时，曾以金珠数斛，潜瘗②密室。今夫死妾掳，栋宇皆烬，此中重宝，瓦石同没。使得徒而之此，妾与夫人，何患不富乎？"妻艳之曰："果尔，盍遣人发之？"妇曰："此妾手营，无人识也。"嗟惜而罢。他日妻又问，妇曰："妾固筹之，欲得此金，非妾行不可。妾妇人，安能远出？必易服，往还且数月，而此呱呱，何堪久掷？"妻大喜曰："第行耳，若子吾自抚之。"妇故绻恋不肯，妻恚愈力，乃择日释笄䄢③辫，靴袴④腰弓刀，从两健儿，跃马而南。

渡章江，去家数十里，止逆旅。以醇酒饮两健儿，皆醉，夜潜起骈馘⑤之。驰骑至里，以马策挝家门大叫。夫从牖罅瞷视，见是少年将军，不敢出。里老数辈，稍前谒问。妇曰："别有勾当，不关公等。"门启，妇歇马中堂，踞坐索故夫，呼叱甚厉。里中疑有他故，恐相累，共促夫出。夫伛偻前谒，伏地不敢起。妇曰:"颇识吾否?"夫对曰:"万死不能识将军。"妇曰:"试认之。"夫谢不敢,侧目微睇,惘然失措。妇叹曰:"真不识矣!"于是推几前抱夫起,痛哭曰:"妾非他,妾,君被掠杨氏妇也。"具述其易装巧脱状,一时喧动里中。亲识更阗门,贺李氏子再得妇。

事闻邑令,为给牒奖许。绅士之贤者,多妇义略,相率为诗歌美之,皆曰:"奇女子!奇女子!"云。此甲午年事。

《悬榻编》

【注释】

①诡:欺骗。

②瘗(yì):埋。

③薙(tì):剃。

④靴袴:军服。

⑤馘(guó):本指古代战争中割掉敌人左耳计数献功,这里是"杀"的意思。

【赏读】

自古女子,遇事大多哭哭啼啼,梨花带雨,苦楚认命。樊梨花、白娘子也算奇女子了,然而也是拖泥带水,缠缠绵绵,令人遗憾;杜十娘怒沉百宝箱、卓文君"闻君有两意,故来相决绝"、绿珠身死以示忠诚算是爽利果敢,令人赞叹的。不过比起此文中的"奇女子",当真是小巫见大巫了。

此杨氏奇女子本是李家二郎的妻子,战乱中被小校王某掳走做了小妾,她不哭不闹不死,而"曲意事之,甚见昵",还为王某生了一个儿子。无论谁都会觉得她已经忘记前夫，重新生活了。她却在王某随军离去后开始谋划设圈套，感叹自己曾在老家埋下金珠数斛，除了她无人知道具体埋藏的地方。终于让王某妻子上钩，怂恿她回去找金珠。于是她女扮男装，"释笄薙辫，靴袴腰弓刀，从两健儿，跃马而南"，飒爽英姿之态初露。在快到家时灌醉了两个壮汉，夜里偷偷起身杀了他们。待回到家，不是激动地赶紧与李郎相认，反倒做足了架子，"以马策挝家门大叫"，吓得丈夫跪倒在地不敢看她，"万死不能识将军。"其后她才抱起前夫，痛哭相认。乡里相传称颂，亲戚乡邻挤满门前，祝贺李氏的儿子重得此女。县令也为她发了官文奖赏她。乡绅贤士们，大多称赞此女的义德与谋略，相继为她作了很多诗歌，赞美她"奇女子！奇女子！"

此女奇在何处？

其一，用金珠诱惑玩弄小校妻子如转动圆丸，奇计巧出，逃出囚笼，大智大勇；其二，奇忠不渝，远扬千里，甚至有了儿子，也还是想方设法回到夫君身边；其三，一介女子却能戎装远行，胆量奇大；其四，乘夜灌醉并杀掉凶徒如折断枯枝，手段奇狠；其五，回到家中不急着认夫，随意踞坐吓唬他，然后哭着相认，感天动地。从头到尾谋定而后动，也算奇谋——至少，人们不会闲言碎语，说她不贞、失德、不能从一而终，反倒会为她折服震撼，所以官文竟奖赏她！她丈夫更不会看轻了她。果然一身全是奇，非侠女不能如此也！

不过，唯一令人诟病的，恐怕是竟忍心舍弃儿子。说严重点，她把儿子作为一个棋子。她寻金珠而一去不回，小校妻子哪能明白不过来，那她的儿子，怕是不能全矣！此女谋略周密，当早想到这个，却能舍子而行，天下母亲，能做到如此残忍的，着实奇少。然而若是她做不到舍弃儿子，也就没有后面的各种"奇"了。

或者说，能舍子而全贞烈、不屈，才是她真正的"奇"之处？

之前读完，还是有些不能苟同，想若能携子脱身，才称得上真奇女子也，以她之心计和爽利手段，想必也能做到。只是转而又想，那样结局当不会如意了，一个已婚妇女，带回其与别人生的孩子回到前夫身旁，别说前夫会怎么待她，至少怎么也不会受奖赏和称赞了！那她与孩子，想来也不会有什么好的下场。如此，又不免心酸不已，在彼时，那个对女子向来严苛不公的社会，她的行为实在算是最明智也最无奈的两全之法了。

（红景）

过百龄①传 　秦松龄②

锡固③多佳山水，间生瑰闳奇特之士，常以道艺为世称述。若倪征君云林以画，华学士鸿山以诗，王金事仲山以书④，乃今过处士百龄者，则以弈。其为道不同，而其声称足以动当世则一也。

百龄名文年，为邑名家子。生而颖慧，好读书。十一岁时，见人弈，则知虚实先后、进击退守之法。曰："是无难也。"与人弈，弈辄胜。于是闾党间无不奇百龄者。时福清叶阁学台山先生，弈品居第二。过锡山，求可与敌者，诸乡先生以百龄应召，至则尚童子也，叶公已奇之。及与弈，叶公辄负。诸乡先生耳语百龄曰："叶公显者，若当佯负，何屡胜？"百龄艴然⑤曰："弈固小技，然枉道媚人，吾耻焉；况叶公贤者也，岂以此罪童子耶？"叶公果益器之，欲与俱北，以学未竟辞。自是百龄之名，噪江以南。

遂益殚精于弈。不几年，学成，曰："可以应当世矣！"会京师诸公卿闻其名，有以书邀致者，遂至京师。有国手曰林符卿，老游公卿间，见百龄年少，意轻之。一日，诸公卿会饮，林君谓百龄曰："吾与若同游京师，未尝一争道角技，即诸先生何所用吾与若耶？今愿毕其所长，博诸先生欢。"诸公卿皆曰:"诺!"遂争出注,约百缗⑥。百龄固谢不敢。林君益骄,益强之,遂对弈。枰⑦未半,林君面颊发赤热,而百龄信手以应,旁若无人。凡三战,林君三北⑧。诸公卿哗然,曰:"林君向固称霸,今得过生,乃夺之矣!"复皆大笑。于是百龄棋品遂第一,名噪京师。

当是时,居停主⑨某锦衣者,以事系狱。或谓百龄曰:"君为锦衣客,须谨避,不然,祸将及。"百龄毅然曰:"锦衣遇我厚,今有难而去之,不义。且吾与之交,未尝干以私,祸必不及。"时同客锦衣者悉被系,百龄竟免。

已天下多故,百龄不欲久留,遂归隐锡山。日与一二酒徒狂啸纵饮,不屑屑与人弈,独征逐角戏以为乐。百龄素贫,出游辄得数百金,辄尽之博篆⑩。其戚党谯呵百龄,百龄曰:"吾向者家徒壁立,今所得资,俱以弈耳。得之弈,失之博,夫复何憾?且人生贵适志,区区逐利者何为?"噫,若百龄者,可谓奇矣!以相国之招而不去,以金吾之祸而不避,至知国家之倾覆而急归。为公卿门下客者垂四十年,而未尝有干请,若百龄者,仅谓之弈人乎哉?

《虞初新志》

【注释】

①过百龄:也写作柏龄,名文年,无锡(今属江苏)人,是明末棋坛造诣最深、名声最大的国手。过百龄天资慧颖,爱好读书,也好下围棋。11岁时就通晓围棋中的虚势与实地,先手和后手,进

攻和防守之间的关系及其处理的方法。他与成年棋手对局，常常取胜，名震无锡。

②秦松龄（1637~1714）：字汉石，又字次椒，号留仙，又号对岩，晚号苍岘山人，江苏无锡人。

③锡固：无锡。

④倪征君云林以画：倪瓒，元代画家、诗人。初名珽，字泰宇，后字元镇，号云林子、荆蛮民、幻霞子等。江苏无锡人。华学士鸿山以诗：华察（1497~1574），字子潜，号鸿山，江苏无锡人。明朝弘治十年六月初六生于无锡县隆亭（即今无锡市东亭镇），少时聪颖，12岁能作诗文。因做过翰林院侍读学士的官，辅导过皇家孩子读书，被称为"华太师"。王佥事仲山以书：王仲山，明代著名书画家，无锡人。

⑤艴然：生气的样子。

⑥缗：古代计量单位。

⑦枰：棋盘。

⑧北：败北。

⑨居停主：出租房屋的主人。

⑩博篡：赌博。

【赏读】

琴、棋、书、画，"四艺"向来是古代文人雅士的象征，但比起纯粹修身养性，陶冶情操的琴、书和画，"棋"便多了几分胜负谋算、诡诈机巧之感。因余者不过以技艺求诸自然之道，虽有高下之别，却难有明显的胜负之分，除却名利心过重者外，此三者皆无明确对手。

而棋则不然，子分黑白，纵横相较，对弈二者势必一争短长，其间激烈程度便远胜于纯粹怡情，而古人对棋的定位，也绝不单单只是怡情小技而已。

《棋经十三篇》云:"夫万物之数,从一而起。局之路,三百六十有一。一者,生数之主,据其极而运四方也。三百六十,以象周天之数。分而为四,以象四时。隅各九十路,以象其日。外周七二路,以象其候。枯棋三百六十,白黑相半,以法阴阳。局方而静,棋圆而动……"

法天象地,动静阴阳,这方寸坪间用意之深,却是囊括了"至道""兵法""数理""心算""度情"等多种学问,也难怪会被古人推崇备至,甚至常以棋力而断慧了。

便如过百龄,现今棋坛上流传一句话:"二十不成国手,则终生无望。"盖因围棋技法繁复多变,需长久钻研方出成果,同时又极重天赋灵性,故而对年龄要求极高。但如过百龄这般,年方十一便可"知虚实先后、进击退守之法"的,恐怕也是极少。

《棋经十三篇》中将棋力分为九品,明人许仲冶在《石室仙机》中又对此作了注解,叶公所谓的"弈品居第二"是指"坐照":"入神饶半先,则不勉而中,不思而得,有'至虚善应'的本领。"这已经是棋道中极高的评价,但他与过百龄对局时仍是"辄负",这样判断,过百龄恐怕在当时就已经达到第一品"入神"的境界,可"变化不测,而能先知,精义入神,不战而屈人之棋,无与之敌者"。

与叶公一局震惊四座,而他对自己的评价却是"学未竟",且"枉道媚人,吾耻焉",其谦逊在尚为童子时便已初露端倪,再及后来为人门客时,不愿因人有难而远离避祸之举,便更是顺理成章。

古人尝以棋品论人品,又说性情本就影响棋力,《棋经十三篇》中《度情》篇云:"人生而静,其情难见;感物而动,然后可辨。推之于棋,胜败可得而先验。持重而廉者多得,轻易而贪者多丧。不争而自保者多胜,务杀而不顾者多败……"

这点在过百龄与林符卿对弈时可见一斑。林符卿本是知名弈者，曾言："四海之内，不知几人称帝，几人称王？非徒胜我者不可得，即论敌手，阒其无人。吾不取法于人与谱，而以棋称为师，即神仙复出，自三子而上，不敢多让矣。"

而过百龄在当时不过少年，林符卿自是存了轻视之意，但实际对弈时却是"枰未半，林君面颊发赤热，而百龄信手以应，旁若无人。凡三战，林君三北"，可见弈棋时的心性、状态，确实可以影响胜负。

这又与兵法有了共通之处，弈道中先后、虚实、攻守、正奇等要诀本就变化繁复，有人以其"变诈为务，劫杀为名"，谓其为诡道。而《棋经十三篇》则云："兵本不尚诈，谋言诡行者，乃战国纵横之说。棋虽小道，实与兵合。故棋之品甚繁，而弈之者不一。得品之下者，举无思虑，动则变诈。或用手以影其势，或发言以泄其机。得品之上者，则异于是。皆沉思而远虑，因形而用权。神游局内，意在子先。图胜于无朕，灭行于未然……"

兵法、世情、弈棋如一，单看如何用之，深谙此道者目光往往不仅局限方寸枰中，以过百龄弈已通神的造诣，能看出天下多故并不奇怪，而退隐之后的狂啸纵饮，适志而为虽失之颓废，却也颇有魏晋狂生的风范。皆是明知乱世当前而人力难为，不得不避世寄情，借此抒发胸中愤懑。

相国之招而不去，金吾之祸而不避，不重名利，性情耿直而达观，对世事洞若观火，却落得只能纵情寄戏，归隐锡山的下场，这不得不说是乱世之哀了。

（纱雾）

王义士传　陈　鼎①

王义士者，失其名，泰州如皋县隶也。虽隶，能以气节自重，任侠好义。甲申国亡后，同邑布衣许元博德溥不肯剃发，刺臂誓死。有司以抗令弃之市，妻当徙②。王适值解，高德溥之义，欲脱其妻而无术，乃终夜欷歔不成寐。其妻怪之，问曰："君何为彷徨如此耶？"王不答。妻又曰："君何为彷徨如此耶？"曰："非尔妇人所知也。"妻曰："子毋以我为妇人也而忽之。子第③语我，我能为子筹之。"王语之故，妻曰："子高德溥义而欲脱其妻，此豪杰之举也。诚得一人代之可矣。"王曰："然。顾安得其人哉？"妻曰："吾当成子之义，愿代以行。"王曰："然乎？戏耶？"妻曰："诚然耳。何戏之有？"王乃伏地顿首以谢，随以告德溥妻，使匿于母家，而王夫妇即就道。每经郡县驿舍，就验时，俨然官役解罪妇也。历数千里，抵徙所，风霜艰苦，甘之不厌。于是皋人感之，敛金赎归，夫妇终老于家焉。

外史氏曰：今之吏胥，只知侮文弄法以求温饱，何尝知有忠义也？王胥竟能脱义士之妻，而其妇尤能慨然成夫之志。噫，盖亦千古而仅见者矣！

《留溪外传》

【注释】

①陈鼎：1650年生，卒年不详，清代学者、历史学家、旅游文学家，江阴周庄镇陈家仓（现周西村）人。原名太夏，字定九，又字九符、子重，号鹤沙，晚号铁肩道人。著有《黔游记》《东林列传》《留溪外传》等书。其中，《留溪外传》全书18卷，118篇，分成忠义、孝友、理学、隐逸、廉能、义侠、游艺等13部，所记都是明末清初的人和事。书中主要表达入清士人的遗民意识和安贫乐道、反腐倡廉的经世济民思想。其中遗民题材主要写遗民入清后的精神痛苦和情感煎熬。

②徙：流放。

③第：尽管，只管。

【赏读】

义者，道义也，凡公正、合理而应当做之事，皆为义举。管仲在《管子·牧民·国颂》中提出"四维不张，国乃灭亡"一说，"何谓四维？一曰礼，二曰义，三曰廉，四曰耻"。他比孔子更早提出"义"的概念。进一步阐述了"义"的人是孟子。他在《孟子·离娄下》中有言："大人者，言不必信，行不必果，惟义所在。"又道："君子喻于义，小人喻于利。""君子之于天下也，无适也，无莫也，义之与比。"可以说，古人之尚义，不亚于古代罗马之尚武，已是一种文化特征。

因此，中国古代的各类史籍文献中不乏"义士"，首屈一指的当属司马迁所著《史记》中的《刺客列传》《游侠列传》等，上面所载各类刺客、游侠，都是古代最有名的义士。什么季布、季次、原宪、朱家、郭解、田横、曹沫；什么专诸、豫让、聂政、荆轲、樊於期，这些义士不但重诺守信、高德尚义，而且大多身负盖世绝学，有不世之才。若将"义士"的搜索范围再拓宽些，唐传奇中的聂隐娘、红线等盖世奇人亦可称之为义士。

但王义士却与以上这些义士有很大不同。他的义，更纯粹，因为他的义没有光环，没有任何奇能异才加持，也并非依靠某些特殊的武艺或能力而体现。只为救他心中高义之人，竟夜不能寐，其妻子得知后，竟也愿成其大义，用自己去替代德溥之妻，这对夫妻皆是能舍生取义之辈，虽无任何智谋胆略、文才武功，却已足够有力量穿透人心。可以说，这等义举，与《赵氏孤儿》中赵朔的门客公孙杵臼和赵朔的好友程婴可相媲美。公孙杵臼为救赵家孤儿而献出了生命；程婴则牺牲了自己的亲生儿子，带着孤儿藏匿到深山中，却此事乃史实，于《左传》与《史记》中皆有记载。可以说，王义士夫妇二人也如同公孙杵臼、程婴一般，他们的行为少了刀光剑影，但也正因为此，反而比江湖游侠们的快意恩仇来得更加光彩照人。

文中最耀眼的角色却不是王义士，乃是他那位善解人意、深明大义的妻子。此处真应为王义士的妻子鸣不平，其妻之大义，丝毫不亚于王义士，但此文却名为《王义士传》，而非《王义士夫妇传》，盖受中国古代封建社会男尊女卑之鄙陋影响罢了。横向对比一看，王义士与王义士之妻同行义举，留于后世，却只名《王义士传》；而西方科学界里有居里与其夫人玛丽·居里共同研究放射性元素，但今天的学生们大多熟知居里夫人，而对居里多有忽视，这大概也是中西方女性地位的差异所致。

综言之，义举不一定要惊天动地、泣鬼哭神，往往只是一种简单的舍身献头；义士未必都是飞檐走壁之游侠，有时只是身边看似寻常的贩夫走卒，却也能教人为之动容。

（钴闪）

爱铁道人传 　陈　鼎

爱铁道人，逸其姓名，云南人也。少时曾为郡诸生。明亡，即弃家为道士。冬夏无衣裈①，唯以尺布掩下体。不火食，所食者，瓜蓏蔬果。滇中四时皆暖，虽腊月有鳞物，故道人竟辟谷②。性爱铁，见铁辄喜，必膜拜，向人乞之。头项肩臂以至胸背腰足，皆悬败铁，行路则铮铮然如披铠，自号曰"爱铁道人"。久之，言人祸福多奇中，愚男女皆以神仙奉之。而道人亦遂以神仙自居，更号曰"爱铁神仙"。

嗜饮，市人争醉以酒。妇人持酒与，则倾泼不饮。或诘之，则厉声曰："若不闻孟圣人云：男女不亲授受乎？"于是神仙之名四走。有不远数十百里，来问吉凶。时道人寄迹破庙，日环绕门者数百人。道人大怒，骂曰："我何神仙，我贪酒花子耳，知底吉凶？汝辈来问我？"即擎秽撒之，众乃散。

与蜀中铜袍道人张闲善。铜袍者，联铜片为衣而服之者也，故号曰"铜袍道人"。常携杖头钱，与爱铁饮与市，醉则歌呜呜，大恸而后休③。甲寅乱，二人不知所往。

外史氏曰：以铁为衣，以铜为袍，岂炫异以骇人耳目耶？抑道家别有所属，而寓意于铜铁耶？皆不可得而解也。

《留溪外传》

【注释】

①裈（kūn）：古代的裤子。

②辟谷："辟谷"源自道家养生中的"不食五谷"，是古人常用的一种养生方式。

③大恸而后休：极度悲痛后才停止。

【赏读】

铁衣铜袍，不着衣裈，两位道人这形貌何止奇异，若在街市上猛然遇见，甚至会觉得可怖畏惧，放到现代，无非又是一桩以奇装异服来哗众取宠、博人眼球的行为艺术，然而再加一个"言人祸福多奇中"，便成了彼时愚男女皆奉的"爱铁神仙"。

而再观其作为，既要以神仙自居，取人供奉，又摆出一副高洁自爱的姿态，不肯受妇人之酒，见众环绕又偏不肯轻予预言，怒骂擎秽而驱，又与现今种种"大师"伴狂放浪、特立独行以自抬身价的做派有何不同？至于所言多中，更是寻常卜者便可精擅的小把戏罢了。

若说修道人秽服垢衣，奇言异行者亦多有之，连最重僧律的释家都出了个济颠和尚，然而他们不修边幅多因不重外物，不羁世俗礼法，于记载中不是隐遁避世就是救危扶难，所行虽异皆可称善。而文中道人心性尚俗，所载其行寥寥，难辨真伪，至多可称异侠一流，又未见其有济人救难之举，看来却是贬多于褒。

至于铜铁所寓，道家有内丹外丹之说，皆常言铅汞而少称铜铁，至多不过五金之中铁属坎水，源泉通流，以寒虚为体，润下为性，乃象玄武之神；而铜属离火，炎炽赫烈，以明热为体，炎上为性，乃象朱雀之神。二者一旦水火既济便成阴阳之谐，也是修道者所求的最高境界。然而这般寻常道理并非玄奥，著者不该不知，若真有其事，何必再假作疑问而令人揣测；若非此二人虚有其表，著者不便评述，便是欲借此二人暗喻什么。

或可借"甲寅乱"三字揣测一番，时康熙十三年，吴三桂起兵谋叛，兴三藩之乱，干戈四起战火遍延，而文中言爱铁道人有预祸福之能，常与铜袍道人醉而大恸，像是对此早有所感，二者终俱不知所往，正是乱世阴阳失衡、水火相侵之时，就不知是文合于史，还是因史成文了。

（纱雾）

狗皮道士传 陈 鼎

狗皮道士者,不知何许人,亦未详其姓氏。明末,尝冠道冠,蹑赤舄①,披狗皮,乞食成都市。每至人家乞食,辄作犬吠声,酷相类。家犬闻之,以为真犬也,突出吠之。道士辄与对吠不休。邻犬闻之,亦以为真犬也,辄群集绕吠之。道士怒,忽作虎啸声,群犬皆辟易②。每独居破庙,至深夜,辄作一犬吠彤声,少顷,作众犬吠声,俨然百十犬相吠也。久之,通国之犬皆吠,而达乎四境矣。

岁余,献贼入寇,道士突至贼马前数十步,大作犬吠声。献贼怒,令群贼策马逐杀之。道士故徐徐行,贼数策马,马不前。献贼益怒,令飞矢射之,如雨,皆不中。献贼益大怒,以为妖,亲策马射之,中其首不入,矢还中贼马,马毙。献贼大骇,乃已。

他日献贼僭③尊号,元旦朝贼百官,忽见道士披狗皮,列班行,执笏作犬吠声。献贼大怒,令群贼缚之。道士乃大作犬吠声,盈庭如数千百犬争吠状,声彻四外。合城之犬,闻声从而和吠之,声震天地。献贼大声呼,众皆不闻,为犬声乱也。献贼大惊而退。既退,犬声息,道士亦不知何往。

外史氏曰:世之言神仙者比比,余则疑信相半。今观狗皮道士之所为,岂非神仙哉?不然,何侮弄献贼如襁褓小儿哉?

《留溪外传》

【注释】

①蹑赤舄:穿着鞋。赤舄,古代天子、诸侯所穿的鞋,赤色,重底。

②辟易:退避。

③僭:超越本分,古代指地位在下的人冒用地位在上的人的名义或礼仪、器物。

【赏读】

读罢此文,甚是唏嘘,寥寥数百字,写得颇有侠气。作为一部清代的传奇小说,这部作品很具有代表性。

该作品出自清代著名历史学家、旅游文学家陈鼎的《留溪外传》。陈鼎其人原名太夏,字定九,又字九符、子重,号鹤沙,晚号铁肩道人,江阴周庄镇陈家仓(现周西村)人。《留溪外传》曾一度为清代禁书。

众所周知,明清小说是与唐诗、宋词、元曲相比肩的文艺载体。个人认为,尤其是清代的小说,常是以神怪和演义的形式完成小说的构建。这部作品文笔洗练、寓意深刻,在有趣的同时更有浓郁市井气和草根侠义。

作品开篇,以神怪因素切入,如狗皮道士身披狗皮,到百姓家中乞食,作犬吠,令邻犬以为真犬也。又可作虎啸,令众犬退避。更可于深夜破庙中,作众犬吠,继而通国之犬皆吠。如此本领颇为奇异,引人往下细读。

第二段,却又以演义因素切入。"献贼",张献忠也。狗皮道人于大军之前作犬吠状，颇有痞气；在献贼逐杀下潇洒而走，颇有仙气；还箭杀马，颇有侠气。短短一段，痞、仙、侠三气贯通融合。末段，在朝堂之上侮弄献贼，呼全城之犬合吠，惊退献贼。又是一股英雄气。

如此三段，把一个大隐于市的奇人写得惟妙惟肖，又把这个狗皮道人写得跃然纸上，在赞叹其文字功底的同时也有辛辣的讽刺，我个人认为，"狗皮道士"便可理解为"宁为盛世狗，不做乱世人"的隐喻。巴蜀之地乃是天府之国，至张献忠入川之前可谓是丰衣足食，但乱世的降临却把巴蜀之地化作一片焦土。

清人善写仙怪志异讽今说古，而这并非是如唐人浪漫豪放善诗、宋人清雅慵懒善词般是天性使然，而是出于当时的时代背景，终清一朝，"文字狱"风潮云涌。这造成了清朝文人阶级谨言的创作态度。

此文全篇看似仅仅是写狗皮道人和献贼二者，却是埋下若干隐喻。

比如第三段中："献贼大怒，令群贼缚之。道士乃大作犬吠声，盈庭如数千百犬争吠状，声彻四外。合城之犬，闻声从而和吠之，声震天地。"这一段读罢，狗皮道人振臂一呼，群犬相应，颇有豪气，但转念一想似乎哪里不对。振臂一呼，不应是众人为之响应吗？为何只有狗？！百姓何在？！

再比如，最后一段："外史氏曰：世之言神仙者比比，余则疑信相半。今观狗皮道士之所为，岂非神仙哉？不然，何侮弄献贼如襁褓小儿哉？"世上神仙之说比比皆是，让人半信半疑，今朝狗皮道人侮弄献贼之作为，可谓神仙哉。个人认为，如果神仙之流在强权面前仅仅只是"侮弄"而已，和天桥说书艺人逞口舌之能讽骂权贵之事又有何异？

或许是时代的原因，我对此文的解读有所偏颇吧，但突然间想到《红楼梦》的第一回的一句诗："满纸荒唐言，一把辛酸泪。都云作者痴，谁解其中味？"

（亲切的刀子）

八大山人①传 陈 鼎

八大山人，明宁藩宗室②，号人屋。"人屋"者，"广厦万间"之意也。性孤介，颖异绝伦。八岁即能诗，善书法，工篆刻，尤精绘事。尝写菡萏一枝，半开池中，败叶离披，横斜水面，生意勃然；张堂中，如清风徐来，香气常满室。又画龙，丈幅间蜿蜒升降，欲飞欲动；若使叶公见之，亦必大叫惊走也。善诙谐，喜议论，娓娓不倦，常倾倒四座。父某，亦工书画，名噪江右，然喑哑③不能言。

甲申国亡，父随卒。人屋承父志，亦喑哑。左右承事者，皆语以目：合则颔之，否则摇头。对宾客寒暄以手，听人言古今事，心会处，则哑然笑。如是十余年，遂弃家为僧，自号曰"雪个"。未几病颠，初则伏地呜咽，已而仰天大笑，笑已，忽蹴跔踊跃④，叫号痛哭。或鼓腹高歌，或混舞于市，一日之间，颠态百出。市人恶其扰，醉之酒，则颠止。岁余，病间，更号曰"个山"。既而自摩其顶曰："吾为僧矣，何可不以驴名？"遂更号曰"个山驴"。数年，妻子俱死。或谓之曰："斩先人祀，非所以为人后也，子无畏乎？"个山驴遂慨然蓄发谋妻子，号"八大山人"。其言曰："八大者，四方四隅，皆我为大，而无大于我也。"

山人既嗜酒，无他好。人爱其笔墨，多置酒招之，预设墨汁数升、纸若干幅于座右。醉后见之，则欣然泼墨广幅间，或洒以敝帚，涂以败冠，盈纸肮脏，不可以目。然后捉笔渲染，或成山林，或成丘壑，花鸟竹石，无不入妙。如爱书，则攘臂搦管⑤，狂叫大呼，洋洋洒洒，数十幅立就。醒时，欲求其片纸只字不可得，虽陈黄金百镒⑥于前，勿顾也。其颠如此。

外史氏曰：山人果颠也乎哉？何其笔墨雄豪也？余尝阅山人诗画，大有唐宋人气魄，至于书法，则胎骨于晋魏矣。问其乡人，皆曰得之醉后。呜呼！其醉可及也，其颠不可及也！

《留溪外传》

【注释】

①八大山人：即朱耷，江西南昌人，明末清初画家、书法家，清初画坛"四僧"之一。为明宁献王朱权九世孙。

②明宁藩宗室：朱耷是朱元璋十七子宁献王朱权的九世孙。

③喑哑：沉默不语。

④跿跔踊跃：形容跳跃腾挪。

⑤攘臂搦管：撸起袖子握住笔管。

⑥镒：古代的重量单位，二十两为一镒，一说二十四两为一镒。

【赏读】

八大山人是宁献王朱权第九世孙，入清以后，自言"只可穷逸留话柄,不将名姓落人间",再没有用过真名。朱耷亦非谱名,其由来后世有诸多解释,启功先生认为"耷"与"驴""兔"有关,因《个山小像》中曾自嘲曰"没毛驴,初生兔",取命途多舛意,驴、兔皆大耳,故名朱耷,但此观点并未统一。从清康熙二十三年(1684)起,他使用"八大山人"这一名号21年,直至去世。

生于书香门第,祖父、父亲、族叔都是有名的画家,八大山人自小便耳濡目染,知书知画。然而明亡、父殁,让原本"善诙谐,喜议论,娓娓不倦"的一个人先是"承父志,亦喑哑",后又"病颠"。落发为僧数年后,他又失妻丧子,为不"斩先人祀",他还续娶妻子,但家庭并不和睦,晚年依旧潦倒苍凉。整篇传记都在写八大山人的"颠",曰"颠态百出""其颠如此""其醉可及也,其颠不可及也"。这份癫狂被同时代的石涛推崇向往,曾写诗曰"八大无家还是家,清湘四海空霜鬓",感慨他虽然出家,还是成了大家。张庚则评价"襟怀浩落,慷慨啸歌,世目以狂。及逢知己,十日五日尽其能,又何专也"。

经历过亡国、丧亲,经历过出家、还俗,一生追索灵魂的栖身地而不得,这份癫狂的背后是无处安身的现世里最彷徨孤寂的灵魂。从其题写在《个山小像》的自叙诗与表达身世变换的代表作《河上花图卷》中,都可看到对这种彷徨孤寂的充盈表达。

有关八大山人名号的解释,仁者见仁,智者见智。八大山人自号"雪个","雪"代洁白,"个"表孤寡,隐晦表达了明亡之痛。落发后"个山"之号则在《个山小像》中有蔡受的一则题跋,说"形上形下,圜中一点"。还俗后"八大山人"之号有"四方四隅,皆我为大"之意,晚年书写时对印章进行改造,自嘲掉牙后哭笑不得的窘态,连写有"哭之""笑之"的形象概念。落款时亦常配合"八还""思君"印出现,有还明之土、思故国君的隐晦含义。结合其人画作,研究不同时期印章与写法的变化,可有更深的见解。

在写八大山人精于绘事时,"如清风徐来,香气常满室","若使叶公见之,亦必大叫惊走也",语出灵动;写其癫狂之际的神态动作时,"伏地呜咽""仰天大笑""跿跔踊跃""叫号痛哭""鼓腹高歌""混舞于市""攘臂搦管""狂叫大呼"等短句用词精当,节奏扣人心弦。虽为史笔,但言语之间流露出的情感、气势与思想更为动人。

(瑾怀)

啸翁传 陈 鼎

啸翁者，歙州①长啸老人汪京，字紫庭，善啸，而年又最高，故人皆呼为"啸翁"也。

啸翁尝于清夜独登高峰颠，谽然长啸，山鸣谷应，林木震动。禽鸟惊飞，虎豹骇走，山中人已寐者，梦陡然醒；未寐者，心悚然惧，疑为山崩地震，皆彷徨罔敢寝。达旦，群相惊问，乃知为啸翁发啸也。啸翁之啸，幼传自"啸仙"。能作鸾鹤凤凰鸣，每一发声，则百鸟回翔，鸡鹜皆舞。又善作老龙吟，醉卧大江滨，长吟数声，鱼虾皆破浪来朝，鼋鼍②多迎涛以拜。

他日，与黄鹤山樵、天都瞎汉、潇湘渔夫、虎头将军十数辈，登平山六一楼，拉啸翁啸。啸翁以齿落固辞，强而后可。初发声，如空山铁笛，音韵悠扬。既而如鹤唳长天，声彻霄汉。少顷，移声向东，则风从西来，蒿莱③尽伏，排闼击户，危楼欲动。再而移声向西，则风从东至，訚④然荡然，如千军万马，驰骤于前，又若两军相角，短兵长剑紧接之势。久之，则屋瓦欲飞，林木将拔也。于时炷香烬，而啸翁气竭，昏仆于地。众客大惊，亟呼山僧，灌以沸水，半晌乃苏。——归而月印前溪矣。

啸翁能医，工画，善歌；垂八十，声犹绕梁云。

外史氏曰：古善啸者称孙登，嗣后寥寥，不见书传。迨至我朝，称善啸者，洛下王、昭阳李而已。然予尝一闻之矣。第未知与苏门同一音响否？昨闻啸翁之啸，则有变风云、动山岳之势，大非洛下者可几及也。岂啸翁之啸，直接苏门者耶？

《留溪外传》

【注释】

①歙（shè）州：位于安徽省南部、新安江上游，唐辖境相当今安徽休宁、歙县、绩溪黟县、祁门及江西婺源等县地。

②鼋鼍（yuán tuó）：汉族神话传说中是指巨鳖和猪婆龙（扬子鳄）。

③蒿莱：一种草名。

④訚（yín）：中正和悦的样子。

【赏读】

一个年近八十的老人，精善长啸，初觉生疑，是老当益壮，还是言过其实？啸是什么？一种歌吟方式，似动物长声厉叫，如虎啸猿啼；似自然庞声长卷，如风啸浪翻，慢慢听来，千差万别。

啸曾是一门技艺？或者一门流派？昔年阮籍之啸流传千古。魏晋乱世，名士之流争相借诗词歌赋一抒心中郁闷，啸聚山林，随心所欲。

歙州啸翁老人汪京，善啸却不轻易显技，仅"于清夜独登高峰颠，豁然长啸"，后"以齿落固辞，强而后可"，知其为人谦爱，不卖弄。众人"拉啸翁啸",难免有观热闹之嫌。啸翁之技,其实如何?陈鼎以一串比喻长句绘出,如珍珠玉落,清脆动人。

啸翁啸技精湛,极富魅力。其声大如雷,气势逼人,能使"山鸣谷应,林木震动"。其声感应自然,仿声自成,能"作鸾鹤凤凰鸣",引"百鸟回翔",善"作老龙吟",诱"鱼虾皆破浪来朝"。其声与自然尽皆一体,自然之物,无不视之为己。

而啸声时而婉转,"如空山铁笛";时而高昂,"如千军万马"。音悠扬,彻霄汉;东西如风,蒿莱尽伏,闻过一曲,使人酣畅淋漓,视觉、听觉、触觉,全融一体,仿若置身其中,如亲眼相见、亲耳相闻、亲身相触,生动有趣,富有强悍的感染力。

啸翁之啸,富含天人相接的力量,使人闻之浑身舒畅。观陈鼎所言,有如亲身所受,凭一个八十岁老人,何以如此?皆因身系自然,一呼一吸之间,啸声全出真诚。"于时炷香烬,而啸翁气竭,昏仆于地",啸于山林者,自由从容,全似生命绽放,陡生崇敬。

一人一世行走红尘,遭际情遇,愤慨不作,嵇康不闻孙登言而受司马昭所害,"多才却见识寡浅",由来已多。世俗羁牵,压迫人心,久生愤懑,倒不如修来苏门啸音,然放脱于世,灵肉安于山中鸟语,不易也。

(夏木子)

薛衣道人传 陈 鼎

薛衣①道人祝巢夫,名尧民,洛阳诸生也,少以文名。明亡,遂弃制艺,为医,自号薛衣道人。得仙传疡医,凡诸恶疮,傅其药少许,即愈。人或有断胫折臂者,请治之,无不完。若刳腹洗肠,破脑濯髓,则如华佗之神。

里有被贼断头者,头已殊②,其子知其神,谓家人曰:"祝巢夫,仙人也,速为我请来。"家人曰:"郎君何妄也?颈不连项矣,彼即有返魂丹,乌能合即离之形骸哉?"其子固强之而后行。既至,尧民抚其胸曰:"头虽断,身尚有暖气。暖气者,生气也;有生气,则尚可以治。"急以银针纫其头于项,既合,涂以末药一刀圭③,熨以炭火。少顷,煎人参汤,杂他药,启其齿灌之。须臾,则鼻微有息矣。复以热酒灌之,逾一昼夜,则出声矣。又一昼夜,则呼其子而语矣。乃进以糜粥,又一昼夜,则可举手足矣。七日而创合,半月而如故。举家拜谢,愿以产之半酬之。尧民不受。后入终南山修道,不知所终。无子,其术不传。

外史氏曰:世称华佗为神医,能破脑刳臂,然未闻其能活既杀之人也。乃尧民能之,不几远过于佗耶?孰谓后世无畸人哉!

《留溪外传》

【注释】

①薜衣：用薜这种草织的衣服。

②殊：断绝，分开。

③末药：中药名。刀圭：中药的量器名。

【赏读】

陈鼎少年随叔父远至云南，长期生活在云贵高原，成年后好游历，有数年甚至数十年在外漂流的经历，晚年倦游归隐，回到故乡江阴的周庄镇陈家仓，整理自己的著作，留下了一批有价值的著作。历史学家的身份使然，陈鼎写东西常常以自己的亲身经历为蓝本，又或者为历史人物著书立传，他一生著作颇丰，给后人留下了很多宝贵的研究资料。

《留溪外传》作为一部传奇小说集，在陈鼎的文人生涯中留下了有特色的一笔。表面上写的是传奇小说，但十三卷（一百一十八篇）的文集，所记的都是明末清初的人和事，骨子里撰写的仍然是历史。《留溪外传》成书于康熙三十一年（1692），正是蒲松龄的志怪小说集《聊斋志异》在社会上广为流传的时候。《留溪外传》没有《聊斋志异》的明快、奇巧，文笔也不若《聊斋志异》华丽、诡魅，总的来说对后世的影响有限。不过，将其当作一部研究清朝遗民生活变迁、精神痛苦的历史著作来读的话，则有另一番沉重强烈的滋味。

《薜衣道人传》的主角祝尧民，在历史上实有其人，是现在也享有盛名的洛阳平乐正骨一脉的祖师爷，其平生事迹在地方志《洛阳县志》上亦有记录，不过，《洛阳县志》里收录的，也是陈鼎写的这一篇《薛衣道人传》。

陈鼎的薛衣道人神通广大,有起死回生之妙手,甚至比华佗更有过之而无不及。华佗只不过是能开活人的脑袋,或者刮骨疗伤,薛衣道人可是能把断了的人头重新接回去,半个月就恢复如初了——信口开河到这种程度,文末又来个退隐深山,手艺失传,难怪薛衣道人的技艺这么高明,却落得个一世默默无闻的下场了。

依本人之见,陈鼎的这篇胡编乱造可能是受了《玉芝堂谈荟》卷十一中的《无头人织草履》的影响,穿凿附会而成。《玉芝堂谈荟》是明代的一部奇书,通篇都是奇谈怪论,卷十一更是各式各样的畸形人之大观,作者徐应秋也自陈:"昔李昉修《太平广记》,陶宗仪辑《说郛》,其中诵怪居多,而皆以取材宏富,足资采择,遂流传不废。应秋此编,虽体例与二书小别,而大端相近。"康熙《衢县志》称徐应秋的文章:"读其文如入蛟宫琼室,但见光彩陆离而不悉名其宝……"陈鼎到底身份使然,下笔时时流露历史学家的矜重,即使是写传奇题材,也束手束脚有些放不开,因此后世对《留溪外传》的研究,偏重于其反映的明末清初社会矛盾下民众的思想轨迹,而非其文艺价值,这也是对陈鼎的一种肯定吧。

(柳无色)

记老神仙事 方亨咸①

蜀中刘文季为余言，昔献贼中有所谓"老神仙"者，事甚怪，能生已死之人，续已断之肢与骨，贼众敬如神明焉。其初被掳时，将杀之。贼掳人，不即杀，审其人，凡一技一艺者皆得免。神仙比能以泥塑像获免，贼中遂以"塑匠"呼之。

一日，塑匠涤大釜沃水，析屋为薪燎之。水沸，沸凡数，以一棒右左搅成膏。贼众骇，争相传。献贼闻，谓妖人，又将杀之。塑匠曰："愿一言以死：王不欲成大事耶？何故杀异士？"献贼异而问之，曰："臣有异术，能生人。此膏乃仙授，或刀斧，或榜掠，受重创者，臣能顷刻完好。"献贼即榜一人，试之，立验。献贼残忍，日杀人，劓②刖人，至笞掠无算。笞凡数百，血肉糜溃，气息仅属者，付塑匠，以白水膏傅之，无不生，且立刻杖而行。军中争趋之，馈遗饮食无虚日，以是衣食囊橐渐充矣。

献贼有爱将某者，攻城，为飞炮所中，去其颏，奄奄一息矣。塑匠曰："易与耳！"即生割一人颏，按之，傅以膏，一日而苏，饮啖如未创也。时孙可望在贼为监军，夜被酒，杀一嬖妾。旦行三十里，醒而悔之。道遇塑匠，笑问曰："监军夜来未醉耶？何有不豫色然？"可望告以故。塑匠曰："监军果念其人乎？吾当回马觅之。"可望曰："唉！起营时，尸不知何在，想为犬豕啖矣，何从觅？"塑匠曰："监军若令我觅，何物犬豕，敢啖贵人乎？"可望曰："鼠子绐我！汝欲逃耶？我当遣介士押汝觅！"塑匠笑曰："何处觅？觅何能得？"可望怒曰："汝何戏我？"塑匠指道旁舁一毡橐曰："何需觅，即此是也！"可望曰："已朽之骨，何异之？"塑匠笑谓："监军曷启之？"可望下马解毡，则星眸宛转，厌厌如带雨梨花，帐中之魂已返矣。

可望喜噪，一军皆惊。闻于献贼，献曰："此神仙也，当封之。"口封恐众未知，时营大泽中，下令军中人备一几，以次日集广原。是时贼数十万，令以数十万几累之，择累之最高者谓"拜仙台"。于是衣塑匠以深衣，巾以纶巾，方履丝绦。塑匠身高六尺，广颡阔面，大有须，望之如世所绘社神者然。命之升台，台高且危，塑匠怯不欲登。献贼令军士各持弓矢，引满以向之，曰："不登，即射！"塑匠不得已，及其半，惴慄惶惧，而万矢拟之如的，不敢止，勉登其上。献贼令三军释弓矢，罗拜其下，呼"老神仙"者三。于时声震天地。自此不复呼"塑匠"，而皆曰"老神仙"矣。

老神仙亦自此不轻试其术。有渠贼某者，战败伤足，胫骨已折，所不断者，皮仅寸耳。求老神仙治，辞以不易。某哀号宛转，盛陈金帛以请。老神仙挥之曰："此身外物，吾无需。虽然，吾不忍将军之创也。吾无子，将军能养我乎？"某指天而誓，愿终身父事之。老神仙从容解所佩囊，出小锯，锯断其足上下各寸许，取生人胫，度其分寸以接之，傅以药，不数日而愈。自此贼中凡求其药者，皆不敢侈馈遗，争投身为养子矣。

献贼有幸婢曰"老脚"者，美而慧，善书画，脚不甚纤，因名。凡贼中移会侦发文字，皆所掌，献贼嬖之。燕处有所思，老脚见其独坐，私往侍之。贼不知为老脚也，疑旁人伺，以所佩刀反手击之，中其腰，折骨剚③腹，出肠而死。献贼省之，悔恨惋痛，急召老神仙。老神仙曰："已死，不能救。"献贼骂曰："老狡！监军妾不亦已死者乎？汝不能救，当杀汝以殉！"老神仙逡巡曰："需时日乃可。"献贼急欲其生，限三日。老神仙请期三七。比以酒合药灌之，一七喉间即格格有声。老神仙贺曰："可救矣，七日当复。"因取水润其肠，纳腹中，引针缝之，傅以药，夹以木板，约以绳，果七日而老脚步履如常时。

及献贼死，贼众溃，从蜀奔滇。生平素德于老神仙者，卫之来滇。永历至，贼众多为伪王侯。老神仙啸傲王侯间，拥厚赀，辟室城东隅，累石成山，凿井为池，旁植花木，畜朱鱼数百头。客至浮白，呼鱼出水以娱，醉则高歌而卧，不顾也。

迄永历奔缅甸，老神仙从之行。及腾越，居常向空咄咄，若有所诉。一日谓文季曰:"吾老矣,将奈何?"文季曰:"等死耳,公何惜?但公之异术素靳不与人,致绝其传,是可惜!"老神仙曰:"吾非靳也,吾师授我时有戒也。"因讯其所授之由,曰:"某陈姓,河南邓州人,名家子。少尝入乡塾,性不乐章句。塾侧有塑神佛者,时就与嬉。塾师时扑责之,归而父母复责以不学。不能耐,遂出亡,怅怅无所适,因祷于关帝,得一签,云:'他日王侯却并肩。'自顾一丧家子,何得并肩王侯哉?然神不诬我,与王侯并肩者唯仙人,素闻终南山多隐仙,愿往从之。穷登涉,忍饥寒,遍访无可从者。一日至山后,遥望绝壁上有洞,人出入。因拨荆棘,踞巉岩,达于洞,见一道者坐石上,翛然异凡人。余幸曰:'此吾师也!'因长跪以请。道者不顾,拂袖归洞,余不敢入,即洞口稽首而已。如是者三日,忽一童子持一物示余曰:'师食尔!'状如糕,色白,方仅二寸,味甘如饴。食之,遂不复饥。余窃喜,益信。拜求至七日,道者忽出,问余曰:'痴子,汝欲何为?'余告以求仙。道者哂曰:'去!汝非此中人,何自苦为?'余自念无所归,唯投崖死耳,涕泣以求。已而道者曰:'吾念汝诚,有书一卷授汝,资一生衣食。好为之,勿轻泄,泄则雷击也。速去,毋久留,徒饱虎狼耳!'余得书惊喜,仓皇下山;省之,皆禁方也,可三十页。道延安,人争传某巡抚者有爱女戏秋迁伤足,骨出于外,医莫能疗,募能疗者,金二百,骡一匹。余往应募,依方试之,果瘥。余于是囊金乘骡归。吾父怒出亡，且疑多金，是时贼已起，谓余必从不义，首于官，将置之法。余族兄孝廉某，白无辜，出狱。讯其故，因出书。余父闻余出，持大杖奔族兄家。余族兄反覆解喻，不信，并陈书以实。余父愈怒，裂书火之。族兄从火中夺得，仅四页。余急怀而逃。今之所用者，皆烬余之四页耳。年久，其四页者亦不知往矣。"

其自述如此。居无何，以疾死。呜呼！不龟手药一也，一以封侯，一不免于洴澼絖，顾所用异耳。向使老神仙能体父志，不陷于贼，挟此术游当世，卢扁、华佗不得专于前矣。惜其狃于货利，遂安神仙之名，而终以贼死。虽然，人之遇仙与不遇仙，唯视福德之厚薄。老神仙得其书而不能全，其福可知矣。尝见稗官所志侯元者，樵山遇老人，授兵法，卒以作贼戮其身，事颇类此。常怪仙人不得其人，即秘其传可也，何往往传非其人以致戕害？仙亦何忍哉！且终南道者亦未必真仙，闻其膏乃以处子阴户油炼之，火光满室，焰升屋梁，光息而膏成，此岂仙人救人之方乎？《本草》以多用虫鱼，致迟上升十年，况杀人以救人，不独一人，且数百人。是老神仙者，则亦始终一贼而已。

《邵村杂记》

【注释】

① 方亨咸：清安徽桐城人，字吉偶，号邵村。顺治四年（1647）进士，官御史。能文，善书，精于小楷。山水仿黄公望，

博大沉雄,力追古雅,与程正揆、顾大申时称鼎足。曾绘百尺梧桐卷,花鸟意态如生,雀雏入神品。著有《邵村杂记》一书。

②劓:割鼻之刑,古代五刑之一。

③剸(tuán):割断、截断。

【赏读】

本篇在张潮《虞初新志》中也有辑录,虞初本为汉时的一位方士,后世小说形态自他定型,于是其被当作了"小说家"的始祖。《虞初新志》与其他流传下来的怪诞小说不同,真人真事倒占了大部分篇幅。本篇《记老神仙事》虽然名字透露着些许怪异,却指名道姓,来历、人物、年代都交代了个清楚,颇像是一件真人真事。

乱世正是奇人异士的舞台,文中这位后来被称为"老神仙"的方士,利用诸种异能在反贼张献忠军中大显神威,不仅在"杀人魔王"张献忠的身边得以保命,还得了富贵恩宠。

纵观"老神仙"的神技,可以看出他最擅长医治外伤,各种因兵刃造成的伤残,在其精巧手法和神奇医药之下都得以治愈。在这战乱之中,有此神技自然被当成神医神仙了。

"老神仙"在献贼军中大抵经历了保命、封神、培势三个阶段。

保命:"老神仙"误陷贼军之中,先煮水成膏,自称仙药。贼军拿来验证,果真将一些命在旦夕之辈从鬼门关前拉了回来。"老神仙"开始得到了贼军的认可,至此性命可保,衣食无忧。于是慢慢地神药不仅用在普通人身上,连一些贼军中的权贵也同样受益。

封神:"老神仙"先是给张献忠的一位爱将换了个下巴,接着又以神奇之法救活了孙可望的爱妾,一时惊动不小,得以封"神仙"。贼军筑拜仙台,将此人硬推上神台,成为"老神仙"。

想那献贼能在乱世闯得一番天地,确有过人之处。他敢领兵造反,对权威之事未必当真,皇权神权之类的也无多少尊重。此时他硬封了个老神仙出来，心中可未必真将其当成神仙。他口中虽呼老神仙，行为上可没那么恭敬。"老神仙"害怕上高台，他竟下令不登便乱箭射死，全不像是说笑。后面"老神仙"说不能救其爱妾，献贼也是直接动了杀心。可见封神之举更像是将老神仙当作利用工具。

培势：当有了立身之处后，老神仙开始求稳，不再轻易使用自己的神技。此时"老神仙"不缺名望与财富，偶尔出手也只相救权贵，锯腿、接骨、润肠、缝针、敷药、夹木板，外科手术神乎其技。被救之人多被收为养子，有意无意间一个以他威望为中心的势力范围便形成了。

贼军视人命如草芥，可以想象"老神仙"在贼军中表面混得如鱼得水，但心底却一直存在着危患意识。不论他处在保命、封神、培势的哪一阶段，张献忠都没真把他当成神，熬膏被当成妖人要杀，封神不听话要杀，救不活其爱妾要杀。"老神仙"的种种神迹更像他为了自保的无奈选择，而非出自救死扶伤的崇高觉悟。文章结尾处编撰者张潮对"老神仙"也颇多嘲讽之词，甚至归纳为"始终一贼而已"，也便不难理解了。

至献贼死后，"老神仙"当初拉拢势力之举见了成效，多方势力念及旧恩对其依旧恭敬有加，于是他造了神仙洞府，每日如闲云野鹤，真过起了神仙日子。其后"老神仙"又跟随永历皇帝进了缅甸，最终因病而逝。临行前甚多感慨，不仅道出了神技的由来，也回顾了其传奇的一生。

但编撰者张潮对"老神仙"似乎并不感冒，结尾处不仅暗指其所为不配神仙之名，甚至还对"老神仙"所依仗的神技做了唯物主义诠释，就差直斥神棍了。细品时，却另有一番滋味。

（夫子）

鲁颠传 朱一是[①]

颠不知何里人，独行吴越间，体上裸，披单大幞[②]，幞中圆一孔，下体着絮厚裈[③]，污重染，不易也。鬓飞蓬，足跣而跳。手一龟，龟习[④]颠，颠俯首则龟昂，鼻息相接以为常。颠所过，群儿什百怪随之。颠即踞地展幞，头出中孔，伸缩象龟行，群儿狎[⑤]且笑。又坦腹命群儿拳。腹坚，群儿争拳之，痛；更击以石，石碎，腹橐橐然[⑥]。颠喜酒，酒鼻饮。群儿愿观颠鼻饮，多就家索酒酒颠也。夜倒悬桥梁或城女墙卧，鼾鼾焉。

横江徐氏者，好事人也，要颠归，问吐纳水火之术，不答，唯日戏群儿如故。颠食尽一器[⑦]，徐故予大器，无问多寡，食辄尽。又故以肥腻冷水诸不可口物内器，无问多寡予颠，颠亦食辄尽。问颠："浴乎？"曰："浴。"然殿[⑧]人浴。微窥之，见颠方呼呼然，俯水面饮前浴人垢，不更去己垢也。夜无桥梁城女墙，则悬足架上，垂首卧。夜分人定，即溺。人乘颠起，入问之，颠语庄，微及日用细碎，卒不答吐纳水火事。

在吴越十余年，人皆识之。一日过华亭，太守方岳贡出见市儿数百哗曰："颠来！颠来！"怪问颠，不答。再问，再不答。以为惑民，系且杖，杖下而颠死矣。后有人入杭之西山，复见颠曳杖蹩蹩⑨行。朱子曰：颠，吾知其不死。

《为可堂集》

【注释】

①朱一是：清代人，生卒年不详，字近修，浙江海宁人，以诗文雄视一世。尝作江山数峰图，澹远空阔，怡人心目。其所著《为可堂集》中诸小记，妙极形容，颇有绘画不能尽者。

②幞：古代男子的一种头巾。

③裈：裤子。

④习：熟悉。

⑤狎：嘲笑，玩弄。

⑥橐（tuó）然：硬物撞击的声音。

⑦器：器皿。

⑧殿：随后。

⑨蹩蹩：跛脚的样子。

【赏读】

明代的唐寅说过一句十分适合此文的话：世人笑我太疯癫，我笑世人看不穿。高人总是有些神秘莫测的气质。仿佛划过天空的流星，虽然短暂，却无法不让人注目。

鲁颠是个不知来处的人，他体上裸，披单大幞，行为举止，皆不与世人同，如此放浪形骸，行走于世，在一众模糊的面目之中，显得尤为清晰。异于常人之人，大多有几分傲气和才气，常常不甘居于人下，供人玩笑。鲁颠是个例外，他与龟乐，甘于供孩童狎笑，无一丝傲气，更不屑于世人目光。古往今来，异于常人之人，总会受到更多的关注和争议,一个人若出了名,各种各样的麻烦也会随之而至。人是社会动物,会在流言和夹杂着各种含义的目光中,被撞得失去方向,若说有无例外,大约只有两种人——天才和疯子。

天才与疯子,仅一线之隔。他们是这世上最不羁的风,无论世界如何变化,是沧海桑田,还是斗转星移,对他们而言,都没有太大的差别,他们只活在自己的后花园里,听花园里永远不死的鸟的鸣叫,嗅万年常艳的花朵。

明末清初的评论家也将此文收录于《虞初新志》中。

明末清初之时,正是社会最为动荡黑暗之时,满族的统治,嘉定三屠,扬州十日,对汉人大肆屠戮,颁布剃发易服政策,不屈之人纷纷自尽。这一政策,折了汉人的傲骨。还有"清风不识字,何故乱翻书"的文字狱,又是一场对文人的摧残。鲁颠是位颇具古风的隐士,与幼童戏耍,模仿乌龟,与乌龟鼻息相接,讲的是他的童真,对向他问吐纳水火之术的好事者徐氏,无论是恭敬以待,还是刻意戏耍,从容应付,如水一般,柔而有骨。对太守方岳贡问而不答,说的是他的傲骨。世间之人,有傲气者多,有傲骨者少。

"后有人入杭之西山,复见颠曳杖甓甓行。"活在人们口口相传里的鲁颠,已然如同山巅之云,时隐时现,成为一段传奇。

疯和颠都是一种境界,只有活到至臻至纯之人,方才能够抛开一切身负的枷锁,自由行迹于天地间。

朱子在结尾时说:"颠,吾知其不死。"鲁颠是一种精神,只要还有人记得他,知道他,识得他,践行他,鲁颠,就不会死。

(镜上霜)

花隐道人传 朱一是

　　道人姓高氏，名眈，字公旦。其先晋人也，商于扬，家焉。至道人，贫矣，徙商而读。顾读异书，不喜沾沾行墨①，能以己意断古今事。见世窃儒冠目瞪瞪然者，弃去羞与伍。慕朱家、郭解②为人，尚侠轻财，急人困。然砥行，慎交游。里中少年有不逞者③，始畏道人知，既事蹶张，则又求道人。道人予其自新，亦时援手，故扬人倾心。四方贤豪来者，闻道人名，多结欢焉。

　　甲申，知乱将作，移家避南徐。时阃帅④鳞集江上，争罗致道人幕下。道人知事不可为，蠖伏自污，卒得以全。乙酉，扬中兵祸惨，民鸟兽散。道人独先众入城访亲知，吊死扶伤，阴行善多。

　　然道人是时感念深矣。自以遭时变乱，年壮志摧，流离困折，无复风尘驰骤之思。乃筑室黄子湖中，弃其鲜肥索习，衣大布衣，箬冠草履，曳杖篱落间。挽渔父牧儿与饮，饮辄醉，放歌湖滨，湖水为沸扬，似鸣不平者。

　　未几，岁大涝，居沉于水。道人曰："未闻巢父买山而隐，独支遁⑤见讥耶？古之大隐，有隐市者，吾何为不然？"爰走扬城东南隅，卜地宅之，躬荷锸⑥拨瓦砾，结庐数楹。一几一榻,张琴列古书画。携一妻二子婆娑偃息其中,陶陶然乐也。

宅旁筑匡墙,围地数亩,值⑦菊五百本。一仆长须赤脚,善橐驼之术,道人率之艺植灌溉。夏日当午,虫有长颈鸟喙寇菊颠者,秋有白皙如蚕啖菊根者,必伺而攻去之。二为渠魁,他虫种种咸治无赦。道人察其患害,而保护朝夕,故菊茂于常。始自蓓蕾以及烂熳,其列也如屏,散也如星,叠也如锦;其色如玉,如金,如霞,如雪;其味如元酒;其香如檐卜。道人洞开其门,门如市,虚辟其堂,堂如肆。往来如织,观者如堵。不见主人,见其匾额曰"花隐",咸谓之花隐道人,若忘其昔之为高公旦者。

其友梅溪朱一是诮之曰:"子隐于花,则善矣。然花隐之名益著,得非畏影而走日中者耶?吾见子之愈走而影不息也。"道人嘻然,笑而不答。　　《为可堂集》

【注释】

①行墨:文字或诗文。

②朱家、郭解:古代著名侠士。

③不逞者:捣乱闹事的人。

④阃帅:地方上的军事统帅。

⑤支遁:东晋高僧、佛学家、文学家。传说他曾派人购买仰山小岭,欲为幽栖之处。

⑥锸:铁锹,掘土的工具。

⑦值:通"植",种植。

【赏读】

花隐道人实在算是一个任侠，活得洒脱恣意，且浪漫情怀极是动人。

身为商人，他奇趣高洁。

他家世代做生意，而到了道人这一代，家庭贫穷，道人没有做生意而去读书。且他只读奇异的书籍，不喜欢诗文，有着自己的独到见解。商人之后，却鄙弃为了取得功名而读书以致眼睛昏花的世人，羞于与他们为伍。其高洁志趣可见一斑。

为人处世，他有侠肝义胆。

他"尚侠轻财，急人困"，又注重品行，谨慎交游，乡里那些爱捣乱闹事的少年，都害怕道人。等到出了事情难以勉力支撑，却向道人求助。对这些犯错的少年，道人给予他们自新的机会，并施以援手，所以受到扬州人的喜爱。天下贤人豪杰都慕名与他结交。

突发奇祸，他进退有度。

战乱中，他携家避居南徐，军事统帅像鱼鳞一样密集聚在长江上，都争着招道人到自己幕下。一入那些人幕下，可就身不由己，成为帮凶犬牙了。道人心里跟明镜似的，知道这种事情不可以做，于是想出一个法子，"蟄伏自污，卒得以全"，像蟄一样藏伏并弄脏自己的声名，让对方不屑于招徕自己，最终得以保全。他才能在乱中扶救伤者，暗中做很多善事。

万水千山，他返璞归真。

丧乱过后，经受流离失所、困顿挫折，他明显知世而深沉，再也没有了驰骋疾奔世上的想法。就像飞累了收起翅膀的苍鹰，他不再恣意，而是在黄子湖中建造房子，不再吃鲜肥鱼肉，形成崇尚素食的习惯，穿大布衣，戴竹皮帽穿草鞋，拄着拐杖在篱笆之间行走。经常挽留渔父、牧童跟他一起喝酒，喝醉就在湖滨放歌，湖水为之起伏,好像替他鸣不平。

落脚俗世,他隐于世而不避世,说到底仍然恣意潇洒。"古之大隐,有隐市者,吾何为不然?"一如陶渊明云:"问君何能尔,心远地自偏。"到扬州城的东南角落,选地建宅,亲自挖土、挑土、挑瓦砾,建造几间房子。他安放一张桌子、一张床,摆放古琴、排列古书画。他携带一个妻子两个儿子闲散自得地在这里休养,乐陶陶的样子很满足。不免又想到陶渊明的文字:"箪瓢屡空,晏如也。"

他看透红尘而仍怀烂漫之心。在住宅的旁边建起围墙,围地几亩,种植五百棵菊。比陶渊明之"采菊东篱下,悠然见南山"的悠闲恬静更加热烈烂漫。"始自蓓蕾以及烂熳,其列也如屏,散也如星,叠也如锦;其色如玉,如金,如霞,如雪;其味如元酒;其香如檐卜。"好一派美到极致的百菊怒放图!而他并不关闭满园的菊色,反而洞开其门,"门如市","堂如肆"。"往来如织,观者如堵。"只是,在这繁闹中,他是不出面的,只留给尘世"花隐"二字,迎风傲然,读之唇齿生香,风霜自高洁!

此等人生,真真羡煞人也!

(红景)

记盗 杨衡选①

南城萧明彝先生,家世为显官,厚其赀②,庾于田③。时当秋获,挈其爱妾,刈④于乡之别墅。有少年三人,自屋而下,启其户,连进十数辈,曰:"萧先生睡耶?"就榻促之起,为先生着衣裳,进冠履,若执僮仆役,甚谨,曰:"先生有如君,男女之际,不可使窥外事,请键⑤其室。"迎先生至外厅,设坐,面南向,爇⑥烛其下,曰:"某读先生今古文,可一一为先生诵之,最佳者无如某篇。某篇之中,有某转某句,非巧思不能道。尝于某显曹处私伺先生宴,连饮十五犀觥,诸公不及也。江南藩司碑记,唯先生文为绝笔。"

左右有恐吓先生者,其盗魁力止之,曰:"此萧先生,不可以常态惊也。"索酒肴相啖食。先生为之陈庖厨。饮酣,曰:"某等闻先生名久矣!不惜千金路费至此,可出其囊橐⑦以偿吾愿。"先生曰:"昨有四百金稻谷价,惜来迟耳,今早已送之城中。此所留者,仅羹酒之需,不过二十七金,人参八两,玉带一围而已,愿持赠诸豪士。"左右疑有埋藏者,盗魁曰:"此先生真实语也,不须疑。"启其箧,如数。

夜将半,先生倦,且恐。盗魁曰:"先生倦乎?我为先生起舞。"解长服,甲铠绣鲜,金光灿耀夺人目。拔双剑,起舞厅中，往来近先生鼻端，迹其状，如项庄鸿门意在沛公时也。良久乃止。先生待益恭，盗益重先生。自启户论文，始终敬礼先生，卒不敢犯如此。

先生房委曲⑧，四顾夜黑，持灯周书幌曰："此窗棂宜向某处上下，此楼宜对某方，所惜鸠工时少经营耳。"登楼，窥先生藏书，见《名臣奏议》《忠臣谱》二集，曰："吾愿得此。"笔筒中旧置网巾二副，纳之袖中。字画多时贤为者，曰："乌用此玷辱书斋？"择其不佳者毁裂之。有美人一幅，乃名笔，曰："此不可多觏⑨者。"罗君某写有小楷扇一柄，藏笔床侧。曰："吾与此公有旧好，宜珍之。"亦携之去。

将出门，邀先生送。先生强留曰："若辈皆少年豪侠，待至明日归取四百金相遗何如？"盗魁曰："世从无其事，余何能待？"请姓名，不答，曰："后会有期。惜先生老，若少壮，当与之同往。"先生出走里许，见木舟二，泊溪口，尽登，摇橹而去。语作吴下音。

嗟乎！盗而如是，可以常盗目之哉？吾恐盗虚声者，灭礼义，弃《诗》《书》，反不若是之深于文也！谓之曰"名士之盗"。

《虞初新志》

【注释】

①杨衡选：清代散文家。

②赀：资产。

③庾：露天的谷仓。
④刈（yì）：收割。
⑤键：关闭，锁住。
⑥爇（ruò）：烧。
⑦囊橐（náng tuó）：财物。
⑧委曲：形容房间布局曲折。
⑨觑：看见。

【赏读】

　　这篇小文选自《虞初新志》。虞初其实是一个人的名字，他是汉武帝的方士侍郎，撰写的《周说》是小说之滥觞。小说以"虞初"命名，始见于班固《汉书·艺文志》所载《虞初周说》，张衡《西京赋》称"小说九百，本自虞初"。所以虞初是当代所有小说家的开山祖师爷。

　　本文作者杨衡选名不见经传，远不如《虞初新志》的编撰者张潮出名。张公子向有十恨："一恨书囊易蛀，二恨夏夜有蚊，三恨月台易漏，四恨菊叶多焦，五恨松多大蚁，六恨竹多落叶，七恨桂荷易谢，八恨薜萝藏虺，九恨架花生刺，十恨河豚多毒……"可见其是一个妙人。至于杨衡选，交上了张公子这个好朋友，得以在《虞初新志》上发表文章，又在《幽梦影》上频频露脸，顺利从清代七千诗人中突围而出，在历史上留下了自己的痕迹。

　　《记盗》中的"名士之盗"，脱离时代背景看来可能不可思议。一群强盗半夜到大官萧明彝家里抢劫，把他吓得半死，奇怪的是这些强盗举止并不非常粗鲁，他们自诩为萧明彝的仰慕者，不惜花了千两银子的路费来见他，又是像仆人一样伺候他穿衣，又是点评他的文章和字，又要舞剑给他看，最后跑到萧明彝的藏书楼里，强占了一些藏品，还以品位不高为借口销毁了部分字画。萧明彝起初战战兢兢的，强盗说让做什么就做什么，后来就斯德哥尔摩症发作，待他们越来越恭敬，简直引为知己，称呼这帮人为少年豪侠，挽留他们多住一晚再走，离别时难舍难分，送了一里远的路。若以现代眼光来看，强盗们夜闯民宅却分文不取，只带走《名臣奏议》和《忠臣谱》，未免有些酸腐做作，并且，他们太没有职业精神了。如果这些"名士之盗"一直这么不务正业下去的话，相信他们很快就会饿死街头了。不过古人向来要紧面子工程，推崇"饿死事小，失节事大"，所以不应该以现代人的道德标准去评价他们。

最早的盗亦有道的说法出自庄子，《庄子·外篇·胠箧》里记载了这么一个小故事：春秋时期，最有名的大盗叫盗跖，门徒向他请教本行的秘辛："做大盗也有法则吗？"盗跖回答说："无论做什么事情都有法则。做大盗怎能没有法则呢？凭空能猜出屋里储藏着多少财物，这就是圣；带头先进入屋里，就是勇；最后退出屋子，就是义；酌情判断能否动手，就是智；分赃均匀，就是仁。不具备这五种素质而成为大盗是不可能的。"庄子也是一位妙人，把强盗的理论和孔老夫子的圣人之道嫁接得天衣无缝，在下所感应该不是错觉，分明嗅到了浓浓的讽刺味道。

庄子两千多年前写下《逍遥游》这样的奇书，可叹两千多年后和他生活在同一天空下的我们，还在苦苦追寻着他在书中所描述的境界，基本上毕生都无法达到，多么痛惜觉悟。

（柳无色）

黄履庄①小传 戴　榕

黄子履庄，予姑表行②也，少聪颖，读书不数过，即能背诵。尤喜出新意，作诸技巧。七八岁时，尝背塾师，暗窃匠氏刀锥，凿木人长寸许，置案上能自行走，手足皆自动，观者异以为神。十岁外，先姑父弃世，来广陵，与予同居。因闻泰西几何比例、轮捩机轴之学③，而其巧因以益进。尝作小物自怡，见者多竞出重价求购。体素病，不耐人事，恶剧嬲④，因竟不作，于是所制始不可多得。

所制亦多，予不能悉记。犹记其作双轮小车一辆，长三尺许，约可坐一人，不烦推挽能自行。行住，以手挽轴旁曲拐，则复行如初。随住随挽，日足行八十里。作木狗，置门侧，卷卧如常，唯人入户，触机则立吠不止。吠之声与真无二，虽黠者不能辨其为真与伪也。作木鸟，置竹笼中，能自跳舞飞鸣，鸣如画眉，凄越可听。作水器，以水置器中，水从下上射如线，高五六尺，移时不断。所作之奇俱如此，不能悉载。

有怪其奇者，疑必有异书，或有异传。而予与处者最久且狎，绝不见其书。叩其从来，亦竟无师传，但曰："予何足奇？天地人物，皆奇器也。动者如天，静者如地，灵明者如人，赜⑤者如万物，何莫非奇？然皆不能自奇，必有一至奇而不自奇者以为源，而且为之主宰，如画之有师，土木之有匠氏也，夫是之为至奇。"予惊其言之大，而因是亦具知黄子之奇，固自有其独悟，非一物一事求而学之者所可及也。昔人云："天非自动，必有所以动者；地非自静，必有所以静者。"黄子之奇，必得其奇之所以然乎？

黄子性简默，喜思。与予处，予尝纷然谈说，而黄子则独坐静思。观其初思求入，亦戛戛似难⑥，既而思得，则笑舞从之。如一思碍而不得，必拥衾达旦，务得而后已焉。黄子之奇，固亦由思而得之者也，而其喜思则性出也。

黄子生丙申，于今二十八岁，其年月日时，与予生期毫发无异，亦奇也，因附书之。

《奇器目略》

【注释】

①黄履庄：清朝康熙年间扬州人，在工程机械制造方面有很深的造诣，世界第一辆自行车便出自他的手，他一生发明无数，堪称中国的爱迪生。他为此专门写了一本《奇器目略》，记录了自己的科技发明。

②姑表行：姑表亲。

③泰西几何比例、轮挨机轴之学：欧美各国几何科学，器械制造的技术。

④恶剧嬲（niǎo）：讨厌别人纠缠烦扰。嬲，纠缠。

⑤赜（zé）：深奥。

⑥亦戛戛似难：好像很艰难的样子。戛戛，艰难的样子。

【赏读】

《论语·卫灵公》中讲："子贡问为仁。子曰：'工欲善其事，必先利其器。居是邦也，事其大夫之贤者，友其士之仁者。'"其间提到了"工"与"器"。在中国古代，出过不少有名的工匠，他们更发明出无数领先于世界同时期科技的器物。中国作为四大文明古国之一，同时也坐拥着影响世界历史进程的四大发明，科技在中国古代史里其实占据着重要的一席之地。然而，中国古代的科学家或发明家依然因为多种历史原因，习惯性地被国人所忽视。

黄履庄便是其中最为令人扼腕叹息又拍案称绝的一位。

有人便要问：黄履庄何许人也？似乎名不见经传。说实话，吾若不读《黄履庄小传》，亦何以认得这位"中国的爱迪生"？但待阅毕掩卷，方在心下喟叹：西方有爱迪生，而我大中华有黄履庄，足相敌也！奈何当今世人只知有爱迪生，而不知有黄履庄！

此篇《黄履庄小传》出自《虞初新志》，文中记载了黄履庄自幼便天资聪颖，擅长制造各种机巧器物，在28岁之前已发明了相当多的机械器具，皆构思巧妙，令人叹为观止。黄履庄曾为此专门著有一本《奇器目略》，想把这些科技发明记载下来，然而黄履庄的生平事迹却很少见于文献记载。最终导致他的大部分科技发明都未能流传下来，连他写的《奇器目略》一书也失传了，仅其表兄在写这本《虞初新志》时，从《奇器目略》里"偶录数条，以见一斑"，选出二十七种机械器具的名称，写进了这篇《黄履庄小传》。

然而，光看这二十七种器具之名，就已令人眼花缭乱。

例如"验燥湿器"，文献载其"内有一针，能左右旋，燥则左旋，湿则右旋，毫发不爽，并可预证阴晴。"即今之湿度计。

又如"验冷热器",即今之温度计,据记载,"此器能诊试虚实,分别气候,证诸药之性情,其用甚广,另有专书。"只是验冷热器的"专书"和实物都已失传,我们难以判断其具体原理和结构,估计是气体温度计之类的装置。

再如"瑞光镜",此是何物?《虞初新志·黄履庄传》记载道:"制法大小不等,大者径五六尺,夜以灯照之,光射数里,其用甚巨。冬月人坐光中,遍体升温,如在太阳之下。"亮如白昼,就是今天的探照灯。

除此之外,更有其他许多他所制作的五花八门的奇器,比如:显微镜、千里镜、望远镜、取火镜、临画镜、多物镜、驱暑扇、龙尾车、报时水、瀑布水等。其运用的知识涉及数学、力学、光学、声学、热力学、材料学等多种学科。

仅看这些为数不多的资料,也足以将黄履庄奉为一位杰出的天才发明家,他在我国古代科技创新史上占有突出的地位。然而黄履庄的思想境界却更为高远,他认为世间万物,无物不奇,更相信有一亘古不变的规律使得"天恒动""地恒静"。因此,其思想性是超越时代的,有现代科学精神,这实属难能可贵。

(钴闪)

侠妓 纪昀①

张太守墨谷言,景德间②有富室,恒积谷而不积金,防劫盗也。康熙雍正间,岁频歉,米价昂贵。闭廪不肯售升合③,冀价再增。乡人病之④,而无如之何。有角妓号玉面狐者,曰:"是易与,第备钱以待可耳。"乃自诣其家曰:"我为鸨母钱树子,鸨母顾⑤虐我,昨与勃豀⑥,约我以千金自赎。我亦厌倦风尘,愿得一忠厚长者托终身。念无如公者,公能捐千金,则终身执巾栉⑦。闻公不喜积金,即钱二千贯亦足抵。昨有木商闻此事,已回天津取资。计其到,当在半月外。我不愿随此庸奴。公能于十日内先定,则受德多矣。"张故惑此妓,闻之惊喜,急出谷贱售。廪已开,买者纷至,不能复闭,遂空其所积,米价大平。谷尽之日,妓遣谢富室曰:"鸨母养我久,一时负气相诟,致有是议。今悔过挽留,义不可负心。所言姑俟诸异日。"富室原与私约,无媒无证,无一钱聘定,竟无如何也。此事李露园亦言之,当非虚谬。闻此妓年甫十六七,遽能办此,亦侠女哉!

《阅微草堂笔记》

【注释】

①纪昀(1724~1805):字晓岚,一字春帆,晚号石云,道号观

弈道人。历雍正、乾隆、嘉庆三朝。因其"敏而好学可为文,授之以政无不达"(嘉庆帝御赐碑文),故卒后谥号文达,乡里世称文达公。其著作《阅微草堂笔记》主要搜集各种有关狐鬼神仙、因果报应、劝善惩恶等在当时流传的乡野怪谈,或亲身所听闻的奇情逸事,模仿宋代笔记小说质朴简淡的文风,描写了各种各样的人物形象,在清代的笔记小说中独树一帜,与《聊斋志异》合称双璧。

②景德间:景县、德州之间,今山东省德州市至河北景县之间。

③合:容量单位,十合为一升。

④病之:看成祸患。

⑤顾:但。

⑥勃豀:家庭中的争吵。语出《庄子·外物》:"室无空虚,则妇姑勃豀。"

⑦执巾栉(zhì):巾栉,沐浴用具,巾用以拭手,栉用以梳发,古代执巾栉是婢妾的事,所以这里代称婢妾。

【赏读】

这个小故事,源于纪晓岚的《阅微草堂笔记》卷十八《姑妄听之》四。姑妄听之,就是姑且随便地听听,信不信随你,显示了作者自谦的态度。而这个故事本身也比较平淡,一句话足以概括全文:妓女欺骗富商帮助乡民拉低米价填饱肚子。此外再没别的,既没有提及妓女可能招致的报复,也没有展示她为了引诱富商上圈套而使用的媚术,读者所能知道的,不过是她有一个花名叫作"玉面狐",想必眉眼尖尖,善于惑人。

侠和妓,是古代男人意淫时永远无法翻越的两座高峰。有趣的是,两者天然相互吸引又相互排斥。男与女,尊与卑,助人者与卖身苟活者,中间横亘着不可逾越的鸿沟,本无交集。当东瀛子杜光庭创造性地将这两个元素融合在一起的时候,唐传奇史上最为传奇的一页诞生了，风尘三侠的故事从此传为千古佳话。多年以后，那个叫王小波的家伙遇到这一段传说，心荡神迷不能自已，写下了著名的《红拂夜奔》。

和连名字都仙气得令人发指的张出尘比起来，纪晓岚的这位侠妓形象模糊且黯淡，经历没头没尾，教人无足挂齿，还能说什么呢？

其实在《阅微草堂笔记》之前，蒲松龄在《聊斋志异》里也写过一篇《侠女》，蒲松龄的侠女艳若桃李，而冷如霜雪，武功既高，兼通鬼神之术，四海列国也找不出来的这样一个奇女子，居然对穷酸书生自荐枕席，还学会了拈酸吃醋。离奇诡谲的情节和个性化的人设，加上放浪形骸的细腻笔触，使得以《侠女》为代表的《聊斋志异》的故事大受欢迎。纪晓岚的《阅微草堂笔记》虽和《聊斋志异》一起，被誉为笔记小说中的双璧，经过数百年的时光淘洗，早已风光不再，至于《聊斋志异》，迄今还在源源不断地为我们输入银幕美女。

在《阅微草堂笔记》的序中，纪晓岚曾说："《滦阳消夏录》等五书，俶诡奇谲，无所不载；洸洋恣肆，无所不言，而大旨要归于醇正，欲使人知所劝惩，故诲淫导欲之书。以佳人才子相矜者，虽纸贵一时，终渐归湮没。而先生之书，则梨枣屡镌，久而不厌，是则华实不同之明验矣。"纪晓岚作为清朝文化部的高官，一名传统的士大夫，他编纂《四库全书》其"旨"要"醇正"，"欲使人知所劝惩"，一言以蔽之，教化世人。因此，纪晓岚不大看得上蒲松龄，说他的《聊斋志异》过于炫技，"然才子之笔，非著书者之笔也"。因此，他的皇皇二十四卷的《阅微草堂笔记》："不颠是非如《碧云騢》，不挟恩怨如《周秦行纪》，不描摹才子佳人如《会真记》，不绘画横陈如《秘辛》……"如此自我阉割，到结尾还常常高谈阔论，硬添若干劝人向善的说教。如此这般，曲不可谓不高，会被乡民遗忘也是自然了。

（柳无色）

名捕传 姚伯祥①

金坛②王伯彀孝廉，自言丙午偕计③至德州，见道旁有捕贼勾当④，与州解⑤相噪。问之，云：放马贼⑥昼劫上供银若干，追之则死贼手，不追则死坐累。各相向呼天，泣数行下。然贼马尘起处，犹目力可望也。忽有夫妇两骑从他道来。诸捕咸相庆曰："保定名捕至矣！当无忧也。"诸捕控⑦名捕马，问从何来。言夫妇泰山进香耳。然名捕病甚，俯首鞍上。其妻亦短小好妇人，以皂罗⑧覆面，手抱一婴儿。诸捕告之故，哀乞相助。名捕曰："贼几人？"曰："五人。"曰："余病甚，吾妇往足矣。"妇摇手："我不耐烦！"名捕嗔骂曰："懒媳妇！今日不出手，只会火炕上搏老公乎？"妇面发红，便下马抱儿与夫，更束⑨马肚，结缚裙靴，攘臂袖一刀，长三尺许，光若镜也。夫言："将我箭去。"妻曰："吾弹固自胜。"言未讫，身已在马上，绝尘而去。诸捕皆奔马随之。

须臾，追及贼骑。妇人发声清亮，顺风呼贼曰："我保定名捕某妻，为此官钱，故来相索。宜急置，毋尝我丸也！"贼言："丈夫平平，牝猪敢尔！"贼发五弓射妇。妇从马上以弹弓拨箭，箭悉落地。急发一弹，杀一人。四人拔刀拟妇，妇接战，挥斥如意，复斫杀一人。三人惧，少却。妇更言曰：

"急置银,异两尸去。俱死无益也!"三人下马乞命,置银,以二尸缚马上而逸。

未几,诸捕至,异银而还。此妇犹旖旎寻常⑩,善刀藏之,下马遍拜诸捕曰:"妮子着力不健,纵此三寇,要是裙襦伎俩⑪耳。"州守为治酒,宴劳五日而去。

姚伯祥曰:此皆伯戣口授于予,予为之记,所谓舌端有写生手也。

《旧小说》

【注释】

①姚伯祥:生卒年不详,清代乾隆年间人。
②金坛:今江苏省金坛市。
③偕计:指举人进京会试。
④捕贼勾当:即捕快,官府中负责追捕盗贼的官吏。
⑤州解:州里解送公家财物的差役。
⑥放马贼:骑马行劫的强盗。
⑦控:挽住。
⑧皂罗:黑纱巾。
⑨更束:更加束紧。
⑩旖旎寻常:和平时一样温柔。
⑪裙襦伎俩:妇女的本事,这是谦辞。

【赏读】

初读此文,心想,题目该改为《名捕夫人传》才贴切。
王伯戣进京会试,行至德州,见众捕快与州解在路旁相互埋怨争吵。问后得知，五个强盗在光天化日之下抢劫了官府的银两。望着强盗遁去的尘烟，众捕快却束手无策。这时保定名捕携妻去泰山进香，途经此处。众捕快立即上前，挽住保定名捕的坐骑，乞求帮忙。不料保定名捕此时身患重病，无法相助。想必众人心凉了半截，不曾想名捕说："吾妇往足矣。"这话说得自信轻巧，然而观其妻子"短小好妇人，以皂罗覆面，手抱一婴儿"，分明是一个手无缚鸡之力的娇小妇人，能以一敌五马贼？名捕夫人果然不愿去，不是因为不敢、不能，而是"我不耐烦"！病重的名捕亲昵打趣地嗔骂了两句，她才"更束马肚，结缚裙靴，攘臂袖一刀"而去，瞬间变身女侠客！名捕要她带自己的箭去，她道："吾弹固自胜。""言未讫，身已在马上，绝尘而去。"自此，可能众捕快还半信半疑，然而接下来，名捕夫人单刀匹马面对五贼而神色淡定，先报家门命五贼速放下银两，"毋尝我丸也！"却遭到五贼的轻蔑辱骂："丈夫平平，牝猪敢尔！"不但说她丈夫平庸，还骂她"母猪"。几人同时射箭，只见名捕夫人"以弹弓拨打箭，箭悉落地"，且"弹"无虚发，打死一贼。其后以一对四，运刀攻防自如，很快再杀一贼，终吓破了贼胆，夺回全部被劫的官府银两。而此时骑马跟着追来的众捕快才赶到，只见她"犹旖旎寻常，善刀藏之"，仍然是一个娇弱美丽的小妇人，且谦虚不自功，说小女子能力有限，未能捉住全部贼人，全然不提是她"放了其余马贼"。

自此，在淡定自若的对话中，在一波三折的叙事中，在爽利漂亮的动作中，名捕夫人的深藏不露越显其功夫超强，娇小柔弱愈显其豪爽洒脱，动静皆宜、胆色非常的"侠女"如在眼前，令人叹服。此文，主角本当是名捕夫人嘛！

然而再读之，又觉《名捕传》果然贴切。文中虽对名捕着笔墨甚少，然而分明是背面敷粉的写法。首先众捕快相对哭泣小命不保之际，见名捕如见救世主，"保定名捕至矣！当无忧也"。可见名捕之重名在外。然后名捕病重，听说马贼五人却轻巧地说："吾妇往足矣。"这话是对妻子的自信，何尝不是对自己的自信？名捕夫人之不寻常，不正显示名捕之不俗吗？病重趴在马背上了，抓几只贼寇还是轻松自得的。

看罢掩卷，名捕对夫人那句亲昵到发甜的嗔骂堪称打情骂俏，名捕夫人自负而谦然的女侠作风令人神往，虽病重仍镇定自如、深藏未露的名捕更是如在眼前。简直脑补出"名捕携妻女走天下"的动人画卷，好一对不拘世俗、珠联璧合的名捕侠侣，令人不免感叹："果然名捕也！"

（红景）